當黑髮黑眼遇上金髮碧眼

張奧列 —— 著

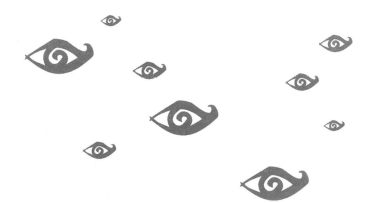

2003年11月，作者在雲南獲頒第二屆世界華文文學優秀散文獎。

2000年11月，作者在洛杉磯參加世界華文文學會議，與出席會議的美國
著名作家陳香梅女士（右）在會場合影。

2011年4月，台灣著名作家陳若曦女士（右）到訪悉尼作《尋找桃花源》專題演講，作者陪同她在奧林匹克公園與文友交流。

1998年8月，台灣著名作家林海音女士（右）在世界華文作家大會上獲頒終身成就獎，在台北圓山飯店會場，作者向她祝賀並合影。

當黑髮黑眼遇上金髮碧眼

1985年5月，作者陪同中國作家訪粵代表團訪問開放改革先走一步的廣東。圖為作家們參觀引進外資的新會滌綸廠，對中國首次生產的拉舍爾毛毯興趣盎然。左起馬峰、唐達成、張奧列、張光年（光未然）、鮑昌。

1994年11月，澳華傑出青年作家頒獎典禮由悉尼華文作家協會黃雍廉會長（右）主持，文壇元老、悉尼大學劉渭平教授（左）頒發獎狀予張奧列。

當黑髮黑眼遇上金髮碧眼

「打造澳華文學的品牌」
——序張奧列《當黑髮黑眼遇上金髮碧眼》

陸卓寧

　　真正認識作家，尤其海外華文作家，一般當然是因其作品，認識澳大利亞的奧列兄當然也不例外。不同的是，奧列最先讓我讀到的作品並非是他的「敘事性」文本，而是其另一幅「筆墨」：文學研究。是的，不是「作品評論」，用所謂的「專業術語」來說，是一篇有著突出「問題意識」的不折不扣的文學研究文本。

　　那是多年前，筆者在編一部海外華文文學論文集，面對幾百篇的來稿，坦白地說，對於主要從事研究的國內學者和海（境）外華文學者的論文，與以創作為主的海外華文作家的來稿，我的審讀「原則」與心理期待是有區別的，也理應如此。但當讀到一篇題為《打造澳華文學的品牌》的來稿，筆者著實為之一振。來稿開門見山，認為自上世紀末海外華文文學呈現蓬勃生機以來，澳華文學「從作家隊伍、作品種類和創作園地的整體性來衡量」，都「扮演著一個不可或缺的角色」，甚至因此「逐步改寫了世界華文文學版圖」。隨即，文章筆鋒一轉，直接提出了即便如此，為什麼「澳華文學至今仍然沒有引起世界華文文學研究者

的足夠重視」這一尖銳且思辨性鮮明的「問題」。這又何嘗不是海外華文文學研究界一個「問題」？甚至是一個「盲點」？文章隨後圍繞這一問題，做出了完全「在場」的闡析與思考（此不贅）。[1] 這就讓我不得不再進一步「查證」來稿作者的身份。不錯，是澳大利亞的張奧列，一個妥妥的創作活躍的海外華文作家。

即便在那個時候，用「成果豐富」來描述奧列的創作也是恰如其分的。奧列自1991年從享有「千年羊城，南國明珠」美譽、一直處於改革開放前沿的現代大都市廣州城移居南半球的澳大利亞始，伴隨著初到異國為生存打拼的艱辛，為身份落地、經受異文化衝擊而遭遇的心理和精神煎熬，《悉尼寫真》、《澳洲風流》、《澳華文人百態》、《澳華名士風采》、《家在悉尼》等多部散文、小說、隨筆結集也在十來年的時間裡紛至踏來，與1980年代後因「洋插隊」而勃興的北美新移民文學遙相呼應，在新崛起的海外華文文學大潮中「扮演著一個不可或缺的角色」。其實，奧列兄的「文名」早於其去國前就已經釀就。曾就讀北京魯迅文學院，擁有北京大學文學士名號，更有於作家於文人而言，可「欲」不可求、頗具「話語權」份量的頭銜傍身——廣東省作家協會副秘書長；當然，這一期間《文學的選擇》《藝術的感悟》兩部文學評論集的出版，——這在1980年代末90年代初的大陸文壇實屬難事，便是他上述「文名」的底氣，也預示其在日後做起「文學研究」來決非一時興起。我們無從得知張奧列捨棄這些讓多少人望其項背的「功名」而義無反顧地奔赴充滿「不確

1　見陸卓寧主編《和而不同——第十五屆世界華文文學國際學術研討會論文集》，
　　張奧列（澳大利亞）《打造澳華文學的品牌》，中國南寧，廣西人民出版社，
　　2008年10月版，第164頁。

定性」的遙遠的南半球，經歷了怎樣的心理路程與抉擇，但其去國十餘載依然保有「少年心」與凌雲志，期間可以想見的勤奮與堅韌，與他文氣的外表是有些「錯位」的。──回憶起來，筆者之前是「認識」奧列的，只是每次的海外華文文學會議，「歸來」的海外華文作家者眾，席間的騰騰熱氣，奧列多半是沉靜謙和地在一旁「享受」而讓人不忍驚擾。隨後，在再一次的相關會議上，我便有意與奧列兄攀談起來；再隨後，陸續讀到他寄來的《飛出悉尼歌劇院》、《故鄉的雲，異域的風》等傳記文學、散文作品集，特別是他著力構造的有如全景式澳華文學版圖的《澳華文學史跡》一書，深以為這是奧列充沛才情的生動詮釋，也因此成就了他自己成為了一道特別燦爛的星光，「閃耀在南半球澳洲華文文學的星空」[2]。

　　這一來，再讀到奧列洋洋灑灑十八萬字的《當黑髮黑眼遇上金髮碧眼》的散文隨筆集，便覺得，其人其文其思，都是「奧列式」的。

　　依然是那樣地勤勉謙善，不拘於事。突如其來的新冠疫情在2020年初春始，粗暴地侵襲了地球的任何一個角落，阻隔了關山，更阻隔了因著「凡有海水的地方便有華人」而便有華文作家──之前每年度、甚或更短的周期跨洲越海的「文人興會」。聊以欣慰的是，借助隨互聯網時代衍生的微信群、雲平台，海外華文作家們依然可以高談闊論，揮灑才情；即便是隔著屏幕，那份相見歡也是生動真切的。只是，一如以往「線下」會議的謙和

---

[2]　語出江少川《閃耀在南半球澳洲華文文學的星空──序張奧列〈澳華文學史跡〉》，張奧列：《澳華文學史跡》，中國武漢，華中師範大學出版社，2016年2月版，第1頁。

與自持，無論是哪一個「群」，也無論是哪一片「雲」，奧列似乎從不見「冒泡」，也從不見「現身」。是的，他有屬於他自己「參與」的方式，有屬於他自己「在場」的標識。譬如，因疫情，人們最常情的牽掛莫過於彼此的平安無恙。「最近，新冠病毒從天而降，肆虐大地。從電視新聞上看到悉尼幾家養老院先後染疾，幾十位老人陸續離世，有點黯然。我突然想起入住養老院的羅斯，不知他是哪一家，是否安在？暗暗為他祈福。」（《樓長羅斯》）在這裡，哪怕是沒有親緣關係，只是曾經居住過的公寓樓的樓長羅斯，也引動了奧列的掛念；譬如：「如今科技時代，上網和電腦寫作是大趨勢，有誰還那麼笨拙地真的在稿紙上爬格子呢？有，我就是，而且是在上班的火車上，在車廂搖搖晃晃乘客上上落落中可笑而笨拙地一筆一劃地爬格子。——我是大趨勢中的例外，時代的落伍者。」（《車上爬格子》）如果這確實是「大趨勢中的例外，時代的落伍者」，誰又能否認，其精神內核不是勤勉與堅韌呢？

依然是那樣地傾情於真誠平白，舉重若輕。我以為，文如其人，用以描述奧列是最貼切不過的。隨著日益攍高的著述與「文名」，奧列獲得的讚賞與榮譽也「扶搖直上」。挾早年在國內先後斬獲的盛名，如中國作家協會莊重文文學獎，廣東省首屆文學評論獎，來到重新開闢的「新鄉」，澳洲華文傑出青年作家獎、世界華文文學優秀散文獎、全球華人散文大賽優秀獎等等，也陸續收入囊中。何以為「獎」，「獎」之何為，或許見仁見智。但對於奧列，借用劉勰所謂「夫文心者，言為文之用心也」，我更願意認為，奧列之文心便是「真」，這是他為文的底色，也是他為文的堅守，與獲獎與否無涉。譬如，全球化時代的當下，海外

遊子何以解「鄉愁」？奧列云：「社會開放了，交流暢通了，那種思鄉之心還有，戀根之情也在，但離愁別緒卻淡化了，也許是對『家』的理解有了變化吧。現在每年過中秋，也會給遠在中國的父親打個電話，問個冷暖；也會與中國的朋友通個微信，道個珍重：但完全沒有那種撕心裂肺的『鄉愁』。若要看看親人，看看朋友，看看家鄉變化，買張機票就可成行，何須愁腸寸斷？」（《夢月》）從抽象的意義上說，其來有自的身份印記對於海外華人無疑是永遠無法完成的文化清理，「鄉愁」則構成其最核心的表徵，奧列亦概莫能外。但是，作者卻沒有一味地「為賦新詞強說愁」，而是那樣地坦蕩蕩，不虛與委蛇，即便是其間那份「而今識盡愁滋味，欲說還休。欲說還休，卻道天涼好個秋」之況味不難讓人把捉。本書中多篇文字莫不如此，或短小玲瓏，甚或絮絮叨叨，但卻讓你在輕鬆愜意中會心風物，了然事理。

　　依然是那樣地執著於「問題」，所謂不忘初心。世人皆知的文壇大俠梁羽生曾高度讚賞奧列是一位「知名作家、資深編輯」，是「一位散文、評論多面手，既能編（報），又能寫（稿），是個全才」，並認為奧列對澳華文壇的貢獻某種意義上「前無古人」。[3] 筆者以為，奧列完全擔當得起大俠梁羽生的評價。如果說本序開篇筆者提及奧列對澳華文學的發展現狀提出的是個「問題」，那麼，這一「問題」又何嘗不是奧列對身在其中的自己提出來的？因而，他孜孜不倦地抒寫「澳華文人百態」，他苦苦追尋「澳華文學史跡」……，乃至收入本書的所

---

[3]　轉引自陳弘莘《中華文化的分流與疊合——張奧列新書〈澳華名士風采〉發行會後記》，張奧列：《澳華文學史跡》，中國武漢，華中師範大學出版社，2016年2月版，第373頁。

有篇什，或說「一道道生命歷程的心跡」，莫不是對這些「問題」的生發？對其「初心」的豐富？他說：「現在我則更多地穿行於歷史文化中，寫些與澳洲華人歷史有關的紀實性作品，既想為這些真實的、典範的人物作傳，同時也想為澳華歷史留下些文字印痕。」；他還說：雖然澳大利亞官方關於澳洲華人歷史有所記載，澳洲華裔學者也有不少專論，「但是這些專著對華人歷史還留有一些空白，特別是細節方面，所以我希望自己能用形象化的筆觸，表現某些具體的歷史和人物，去延伸這些歷史記載。」（《穿行於歷史文化中》）。正是如此，奧列試圖以其「全才」之力，只為著一個執念──「打造澳華文學的品牌」，從而「抒寫了一個『開放式』的『中國故事』」（《穿行於歷史文化中》）。是的，身處疫情下的百年未有之大變局，以某種思維守勢去討論中西文化異同已遠不適宜，我們應該有足夠的自信，開闊的人文情懷，在人類的維度上探討中華文化對於人類社會的共同價值。

於是，當奧列微信筆者為其新作寫序，於情──，因著《打造澳華文學的品牌》而與他建立起來的文緣；於理──，一位不論是在澳華還是在海外華文文學中不可多得的擁有多幅「筆墨」、且完全可以列入海外華文文學「第一集團」的作家，我都無法推托。即便筆者才學不逮，這又未嘗不是一次體驗與欣賞美文的極好機會呢。

是為序。

2021.6.18

（作者為中國世界華文文學學會名譽副會長、
廣西民族大學文學院教授）

目　次

卷一
異鄉情狀

華人在異域生存雖不容易，但也可享受著各種生活情趣。

夢月

　　大衛、麗莎夫婦邀請我和家人到他們家中作客，共進晚餐。時值中秋，我們也樂得帶上一盒廣式月餅登門湊趣。

　　大衛家在悉尼（澳洲華人也稱雪梨）北面，我們驅車前往，要穿越山林，繞過海灣，看到那滿天的晚霞燦如火燒，似乎已感受到澳洲人身上透出的那股熱情。

　　大衛夫婦是歐裔澳大利亞人，與我們成為朋友，還是因為麗莎的那口洋腔漢語。

　　那次在唐人街的一間超市，我看到一位金髮婦人在一個貨架前有點發愣，面對著各式各樣的醬油瓶挑來挑去，好像有點犯難。我趨前輕聲問道：我可以為你幫忙點什麼嗎？她抬頭一看，說：嘿，太好了，謝謝！

　　她說的竟然是不鹹不淡的中文。「你懂中文？」我有點驚奇。她笑笑：「一點點！」

　　她問：Soy Sauce不就是醬油嗎？我說，是。她晃動手中的瓶子說，這Soy Sauce為什麼叫生抽，還有那Soy Sauce為什麼叫老抽？我解釋：在中國一般叫醬油，但廣東有叫生抽、老抽的。抽，是一種製作方式，生、老之分，就是不同的釀造方法，用於不同的烹飪，都是醬油，風味略有不同而已。她問：我要做魚，該用生抽還是老抽？我回答：若像北方人那樣紅燒，可用老抽，若像廣東人那樣清蒸，就用生抽。她笑了：真複雜！

麗莎告訴我，她參加了一個中文訓練班，每周兩天來這裡上課。聊來聊去，我們成了朋友。之後她還常常電話裡請教我有關中文學習的問題。這次她在電話中說，她學做了幾次清蒸魚，大衛認為可以「畢業」了。所以請我們來嚐嚐，做個權威「鑒定」。

不到一小時的車程，我們來到一處很幽靜的院子，還沒進門，在前院迎接我們的是一些歐式藝術石雕，有人體的，也有園藝的。進得門來，屋內也有不少精緻的工藝品，讓我們置身於一種藝術氛圍，果然很符合主人的身分。

大衛是個工藝美術家，專門設計並手工製作珠寶首飾和銀器禮品，有他自己的個人品牌，專供悉尼．墨爾本的首飾工藝精品專賣店。他的作品被博物館收藏，新南威爾士大學禮儀活動的校方專用權力仗MACE，就是其傑作之一。他的藝術風格，完全是歐洲的古典風味，精緻、華麗、莊重。但他也喜歡東方藝術，所以家中也有中國花瓶、印度佛像、日本屏風之類的擺設。

麗莎的清蒸石斑做的還算有水平，翠綠的蔥花、淡黃的薑絲，鋪撒在肥白的魚身上，騰騰熱氣中散發著淡淡清香。「怎麼樣？」她要我給個評價。我說，品相、味道都還不錯，就是口感的嫩滑度還欠缺點火候。她說：我是看著菜譜做的，份量、時間都不會有差錯。

我知道，西方人做事是比較講究精確度的，喜歡量化，而中國人做事卻習慣於「模糊數學」，重在一個「悟」字。這「火候」，對中國人來說，就是一種經驗，一種實踐體驗的把握。我只能告訴麗莎：你多做幾次，慢慢就能悟出嫩滑的分寸了。她又是那句話：真複雜！

麗莎的中文水平只是一般，但聊天時喜歡插上幾句中文。她該有一把年紀了吧，兩個女兒都已嫁人，但她還樂顛顛去學中文，其實並非工作需要，只是一種興趣。每周跑兩趟，寫寫漢字，讀讀拼音，認認簡繁體，她也滿開心的。

飯後，我打開精緻的月餅盒，把金黃色的月餅切開，大衛夫婦馬上舉起茶杯，用中文喊道：中秋快樂！我說，你們也知道中國人的這個節日？他倆哈哈大笑：你們一帶上月餅，就是中秋到了。這幾年，我們在澳洲都見慣了，誰還會不知道?!

麗莎指指窗外說，據說中秋的月亮最明亮，今年又碰上「超級月亮」，會比平時更大更亮，但今晚恐怕難賞滿月了。我們走出露台，舉頭望去，哎呀，漫天的灰雲在飄動，月亮雖大，卻時隱時現，確實有點可惜。據報上新聞說，今年中秋會出現「紅月亮」奇觀，就是說，「超級月亮」碰上了「日全食」。這是一種天文觀象，因地球剛好擋在了太陽和月亮之間，月球無法向太陽「借光」，加上大氣折射等原因，月亮會變紅。此時的月亮還沒見到紅色，薄雲之下的皎月，看上去隱隱約約有些圖案般的影像，好像予人一種暗示。

麗莎問，那裡有嫦娥嗎？「嫦娥奔月」是中國的神話傳說，也是你們中國人心中的一個夢想吧？

我說是的，是一種寄託，一種念想，中秋明月照心中，「奔月」就是一種追夢。

當初出國時，我是懷有夢想的，想看看世界，感受不同的文化。剛來澳時，每到中秋賞月，我自然會想起中國的生活，想到出國的夢想。那時讀到一些早年港台移民的作品，那些被稱之為「離散文學」的作品，流露出強烈的海外遊子思鄉念家的情緒，

「尋找家園」成為他們筆下的主題。異域他鄉，面對陌生文化，在當時，我也有某種同感。

麗莎問，為什麼一到中秋，中國人就要思鄉念家？

我說，中秋習俗，就是個親人相聚，家人團圓的日子。這月餅不也是做成圓的嗎？就是寓意家人的歡聚團圓。家就是情，鄉就是根，離開故國家園，若不能聚在一起，惟有借月寄託，傳遞親情。「月是故鄉明」、「每逢佳節倍思親」這些經典詩句，就是中國人思鄉念家的寫照呀。

大衛插上一句：你們中國人，家鄉觀念很重呀。我回道：是的，中文裡就有「落葉歸根」、「告老還鄉」，表示中國人最後的歸宿；也有「背井離鄉」、「漂泊異鄉」，表現了一種無根離棄的悲情。

麗莎覺得很有意思。她說，家鄉觀念，還有國籍身分，對你們似乎很重要，你們很強調血緣、血脈、血統什麼的。

我說是，所以《龍的傳人》、《我的中國心》這些歌曲，寫作於中國大陸境外，唱響於每個海外華人的心。我反問：難道你們對國家、對家鄉、對自己身分認同的感覺會很淡嗎？

他倆都笑了，說：人當然會有身分認同，家鄉、國家，也是一種不能忽視的存在，但當下你自己的生存也許更重要，更真實。人需要有個家，但家難道一定要拘泥於你的祖籍、你的血統？如果你認為，你的家，在故鄉，在中國，那我們的家又在哪裡？

我想起來了，大衛是蘇格蘭人，麗莎是丹麥人，他們相識於丹麥，然後移民來澳，女兒在此出生。那他們是什麼人？家在哪裡？一個祖上是蘇格蘭人，一個家族是丹麥人，但他們自認為理

所當然是澳洲人，因為生活在澳洲，安家在澳洲。

我問，那你們兩個女兒也是這樣想的嗎？他倆相視一笑，搖搖頭：我們哪兒知道呢？

他們兩個女兒，一個嫁給了埃及人，一個嫁給伊朗人，都是她們大學的同學。婚後她們都隨夫到國外工作生活，她們算澳洲人？蘇格蘭人？丹麥人？埃及人？伊朗人？因為都有這些血脈。大衛夫婦真的不知道女兒是怎麼想的，有時問她們，都回答「I Don't care.（無所謂）」。大衛夫婦自己其實也是「無所謂」的。他們一家，歐非亞澳，多種血脈，就像一個小小聯合國。好像他們對自己身分的認同看得很淡，不大在乎血統，不大在乎祖籍血脈，是否澳人，是否澳國，也不是特別看重。他們更在乎的是眼前的生活，眼前的家，眼前的生存環境，而當下個人的存在感也許來得更真實。

我說，這在中國是很難想像的。祖籍、國籍、血統、血脈都很重要。像你們這樣的家庭，中國有句不敬的玩笑話，叫「雜種」。

他們卻說，歐美人，包括澳洲人，其實都是「雜種」嘛。世界不斷合流，不斷同化，國與國之間的流動，種族與種族之間的交合，文化與文化之間的融和，形成了許多血緣複雜的家庭。不斷延續，不斷混雜，這就是一個開放世界的發展趨勢。就算是歐洲皇族、貴族本身，也不都是純種的，各國皇室之間歷來都有互相通婚的傳統。連你們的華裔先人，也有跟歐裔通婚的，經過幾代混血，現在他們不也是以澳洲為家，澳人自居嗎？

那倒也是。官方有記載的悉尼第一個中國人，是1918年來自廣州的麥世英（Mak Sai Ying），因西方習俗名在前姓在後，

他的「世英」也被誤作姓氏了。他取教名為John Shying，娶過兩任英國太太，其子孫輩現在已有第十代了，仍居住悉尼，仍沿用「Shying」的姓氏。麥氏後人一口澳腔，一臉白人相貌，但對麥家的身世仍很清楚，只是對中國的概念很遙遠了。而悉尼華人第一個拿英國籍的澳洲公民是廣東台山人梅光達（Mui Quong Tart），他於十九世紀末開茶室的維多利亞女皇大廈今天仍屹立在悉尼市中心，他的家產物業仍在，他和英裔妻子所繁衍的Tart姓後代，仍在悉尼生活。如果相見，我們也很難與他的祖籍血脈相聯繫了。但也並非說，這類人就忘了根。記得有次議會選舉，有位候選人向華人拉選票時說：我也有中國血脈，父輩祖先來自中國。說這話時，他那張白皮膚的面孔，還一臉的自豪自信哩！

我每天上班都要經過悉尼市中心的市政廳廣場，那裡豎立著一座銅帆雕像，碑石上中英雙語寫著：「遨遊四海，以澳為家」。這是由悉尼華人捐建的，也是紀念中國人在澳大利亞開拓奮鬥一百五十多年的貢獻。每當我看到「以澳為家」這四個字，就想起蘇軾《定風波》中的詞句：「試問嶺南應不好？卻道：此心安處是吾鄉。」

是啊，這些來自中國南方的先人，從原鄉到他鄉，適應了新的環境，中國心不變，但澳洲情也油然而生，這裡留下了他們的足跡，灑下了他們的血汗，也成為他們的家園。就我自己來說，經過一段異域生活的沉澱，浮躁變為平靜，興奮轉化尋常，夢想似乎也逐漸清晰了——其實就是在尋找精神家園，尋找家的感覺。回想起來，回家的感覺不知不覺中也在變化。過去，事情忙累了，路上走累了，就想回家歇歇，簡陋的家就是個遮風擋雨棲身的窩，得以藉慰心靈，重新出發。現在，家就是一個安樂園，

一種豐富充實感，回家可以上上網、看看電視、翻翻書報，可以做做廚藝、蒔花弄草，活絡筋骨，還可以與左鄰右舍聊天交流。如今安坐家中，能外通世界，內沐心靈，可以獲取各種樂趣。其心境有如白居易《種桃杏》中的詩句：「無論海角與天涯，大抵心安即是家。」

詩人余光中筆下的那種「鄉愁」，在當初隔絕離別、無法走進的環境下，特別感人。但慢慢地，世道變了，社會開放了，交流暢通了，那種思鄉之心還有，戀根之情也在，但離愁別緒卻淡化了，也許是對「家」的理解有了變化吧。現在每年過中秋，也會給遠在中國的父親打個電話，問個冷暖；也會與中國的朋友通個微信，道個珍重：但完全沒有那種撕心裂肺的「鄉愁」。若要看看親人，看看朋友，看看家鄉變化，買張機票就可成行，何須愁腸寸斷?!家，賦予了跨國界、跨文化的內涵。「鄉愁」，也轉換成鄉戀、鄉情的文化符號。

「嘿，紅月亮！」大家的歡叫打斷了我的思緒。天上的雲層薄了許多，月亮顯得大了，而且呈現出淡淡的緋紅。漸漸染紅的雲彩飄忽變幻，紅月亮也越來越紅潤，它的紅，不是烈日火紅那般耀眼，而是紅得晶瑩剔透，紅得溫和、溫暖、溫情。

我不禁喃喃自語：「這可能就是我們的夢想家園吧！」

猛然聽得大衛回了一句：「家是什麼？家在哪裡？其實不必糾結，你覺得哪裡舒服，哪裡就是你的家。血緣是紐帶而不是繩索，你剛才不是說──心安即是家嗎？」

對呀，唐代詩人白居易早就看破這心結，而且在《初出城留別》中還寫道：「我生本無鄉，心安是歸處。」根在心中，家在心中，情在心中。心中有夢，夢不就是追尋與歸宿嗎?!

我說，年年過中秋，年年在追夢，家，其實也是一種期待，一種體驗，一種悟。

　　麗莎又蹦出一句：哎呀，夢又是「悟」，真複雜！我惟有一笑。

　　駕車回家的路上，追逐著天上的「紅月亮」。雲彩在流動飄忽，月亮也時明時暗，樹影掠過，路在延伸，我有一種如夢似幻的感覺。我忽然覺得，所謂精神家園，不就是用你的靈魂，你的情感，你對世界的認知，去不斷追逐，不斷建構嗎？這是一個永無止境的過程吧。

　　尋找家園，總在路上；追夢追月，其實就是一種修行，一份堅持吧！

愛恨唐人街

　　小時候，我就聽說「唐人街」了，幼小的心靈中，就知道唐人街是海外中國人居住的地方。不過，我真正感受唐人街，讀懂唐人街，還是在我移居海外，並遊歷過眾多國家的唐人街之後。

　　當初到澳大利亞，一放下行李，就直奔悉尼唐人街。坐在中餐館裡，見到穿著玫瑰色旗袍的侍應，聽著滿耳喧鬧的鄉音，品嚐著熱氣騰騰的粵式茶點，在異國他鄉，真有種回家的感覺。因為要填寫政府的一些申請表格，不諳英語的我，隨後找到一家叫「澳華公會」的社團幫忙。女義工很熱情，見我初來乍到，不僅為我翻譯填寫，還告知一些新移民將要面對的生活事項。那溫婉的鄉音，暖人心房。

　　海外華人社團，不僅是聯誼性質，當初的形成，就是出於同鄉互助，解困自救，今天則提供更廣泛的慈善服務。放眼望去，唐人街老字號的社團還真不少，既有1854年開山立堂的洪門致公堂，也有上百年歷史的四邑同鄉會，還有經歷過抗日戰爭洗禮，並在中澳建交時於唐人街打出第一面五星紅旗的僑青社，而國民黨駐澳總支部大樓頂上的1921年幾個大字也赫然入目。正是這些包括同鄉會、校友會、商會、藝文社的大大小小的新老僑團支撐，使唐人街越來越風生水起。因為唐人街的存在，來到英文國度的第一天就能順利安頓，令我產生一種從容面對，重新起步的信心。

居澳的第一個春節，我是在唐人街過的。那時還未找到工作，就到唐人街遊轉，看到那家商號，那片食肆門前張貼招聘廣告，就進去探問。正值新春，唐人街也張燈結彩，雖然沒有飄香的花市，但也擺了不少售賣應節物品眼花繚亂的商攤。古香古色的牌樓外，還搭了個戲台，一些文藝社團在表演民族歌舞。在獅龍舞動、鑼鼓喧天中，我忽然感受到唐人街的生命力。唐人街既是一種文化象徵，也是一種生存土壤。它在海外延續了中華文化，維繫了華夏鄉情，凝聚了民族自信心；在語言不通，環境生疏的異域他邦，為背井離鄉的華人提供了生存發展的起點。

　　唐人街在各國的官方名字是China Town，即中國城，或華埠。在澳洲和歐洲，官方的正式命名，大多是上世紀七、八十年代之間，美國也許稍早些。而官方認同之前，華裔先民大抵稱之為唐人街，此俗稱也沿用至今。海外華人同聲同氣，喜歡聚居，習俗難改。世界各地的唐人街，因而成為中華文化象徵的地標，構成地緣上的一道標誌性的風景線。

　　到世界各地旅遊，如有機會，我都會到當地的唐人街走走。並不是說，我對唐人街情有獨鍾，而是總想感受點什麼，捕捉點什麼，究竟是什麼，我也說不清。我見識過歐美澳亞眾多的唐人街。對於世界各地似曾相識、大同小異的唐人街，我總有一種愛恨交織，欲迎又拒的尷尬情感。

　　不錯，對於中國人，唐人街有種親切感。在倫敦唐人街口，那十多米高的牌樓高高聳立，喻示著海外華人立足生存的能力。三藩市唐人街牌樓上「天下為公」的大匾，讓人追尋海外華人的歷史蹤跡。悉尼唐人街牌樓上「四海一家」的橫額，則展示華人浪跡天涯的胸懷。洛杉磯唐人街、巴黎唐人街、新加坡唐人街

等，幾乎都是珠寶店，海味店、雜貨鋪、中藥鋪、中餐館的紮堆。世界各地的唐人街都是一個面孔，除了牌樓、石獅、涼亭，就是商舖、飯館，處處散發著濃烈的鄉情，熟悉的文化，保持了家鄉的那份感覺。

不過，唐人街的大同小異還有一個另類景象，就是大都毗鄰紅燈區和賭場。在倫敦，當我踏入唐人街之前，就站在街對面燈紅酒綠的蘇豪區，那是有名的紅燈區。而阿姆斯特丹的唐人街更誇張，就躺在紅燈區門口。我從中餐館出來，就聞到小河對岸飄過來男歡女愛的情慾氣息。漫步跨過石橋，就置身在世界著名的櫥窗女郎群中。而這些搔首弄姿的女郎，竟與神佛木魚的中國寺廟僅咫尺之遙。悉尼唐人街與紅燈區和賭場則形成大三角。從唐人街經過江南風韻的中國花園，穿過情人港，便是骰牌聲聲的賭場。墨爾本唐人街，跨過雅拉河，就是南半球最大的皇冠賭場，那些臉紅臉綠的賭客，有不少本地華人，而在貴賓廳，你會看到不少中國大豪客在孤注一擲。這是一種巧合，還是一種文化？

更要命的是，無論歐美，還是澳洲的悉尼、墨爾本、布里斯本，唐人街總是顯得地方狹小、環境髒亂、重商輕文。五千年的中華文化張力，使唐人街形成自成一體保持傳統的「中國式」生活圈。無論語言、文化、習俗、甚至觀念，唐人街都很中國化。路是雙語路名，店是雙語招牌，告示也是雙語書寫，你不懂英語，也可生活自如。正因為如此方便，使不少華人產生惰性。後來我在唐人街上班，每天都要呼吸它，閱讀它。在大悉尼的新鮮空氣中，我對唐人街的那種氣息，多多少少總感覺有那麼點異味。唐人街雖然辦事、購物、吃喝方便，但那種嘈雜，那種髒亂，實在與唐人街之外的周遭環境很不協調。

中國習俗，既有傳統美德，亦又有惰性陋習。尤其是，嘈雜髒亂，似乎總伴隨著中國人的身影。你知道嗎？中餐館與西餐廳最大差別是什麼？不是美食的品質味道，而是環境的喧鬧凌亂與輕聲潔靜的反差。在唐人街或華人聚居小區，不管是大陸人、香港人、東南亞華裔，大凡華人開的店鋪，與洋人區店鋪相比，無論是裝潢、擺設、整潔度，都略顯遜色。不是中國人的品味不足，而是隨意、省儉慣了。如果華人店鋪尤其是餐館匯聚在那條街，那裡的市容就會明顯髒亂。華人食肆常被衛生檢查官罰款，已不是什麼新聞。華人的這種生活習慣，比之於龍獅鑼鼓，或許更是文化深層。你可以說是因陋就簡，生意靈活，也可以說囿於自身傳統，別於他鄉國情，但顯然與現代文明不是一回事。

　　在整潔、禮貌、悠閒的環境裡呆慣了，一進入唐人街，你就會腦袋發脹。唐人街是旅游景點，消費熱地，外國人可以從中領略一下中華文化、東方風味，調劑一下多元口味，體驗一下「中國式」熱鬧；中國人也可以感受一下鄉音、鄉情，打開某些鄉戀記憶。但如果不是在唐人街上班，如果不是要購買便宜多樣的中國食品，說實在，我真的不想上唐人街了。

　　活說回來，唐人街在貧民窟中產生，唐人街在磨難中打造，所以唐人街本身就是一種悲情。但唐人街既有屈辱、掙扎的辛酸味，也有奮進、挺立的成功感。1985年，倫敦唐人街獲得英國政府正式承認，戴安娜王妃還親自到訪。在悉尼唐人街旁邊的市政廳廣場，矗立著一座銅帆雕塑，那是表彰華人對澳洲開發貢獻的紀念碑。1992年銅雕落成剪綵時，我抵達悉尼不久，剛好就在現場。看到英女皇伊麗莎白滿臉笑容，徐徐掀開紅布，露出「遨游四海，以澳為家」的帆船銅雕。經過一百多年的打拚，中國人在

澳洲由次等公民成為國家主人，建立了主流社會認可的豐碑。英女皇身後的華人代表，悉尼副市長曾筱龍也眼眶濕潤。我知道，曾筱龍的建築師樓就開在唐人街，他是從唐人街走上澳洲政壇的。由建築師到紐省上議員，箇中滋味，一定是五味雜陳。唐人街由封閉性、邊緣化，到逐漸融入主流社會，中國人從原鄉走進他鄉的國家舞台中間，足足經歷了二百多年的世紀滄桑。

　　唐人街，一直被視作海外華人的文化圖騰，海外華人的歷史縮影。他們有自己的道德規範和處世準則，既遺下傳統陋習，也散發民族精神。我對其既有認同感，也有疏離感，認同民族之根，認同優秀的文化傳統，但對其有悖於文明時代的陋習，有違於社會進步的守舊，則望其衝破藩籬，脫胎更新。

　　今天絕大多數華人都居住在唐人街之外，許多人與唐人街也許沒有什麼關係了，只是去會朋友、吃頓飯而已。不過，唐人街仍然是華人社區的心臟，仍然提供了社交和各種服務。每年新春，每逢大選，澳洲政要們都會到唐人街走走，給中國人拜個年，或拉個選票什麼的。如果在唐人街與總理、省長、黨魁見個面，在中餐館和政要拍個照，都不是很難的事。

　　唐人街，在東西方之間找到了一條縫，無論洋人華人，都可以穿越這條縫看到一片新天地。一代又一代的華人社群，打造了唐人街的繁榮，一撥又一撥的新移民，穿越唐人街這道文化橋樑，完成了跨文化身分認同的轉變。踏足唐人街，走出唐人街，這是許多海外華人的經歷，也是許多在海外成功的中國人經驗之談。

　　對世紀跨越的唐人街，我既愛且恨，這既是我心中的悲情，也是唐人街的悲情。

感受悉尼地鐵

記得我第一次在悉尼乘坐地鐵，是九十年代初剛到澳洲下飛機那天。那時不像現在，一下飛機就可以在候機大樓地底下坐上地鐵，這段地鐵是為了悉尼奧運而於2000年才通車的。而當時是要坐機場巴士到市中心換乘地鐵。

我提著行李鑽進市政廳下面的站台時，一看傻了眼，站台是複式的，上下三層，六條鐵軌通向不同的地點，英文指南眼花撩亂。當年中國的地鐵還沒普及，就算北京地鐵，也沒這麼複雜，所以我有點懵了。幸虧有當地的家人帶領，我順利登上了往北去的火車。第一感覺就是太舒服了，不像在中國乘車，站的人比坐的人還多。因為這裡的車廂是上下兩層，都是座位，你可以隨便坐下，享受空調。

窗外一片漆黑，剛想閉目養神，忽然眼前一亮，一片陽光燦爛灑滿車廂。原來火車鑽出了地面，爬上了海港大橋，一座貝殼造型的神奇建築就在眼前。那不是仰慕已久的悉尼歌劇院嗎？想不到第一次坐地鐵就能看到海邊的悉尼歌劇院。

後來我才知道，所謂悉尼地鐵，嚴格說來只是市中心環繞一圈的幾個站台和東區的一小段。而且歌劇院前的站台並不在地下，也不在地上，而在半空中。火車鑽出地面要飛越幾百米的天橋再鑽回地下去，好像要讓乘客看看海景提提神似的。

準確地說，悉尼鐵路不叫「地鐵」，而叫「城際列車」

（City Rail），包括市中心的地鐵和外圍城區的地面鐵路。中國的地鐵和長途鐵路是不相通的，而悉尼地下和地上的鐵路是連接的。你在悉尼地鐵買張火車票，可以北上昆士蘭，南下墨爾本，可以通向全澳各地。

　　大悉尼地區大約有三百多個火車站。一路看去，各站台都很乾淨、簡潔，色彩鮮明，給人一種明快感。開始我以為這些清新的站台年紀都不大，後來報紙上說，多半站台都有上百年歷史，比我爹媽老多了，我還真不敢相信呢！

　　據資料記載，悉尼鐵路最早建於1855年，從悉尼市區至西郊的帕拉馬塔。英國人來澳的第一艘船，就是在悉尼港登陸，也就是今天悉尼歌劇院旁邊、海港大橋下的巖石區。從船上下來的囚犯，即被押送徒步到森林密布的帕拉馬塔安營紮寨，開始了南半球新大陸的墾荒修路，也開始了澳洲國家的歷史。可你一點都看不出，充滿活力的悉尼鐵路，已是一位世紀老人了。

　　悉尼市中心的地鐵也不年輕，1920年就開始挖地建造，直到1950年才建成通車。二次大戰期間，還沒完工的地鐵卻成了防空洞，許多彈藥、物資都往裡放，倒也發揮了地下倉庫的作用。從市中心通往東區那一條地鐵，則於1970年落成，自此人們到著名的邦蒂海灘曬太陽、弄潮兒就方便多了。

　　我也沒想到，悉尼的火車可以開到家門口，一下火車，走幾分鐘就到家，實在太方便了。實事上，悉尼的火車比巴士、輪渡方便多了，是悉尼人日常出門，尤其是上下班的主要公共交通工具。悉尼的工薪階層、打工一族，多在鐵路沿線居住，靠近火車站的房屋，租金都要貴一些。也有很多人喜歡在遠離市區幾十公里的郊外，買一幢前後花園的獨立住宅好好享受，寧願每天乘一

個小時的火車進城上班。所以悉尼鐵路每天的客運量將近百萬人次，悉尼有三百五十萬人口呢！

旅居悉尼二十年多，我已與地鐵結下不解之緣，每天都要乘四十五分鐘火車，到市中心唐人街的報社上班。朋友問，你為什麼不可以駕車進城？我說，上下班高峰期間，開車還比坐火車慢，汽車堵在路上走走停停，如果沒有澳洲人那份耐性，不憋出病來才怪呢！況且開車要眼觀六路，不能走神，坐火車卻可以看書寫作。可以說，我居澳以後出版的八九本書，基本上就是在火車上寫出來的。車上還能寫書？是的，悉尼的火車寬敞、明亮、平穩、安靜，我就在車上爬格了，早些年我還不懂電腦打字嘛！後來電腦普及，我也會在火車上筆錄一些靈感與構想。

工作了一天，下班時已經大腦疲勞，我就在火車上翻翻當天的報紙鬆弛一下。說起來也好笑，一個在電腦上做新聞的報人，卻看紙質「舊聞」，但這卻是事實。有幾次看報入了迷，車過了站還不知道，等我發覺周圍的景色不對，趕緊坐回頭車到家時，已經是晚上八、九點鐘，飯菜早涼了。

不過這也沒什麼，我有位朋友更慘。他剛來澳洲時，晚上在一家中餐館打工，十一點鐘下班已經筋疲力盡，結果在火車上打個盹誤了下車。等他在一個小鎮下車時，已經是半夜十二點，沒有了回程車。悉尼的火車半夜十二點到凌晨四點半是停駛的，為的是不讓噪音打擾鐵路沿線居民的美夢。那位朋友只好伴著星星月亮，步行往回走，等他邁進家門時，天快亮了。他又要準備趕往語言學校上課，當然，那天的課他只能趴在桌子上聽了。老師見慣不怪，那時的中國留學生，不少人都是趴著上課的。白天上課晚上打工，自食其力，誰不體諒！

在火車上有時也的確容易識別乘客的身分。悉尼火車一般都很安靜、乾淨，如果你聽到無忌的笑鬧，大都是十七、八歲的中學生，小小的車廂盛不下他們滿身的青春。如果你看到亂扔的果皮、可樂瓶，可能是新來乍到的移民、或不明規矩的外地遊客所為。有時也有土著，城市生活並沒有消融他們野性的血緣。澳洲人一般都習慣把垃圾塞進塑料袋或紙袋，下車時再把垃圾扔進站台的垃圾桶裡。可惜，悉尼奧運後，為防恐怖份子往垃圾桶裡藏炸彈，全市站台的垃圾桶一夜之間消失了，人們只好拎著垃圾多走幾步。好在近些年站台垃圾桶已恢復了，方便乘客。

還有，如果在車上你聽到旁若無人的高聲交談，十不離八九是華人同胞。無論新移民、小留學生或旅遊公幹者，似乎都無法在公眾場所控制音量的分貝。也許中國曾經歷過噤若寒蟬的年代，現在大家高高興興都侃勁很足。又或許中國人的聲帶特別發達，要降低音量非要有很深的修煉不可。所以聲線發達的華人歌唱家常常在國際上拿大獎，連西方音樂殿堂的悉尼歌劇院，也少不了有一批華裔音樂家。

我發現華人還有一個嗜好，喜歡在火車上打手機。開初澳洲手機並不普及，在火車上大聲通話的多是華人，所以火車上如果誰遺留下手機，西人撿到了，第一時間肯定會先問華人，誰丟了手機？現在是人人都有手機的年代，火車上無論華洋個個都是低頭族了。不過火車有個規矩，前兩節車廂是禁止講話，保持肅靜的，好讓乘客閱讀或小休。你若要聊天、打手機，對不起，請到其他車廂吧！

在悉尼乘火車也有竅門，因為上下班高峰期和非高峰期火車票價有區別，所以非上班人士大都選擇早上九點鐘以後至下午五

點鐘以前出門辦事，這樣就可以省下近半的車資。不過退休老人不必為此費腦筋，因為老人享有車票優惠，過去是一塊錢、現在用兩塊半就可以全天在悉尼城郊多次使用，包括巴士、輪渡、火車，一票通用。許多華裔老人都充分利用這一便利，到公園練太極拳，去移民班讀英文，上教堂聽佈道，參加各種社團活動，到唐人街飲茶，逛商場等等，不亦樂乎。

在悉尼乘火車多了我也感到一些變化。前些年許多站台都沒有人檢票，自由進出，購票全憑自覺。許多中國留學生包括我自己，或多或少都曾有過逃票行為。這些年新移民越來越多，大家都喜歡聚居悉尼。現在全澳華人一百多萬，半數就在悉尼。你要是乘坐西線、南線的火車，就會發現車上的中國臉孔、中東臉孔、亞洲臉孔、南美臉孔幾乎占了半數，移民多了，原先淳樸的社會風氣也難免受影響，所以現在悉尼鐵路稍大的站台，都安裝了自動檢票機，沒票是不能進出的。小站嘛，多無關卡，進出仍靠自覺。所以，車上查票人員也成倍增加，你要是想僥倖省下幾塊車資，可能就會被罰款最高五百五十元，得不償失。

外來移民刺激了悉尼經濟的發展，但也帶來了鐵路的壓力，火車誤點，火車擁擠，也不見怪了。澳洲人對此真是愛恨交加。

悉尼好地方

　　有一種說法，澳洲悉尼人口的分布，大抵是：北區富商巨賈，東區藝術家名流，南區公務員白領，西區新移民打工仔。來自香港、台灣的移民，財力雄厚，大都喜歡擇北而居。而早年來自中國大陸的留學生，則兩袖清風，一般都不敢落腳北區。當然，近些年來，移居北區的中國大陸新移民也越來越多了，大有後來居上之勢。

　　但我這個大陸人二十多年前初來乍到就在北區落腳。有些朋友好生奇怪，那是全澳大利亞人平均收入最高的富人區，離市中心又遠，房價物價又貴，你怎麼賴在那裡？我也不知道，反正順其自然，習慣了。

　　剛來澳洲悉尼時，跟隨家人就在北區落腳，在北區打工，後來搬了幾次家，甚至買了房子，換了房子，還是在北區，只是越搬越北了。其實我只是普通的白領，非富非貴，但在北區呆久了，也就生出了一份情愫。

　　常聽西區、南區的朋友說起失竊遇劫、受種族歧視之類的事，我倒沒親身經歷過，也沒有碰到走夜路要提心吊膽的事。早些年住在北區的車士活，有次深夜下班回家，一路疲憊，眼睛半睜半閉，忽聞背後陣陣竊笑聲，扭頭一看，原來是兩個洋妹跟在後頭學著我搖搖晃晃的身子、踉踉蹌蹌的腳步。見我回望，她倆忙說對不起，又問：你是醉了還是累了？夜半三更，小路昏暗，

兩個天真無邪的少女對一個打工模樣的亞裔陌生漢毫無防範，我自然也不必有戒備心。後來去了一趟西區的卡市，晚上看到路旁三三兩兩、晃晃蕩蕩的亞裔漢子，心裡總有點發毛，躲得遠遠的。

路不拾遺，門不上鎖，心不防範，可以說曾是北區風情的寫照。記得來澳初期在北區幹過一陣子清潔工，許多澳人的家居門匙就放在院子某處，讓我自行開門打掃，清潔費也放在桌上完工後自取。大多數時候，打掃時主人都不在家，家裡的門門櫃櫃不上鎖，銀行帳單、汽車鑰匙桌上擱著，零錢飾物也隨處散落。主人明知我是亞裔，卻如此門戶洞開，真有親如一家的信任感。

當時我很驚訝，我在中國居住的城市，人們人裝鐵門鐵窗，連陽台也焊上鐵罩，有如鳥籠、監倉；而澳人卻玻璃門窗，連門匙都交出，真是不知「賊」字怎麼寫。在悉尼普遍民居中，如果你偶有看到高牆厚門鐵窗大閘，十有八、九準是亞裔人家。

亞裔移民多了，世風也漸有改變。聽說亞裔黑幫的魔爪已伸向北區的學童，也時有聽聞北區的華裔富商遭亞裔歹徒洗劫，偶有幾起汽車加油站劫殺案，也多與亞裔有關。如今北區的澳人是否已對亞裔存有戒心，不得而知。但在街頭上，仍然是陌生的澳人首先與我打招呼道早安；行車購物辦事，仍時時處處碰到澳人的禮讓。有次聖誕節（又稱耶誕節），若不是遇上一位好心的澳洲婦人，我恐怕就平安夜不平安了。

那是聖誕前一天，平安夜的下午，悉尼人都作最後的購物「衝刺」，我也一家大小驅車到購物中心趁熱鬧。待盡興而歸拎著大包小包走到停車場時，才發覺車匙不翼而飛。翻遍衫袋褲袋大包小包，察看車內車外門前門後，車匙連影兒也沒有。

烈日下圍著車子正急得團團轉，一位手提購物袋的金髮少婦經過，打量了我一下，問道：「找車匙嗎？」見我懊喪地點點頭，她又說：「對不起，剛才經過見車門插著鑰匙，怕不安全，便把車匙拔下交給商場詢問處了，你可上那兒去取。」我連聲道謝，喜出望外。詢問處小姐把車匙放到我手上時說：「你真幸運！」

想想也是，都快下班打烊了，聖誕大假，關門大吉，哪裡還找到人辦事呢！想想也奇，這少婦如果不是一來一回都剛好經過，先是拔手相助，後又指點迷津，偌大的商場車場，擁擠的消費人流，我上哪兒去找呢？謝天謝地，要不是碰上這位熱心人，那就只好大海撈針瞎忙乾著急，眼睜睜看著這車在此處過聖誕了，假期我也將寸步難行。若是碰上歹徒或頑童，這車更是「大節不保」，後果不堪設想。好在上蒼有眼，澳婦有心，平安夜保平安！

其實這種讓人「心跳」的事在我身上並非常見，但這種「情」這種「意」在我心中卻是經常的感受到。

記得那次剛搬進新公寓不久，有天晚上大雨傾盆，我駕車回家進入大樓停車場時，滿地都是水。這時又有一輛車駛進來，下來一位金髮女郎，高跟鞋踏在水裡，問我：「對不起，能幫個忙嗎？」說著，她雪白的玉手伸進混濁的雨水中，去掀排水溝的鐵柵。我也連忙伸手使了一把勁，和她一道把水溝裡的樹葉草根撈起。看著水排走，她嫣然一笑，對我說了聲「謝謝」。看著她的高跟鞋濺著水花而去，我心頭一熱，又碰上了好鄰居。

從西區來訪的朋友見我家的信箱沒上鎖，玻璃大門窗更沒鐵柵，一臉驚訝。我說，別人家也都那樣，我犯得著嗎，有時上班

忘了鎖門，也沒擔心過呀！那位住高牆大閘、警鈴重鎖豪宅的朋友，大發感慨：住在這樣的地方，真是輕鬆多了。

沒錯，北區的環境文明，北區的生態和諧，北區的人情味濃……人在北區，心境也會平和大度一些。這也許是我對北區產生的一份情愫，也許就是我這個一介寒儒仍「賴」在悉尼北區的一個藉口吧！

樓長羅斯

　　那年我在悉尼北區買了新房，是公寓樓的一個兩房一廳單元。所謂大樓，其實就是三層高的特大平房，十六、七戶人家。因為一些業主投資騰來倒去，一些租客也換來換去，所以許多鄰居互不相熟，只是打個招呼擦肩而過。大家都熟悉的只有樓長羅斯。

　　羅斯是澳洲英裔人，每周三傍晚，大家都看見滿頭白髮的他，將大樓的十多個紅的、綠的、黃的垃圾桶，來來回回拉到街道一旁；翌日早上，他又把被垃圾車清空的垃圾桶一個個拖回大樓存放處。本來，大家都想幫他一把，但這是樓長的職責，分工明確，若隨意插手，反而搞亂套，模糊了責任，也是對他的不尊重。這也是本地的一種俗規吧，人人遵守不逾矩。羅斯樓長也風雨不改盡職盡責，令人感動。

　　樓長，就是這棟大樓的管理委員會主任，也是業主之一。羅斯已退休多年，所以也有閒心管管大樓的瑣事。大樓四周都是綠化地，種滿花草樹。我家陽台前，雖有幾株樹木，但不是開花的那種，而艷麗的花叢都在平衡視線之下。我想抬頭就能看到鮮花怒放，便買了一株白蘭花樹苗種在陽台下，好讓它長高長大開花散香。

　　但沒幾天，我忽然發現樹苗不翼而飛，只留下淺淺的洞穴。我納悶，不會有人盜挖吧？這個小區可沒見這類偷雞摸狗的糗事

當黑髮黑眼遇上金髮碧眼

啊！我見羅斯低著腦袋在澆花，便與他打個招呼告知此事。他抬起頭想了想說，應該是花匠清走吧！大樓的綠地，是有專門的花匠規劃管理的，種什麼花木，剪枝鏟草，噴藥除蟲，都有講究的。可能是我沒與之商討破壞了綠地格局而被清走吧！羅斯笑笑說，你想抬頭見花？好主意，回頭我與花匠通通氣，讓他種些能開花的樹。不久，大樓的三面方向果然種了好幾種樹苗，不僅有白玉蘭，還有藍花楹、紫薇花等，這都是澳洲常見的開花樹木啊，開起花來滿樹生輝。澳洲水土豐盛，花木瘋長，相信三、幾年後家家陽台都可以抬頭賞花了。

有一天深夜，我被一幫孩童的喧鬧聲吵醒，他們嘻嘻哈哈的從大樓前的街上經過，漸漸走遠了，夜又歸於沉寂。第二天起來，我發現陽台牆上沾上一些污穢痕跡，其他住戶臨街的牆上也有，估計是昨夜那班頑童派對後亢奮難抑的惡作劇吧，便找羅斯告狀。羅斯察看了一圈說，我會警告那些小孩的，好在不嚴重，你們先清洗一下吧！

我也沒把這事放心裡。不久的一天，忽然來了幾個工人，在大樓外牆搭起腳手架，我下班回來，看到棚架把整棟大樓圍了一圈。原來羅斯請大樓管理公司安排油漆匠來粉刷大樓外牆。大樓外牆是紅磚疊砌，雨水沖刷就乾淨明亮，要粉刷的就是樓頂屋簷，各戶窗台，各家陽台，樓內的樓梯、過道等。這都是由大樓管理費來支出。至於樓內各戶室內的維修翻新，則是自理。幾天後我下班回家一看，大樓煥然一新，油漆之處閃閃發亮。如果這個時候售樓，買家只會喜悅，肯定增值不少。

羅斯並不多言，但大樓的管理很有章法。樓長是義務的，沒報酬，定期由各業主推舉，但大樓建成至今，一直都是由羅斯擔

任。樓長除了處理瑣事，還要監督管理費的使用，要與管理公司溝通。如果管理不善，管理費就會上漲，業主們就要增加成本負擔。我住進了幾年，大樓環境保持很好，管理費也沒調漲，羅斯做樓長，業主們確實都很寬心。

有一天我要送個郵件給羅斯，第一次走進他家，忽然明白了羅斯樂意長期出任樓長的理由。

這棟大樓，基本上是兩居室，個別一居室，唯獨羅斯是四居室。大樓的設計也有點怪，以他的居室為中心，三面環繞，獨留後花園，好像就是為他而特別設計的。雖然家家都有大陽台，但只有他家帶有後花園。羅斯是獨居老人，老伴去世了，兒女都有家另外居住。他為何守著這麼大的房子呢？閒聊中約略知道，大樓這塊地，原先是羅斯的別墅，是祖上留下的。早些年，這個社區要開發，拆了不少老別墅，建了許多公寓樓。開發商也看中羅斯這幅地，便收購拆舊建新。羅斯沒了地，但舊屋變新宅，獨處變群居。可能他對這塊地有記憶有感情吧，仍以主人自居，挑起了樓長的擔子。

按澳洲習俗，尊重個人隱私，我沒有打探羅斯的經歷。不知道他是否有過輝煌，有過失落，但我感受到他當下的存在，悠遊自在，好像是為大樓、鄰居、花草而快樂地活著。

有天我去商場購物，有個電動輪椅從我身邊駛過，如清風輕拂。我定睛一看，不是羅斯嗎？他什麼時候開始坐輪椅出門的，真沒留意。過了些時候，拉垃圾桶的竟換了隔壁大樓的一位大叔。見我好奇，他說，他與羅斯自幼相識，羅斯把這雜差委託於他了。我也很少再見到羅斯澆花了，感覺他的身體在走下坡路。又過了一段時間，每周五下午，社區服務中心的中巴就停在大樓

前，社區工作人員推著羅斯的輪椅，小心翼翼將他送上車。晚上，在老人俱樂部飽餐後的羅斯，也被中巴送回了家。看到這景象，我開始有點不習慣，車來車去，慢慢也習以為常了。

又過了幾年，地產商在大樓前豎了塊大牌子。什麼？羅斯的房子出售？我嚇了一跳，忙上門問候。他淡然一笑說，沒事，我要進養老院了，生活方便些，可以認識些新朋友，也不讓子女太操心。但我看得出，羅斯的藍眼睛有點閃爍，他對這個家有點依依不捨，嘮嘮叨叨地說著大樓的瑣事。

他的子女也來得勤快了些，幫忙清理房子。房子果然很快就拍賣出去了。某天我下班回來，房子空空如也，沒趕上送別他，有點惆悵，畢竟他是這塊地的土人啊，與我們朝夕相處了快十年的樓長。

新的業主是一對年輕的北京夫婦，很喜歡這房子，因為它是這棟樓的「地王」嘛。我對他倆說，房子的原主人是樓長，你們就繼任樓長吧，管好這樓，住好這樓，講好這樓的故事。他們知道了樓長的故事後，果然自告奮勇當起了樓長。

不久我家搬出了大樓，在另一個地方換了個別墅居住，鄰居的密度大大減少了，自己也給自己當了個「樓長」，體會一下拉垃圾桶、澆花剪草的「樂趣」。羅斯也慢慢淡出了記憶。

最近，新冠病毒從天而降，肆虐大地。從電視新聞上看到悉尼幾家養老院先後染疾，幾十位老人陸續離世，有點黯然。我突然想起入住養老院的羅斯，不知他是哪一家，是否安在？暗暗為他祈福。有一天，忽然接到北京樓長的來電，讓我回去一趟。原來，羅斯寄了張明信片給大樓居民，報個平安，也祝大家疫情之下多保重。我鬆了口氣。

病毒無情人有情，羅斯信中還提及我，問還能抬頭見花嗎？他希望大樓鮮花常開。呵，羅斯還不知道我已搬走呢！我忽然心頭一熱：大樓的記憶，就是羅斯的生命之花啊！

當黑髮黑眼遇上金髮碧眼

水鐘情懷

　　每天上班下班，我都經過那座水鐘。大凡到過悉尼北岸康士比的人，都知道商店區街中心這座全澳大利亞獨一無二的水鐘。

　　1992年它落成的時候，我正在就讀康士比移民英文班，老師帶我們去參觀，並讓我們描述一下這座水鐘。我們這些學員有來自香港、台灣、大陸的，更有來自歐亞南美各國的。大家七嘴八舌，有著不同的感受。當時正值傍晚，柔弱的燈光下，這古銅色的龐然大物，給人一種神祕感。有人說，它像一棵樹，老鷹、鳥雀、蝙蝠止棲枝頭；有人說，它像一架豎琴，風把那金屬管撫摸得叮噹作響。金髮碧眼的女老師笑笑說，不妨多看幾眼。

　　後來，我搬到了康士比居住，每天出門上班，都必經過這座水鐘。想起了老師的話，就多了個心眼，真的多看它幾眼。有時，我覺得它像個水塘，一對赤裸裸的母子伴著塘鵝在戲水；有時，又以為是噴泉，噴湧的水柱正灑落在水面上的十二個羅馬數字上。我不斷發現新的物體，有古希臘的面譜，有爬行的巨蜥，竟然還有中國的大肚佛。中國佛像在澳大利亞華人社區中很普遍，但出現在西洋藝術品中卻很新鮮。

　　某天，我恍然大悟，原來這是四個不同風格的古鐘組合。有英格蘭的琴鐘、希臘的漏鐘、瑞士的擺鐘，以及中國的水輪鐘。我真佩服這水鐘的設計者維多卡斯，把不同時空的東西方古典鐘式糅合一起，以水為動力，以水為連接，形成一個前後左右都可

以觀賞的動態立體巨雕。它亦是澳洲多元文化的一種展示。

自有了這水聲嘩嘩的鐘雕之後,康士比平添了幾分生氣。水鐘就在購物中心廣場,許多購物者就靠在水鐘的圍池邊歇腳。也有些推著童車的母親們,圍在一起交談。每天更有三三兩兩的遊人前來觀鐘,甚至還有一車車的旅行團。那些手提攝像機的韓國老人團,拍個不停。而身穿楓葉T恤的加拿大青少年,則圍著水鐘蹦蹦跳跳。住宅區康士比因水鐘也成了旅遊一景點。

每到周四集市日,水鐘周圍散布著一個個攤檔。小販的叫賣聲與水鐘的水流聲此起彼落,好不熱鬧。有時,水鐘旁拉起了橫額,豎起了小牌,成了集會的場所。有時,水鐘旁也搭起了舞台,響起了音樂。每年聖誕節,水鐘必是聖誕音樂會的最佳場所,紅帽綠衣的聖誕老人,成了小孩們追逐的最受歡迎的人物。

最近的一次地區節慶,便見有兩位中國男女登台表演京劇。那大紅大綠的戲服,那刀光劍影的功夫,還有那急急風的鑼鼓點,直把水鐘周圍的澳洲人看得一愣一愣的。

我們這些移民初來乍到,一般生活都比較緊張,工作比較辛苦,空暇之時看看水鐘,倒也獲得一種放鬆。加上周圍居住環境優美,入住康士比的華人日漸增多,華人的餐館、雜貨店、快餐店、服裝店、美容店、保健藥品店、文具報攤等也一間一間開起來,形成華洋共處,與水鐘相映成趣。

每天清晨,水鐘沐浴在陽光下,金燦燦,光閃閃,冒出騰騰熱氣。黃昏,晚霞抹在水鐘上,又籠罩著一種古典的寧靜。日出日落,年復一年,水鐘記錄著康士比的歡樂時光,也見證著華裔移民的生存發展。

碰碰運氣

　　澳洲人很能賭，據說每年投注的花費，全澳平均每人七、八百元，是美國人的兩倍。澳洲人的賭法也花樣百出，只要你有興趣，什麼都可以拿來賭，而跑跑馬，玩玩六合彩，打打老虎機，都是最大眾化的娛樂。當然，如果能在消遣娛樂中致富，誰個不想。但對大多數澳人來說，這些玩法，也只是消娛樂中碰碰運氣。這恐怕也是澳洲人的天性吧！

　　每年十一月第一個星期二那天，全澳大利亞只有一個話題——賽馬。一年一度的「墨爾本杯」牽動了澳洲人的神經。悉尼雖然不像墨爾本那樣把當天定為公眾假期，但大家也是非常投入。一上班，就見同事們大談「馬經」。事實上，當天的中英文報紙頭版新聞，就是這場國際賽馬盛事，各省省長還爭相在報上披露自己的「心水」馬。記得有一年，聯邦總理何華德透露自己的一匹「心水」馬，我和同事們都跟著下注，果然中了。再有一年，另一位總理又說出一匹馬，我們有樣學樣，結果輸了。這馬經真讓人琢磨不透，惟其如此，才吊起了人們的胃口。

　　當天午飯時分，大家都趕緊去TAB（投注站）下注，那裡早已人滿為患。不管白領、藍領，人們都喝著啤酒，圈劃著馬的號碼，兩眼炯炯有神。我從瀰漫著酒氣、人氣的投注站走出來，漫步到離公司不遠的達令港（中文也叫情人港），呼吸一下海港的新鮮空氣。沒想到，情侶嬉鬧、兒童耍樂，遊人休閒的草地，今

天也特闢了投注場地，人們或排隊買馬票，或拿著酒杯交換賽馬心得，或對著轉播「墨爾本杯」實況的大屏幕充滿期待。

下午三點，辦公室的同事們都放下手中的活兒，擠到了電視機前，捕捉那激動人心的一刻。每年此時此刻，全悉尼大大小小公司的員工，都定格在這個場面，也早已成為慣例。記得那年就在那瘋狂的幾分鐘裡，上屆冠軍得主「一號」馬大熱勝出，成為「墨爾本杯」史上第二匹三連冠的馬。而接著的一年，則是一匹日本馬爆冷奪杯，勝負在於瘋狂的瞬間。而今年，更爆出澳洲體育史上的大冷門，締造了「墨爾本杯」一百五十五年歷史上的首位女騎師冠軍。這項「男人的運動」被顛覆，投注的人誰能想到？於是，有人歡喜有人愁，但更多的人只在乎一種剎那瘋狂、碰碰運氣的樂趣。每次都有話題，每次都添情趣，小賭怡情嘛！

正是這種娛樂中碰碰運氣的天性，使得悉尼的博彩業非常興旺。不僅每周都有多場賽馬，而且還有各種彩票玩法，如果你想打老虎機，更是每天二十四小時都有機會。不過我看過手相，知道自己沒有那種「橫財」運，連小小的抽獎都背運，所以沒有非分之想，從不打老虎機，跑馬和六合彩也只是偶爾為之，跟大伙湊湊熱鬧。但街頭上隨處可見，玩得方便的俱樂部、投注站、彩票攤，不僅是澳洲人的一種生活方式，也是政府財政收入的一個重要來源。

博彩業的稅收，往往令省長「眼紅」。我初到澳洲時，紐省是禁開賭場的。人們只能到墨爾本皇冠賭場去玩玩。後來，一向「潔身自好」的紐省終於按捺不住，宣布開禁，在達令港畔建起了悉尼大賭場——星港城。星港城與其說是賭場，不如說是娛樂城，吃喝玩樂、住宿交通一應俱全，已成為悉尼一大旅遊景點。

除了看文藝演出，我是不上那兒的，但也曾幾次陪同中國來的朋友逛逛賭場。走進賭場，那種金碧輝煌著實令人中樞神經興奮。特別是那半堵牆壁的巨大魚缸，五顏六色的深海魚嬉水潛游，真有點風生水起的感覺。

賭場裡我發現了一個有趣的現象，華人西人賭的方式，有所不同。在上百張賭桌前，大半都是亞洲臉孔，而且多數是華人。男女老嫩，個個目光炯炯，沉默寡言，令賭場氣氛處於隨時爆炸狀態，緊張得透不過氣來。玩牌靠技術與膽識，華人善於記憶，精於數學，所以都喜歡玩撲克牌「十三點」，那是一種心智的較量。而西人則喜歡玩擲骰，轉輪盤、老虎機和拋硬幣之類的賭法，這類非技術性的遊戲，全看你的手勢和運氣，可以玩得很輕鬆隨意。

有位在賭場工作的朋友問我，你知道賭場貴賓廳的豪客多是誰？我說，當然是東南亞和港台的華人商家啦！她搖搖頭，一板一眼地說：「近年是中國大陸人。」

她告訴我，有個中國豪客「鏖戰」了一天一夜，輸了十萬澳元。她端上紅酒，想安慰幾句，他揉揉發紅的眼睛，淡淡說，沒事，回去開張公司支票入賬就行了，不就是少了一輛「寶馬」嗎！不愧為財大氣粗的豪客。不過，這也只是一時之風，中國打貪風潮一起，這類豪客也少見蹤影了。

我舉頭看看貴賓廳的天花板，圓圓的拱頂似蒼穹，繁星閃爍恰似滿天金銀撒向人間。朋友說，這設計也很講究風水呢！初時拱頂象是一張漁網，賭客不高興，說不是把我們一網打盡嗎？賭客寥寥。改為繁星後，果然賭客盈門。

貴賓廳的常客也有許多本地華人。有意思的是，貴賓廳免費

提供飲食，許多華人會員不僅吃飽喝足玩夠，而且還領家人、朋友來吃免費餐，把貴賓廳當成了食堂。

自從有了賭場，悉尼也多了一些悲喜的故事。我曾看見幾件發生在華人身上的事情：有人抽獎中了「奔馳」（又稱賓士）開出賭場，也有人在賭場洗黑錢被警察拘捕，還有人一貧如洗從賭場出來走到橋上投河自盡。

博彩是政府的生財之道，是百姓的娛樂方式，但博彩也是一個鋪滿鮮花的陷阱，特別對那些「走火入魔」想走捷徑發橫財的人，往往會招致傾家蕩產甚至搭上人命。因為博彩只是一個美夢，據說中大獎的機率通常為一百萬分之一，相當於人給雷擊中的可能性，嗜賭只是生活壓力下的一種夢幻和宣洩方式！所以政府設有各種限制條例以防不測，社會團體也設有戒賭機構專門幫助那些難以自拔的人遠離陷阱。

切記，在澳洲你可以碰碰運氣，但莫把人生當賭注。

順其自然

我雖然也深深體會父母疼愛兒女的滋味，但有時在公共場所看到澳洲人對自己孩子的態度，還是有點不可思議。

那次在火車上，我前面坐著一對金髮碧眼的夫妻，乍看以為他們還在蜜月期，一路上摟在一起親呀吻呀忙個不停。其實他們的孩子都有一歲多了，自個兒躺在嬰兒車上無人理睬。也許那「滋滋」的熱吻聲也令嬰兒產生妒忌，便手腳舞動「哇哇」哭個不停。我想，這小夫妻該到此為止了吧。然而他們卻彷彿視而不見，聽而不聞，仍在親熱著，任由那嬰兒嘶啞地抗議著。後來，母親終於轉過身來，摸摸孩子的臉蛋，叫聲「親愛的」，塞上一個奶嘴，又轉身摟著丈夫了。我心想，如果是華人，母親早把小寶寶摟在懷裡，把父親擱在一旁了。

澳洲父母這類「冷落」孩子的鏡頭幾乎隨手可拾。我常在路上看到一些年輕母親，昂首闊步走在前面，而僅幾歲大的小孩卻搖搖晃晃跟在後面小跑著。我又想，假如是華人，母親一定會牽著小孩的手慢慢走，並一路提醒心肝寶貝小心別摔倒。

在公園裡，也常看見一些澳洲母親躺在草地上看書聊天曬太陽，任由她們的小孩在一旁蹦蹦跳跳，爬滑梯、攀繩索、蕩鞦韆、走獨木橋，偶有小孩跌倒了，也只是叫其自己爬起來，繼續玩耍。而華人母親，這時卻會黏在小孩旁邊，扶這個、拉那個，吆喝著小心小心，生怕有個三長兩短。

待孩子長大了點，澳洲父母的照看更放任自由了。小學生當報童，中學生賣麥當勞，大學生到超市收銀，都是非常普遍的，隨眼可見。孩子們走出家門自己掙零花錢，自己尋找消遣的現象很普遍。而這時候，華人父母大多是在家裡逼著孩子乖乖地做沒完沒了的功課，或趕孩子上各種補習班、才藝班。吃什麼、穿什麼、看什麼、學什麼，都嚴加管教，且不惜血本盡情提供。

我有時在想，天下父母一般心，哪有父母不疼愛自己的孩子、不望子成龍、望女成鳳的，只是澳洲人有澳洲人的管教方式罷了。澳洲母親，大都為照看孩子而放棄工作，父親的周末，也貢獻給孩子。澳洲人管教孩子看似「漠不關心」，其實是不嬌寵、不施壓於孩子，讓孩子發揮自己的天分。孩子自小便摸爬滾打，倒磨練出獨立自主、闖蕩冒險、奇思異想的精神品格。

所以那些欺山欺水的背囊客、弄潮兒中，你較少看到華人的臉孔，那種激烈衝撞如橄欖球的運動，你更難找到華人的身影。而華人卻見長於動腦筋、技巧性的活動，所以每屆數學奧林匹克大賽，澳大利亞代表隊總少不了華裔學生擔綱。乒乓球隊、羽毛球隊，若沒有華人當主力，就根本組不成隊參賽。

兩種不同的育才管教方法，鍛造了心智、體能及氣質不同的一代人。究竟是像澳洲人那樣放任自由、順其自然好呢，還是像華人那樣百般呵護、刻意培養好呢，我不知道，各有各的成才方法。

不過我又覺得，華人父母視小孩如掌上明珠，精神壓力、心理負擔實在是太大了些。我也是為人之父，倒是希望孩子能在多一點自然、多一點自由的環境下成長，也許能增強點體魄，增加點灑脫，甚至一般華人常有的雞腸狗肚小心小眼的陋習或許也能減少點。

愛，回家

　　人們都向往著希臘神話中的伊甸樂園，在腦海裡展開各種想像：天人合一、擁抱自然、人情溫馨、世態和諧……，然而阿姍夫婦卻不只是想像，而在動手構築著自己理想中的樂園。

　　阿姍是我的中學校友，來自廣州。她邀請澳洲的校友們到她那裡歡聚。那是什麼地方？就是悉尼西北郊的一個農莊。農莊掩映在蔥綠的山林之中，驅車在林中兜兜轉轉，時而眼前青翠，時而遠處金黃，果真有種返璞歸真、遠離塵囂的味道。

　　按我想法，農莊就是羊兒漫山、馬兒遍野的牧場。但進入農莊，首先映入眼簾的竟是一座寬大的教堂，牆上高高的十字架、室內厚重的祈禱櫈，透出一種莊嚴肅穆。草坪四周散布著一棟棟小別墅，也有連排的客房。餐廳旁邊挨著祈禱室，牆上貼有福音的文宣資料。我好奇問姍，這是教會的農莊？她搖搖頭：不是，是我們夫婦開的休閒度假莊園。

　　我說，這環境有點傳教的味道啊！她笑笑：我不會刻意去佈道，但我是個牧師志工，當然也希望來度假的人能感受到神的愛心，有種回家的感覺嘛！

　　這也許跟她的經歷有關。姍成長在那個動亂的年代，家境淒涼，受盡屈辱。她曾跟著母親在五羊城彩虹橋下撿垃圾維生，幼小的心靈立下大志，一定要讓母親過上好日子。來澳後，並不是一切如願，每天打工、拼搏，有點心力交瘁。疲憊之中，她偶然

經過教堂，唱詩班的聖歌輕輕飄出，如天籟之音，忽然讓她感到一種精神的鬆弛、心靈的陶醉，於是便順著歌聲走進教堂，結識了一班兄弟姐妹。在牧師的引導下，她心頭豁然開朗，生活也顯得豐富有趣了。她也常常把自己的人生感悟與信眾分享，漸漸就成了一個牧師志願者。

她的美容店收入不菲，也如願把母親接來澳洲。但她知道這個世界不僅有個人的苦和樂，也有眾生的苦和樂，許多貧困、病擾、無助的人，也需要溫暖、關懷、幫助。她不僅僅是口頭上傳播福音，更想去做些具體的實事，讓人們真真切切感受主的寵愛，神的力量。

每個周末，她都四處遊轉，想尋找一塊合適的地，建一個理想中的樂園，能讓人享受大自然的樂趣，也可感受人世間的溫暖。有個當律師的教友看在眼裡，說，我有一個農場空置了多年，你看看合不合適？她一看，一百多畝的山林，還有現成的房子，人煙疏落卻交通方便，太好了，正合她意。可一問價，心都涼了。那教友想了想，然後慷慨地說，我理解你，支持你做善事，地就半價給你吧！她說，我把美容生意賣了也還遠遠不夠啊？熱心的教友說，沒關係，我來幫你辦妥貸款，好讓你心想事成。

說來也巧，有了信仰以後，她總是心想事成，總會遇到貴人相助。她顯然是個很有故事的人。我們正聊著，有位大媽進餐廳來收拾。姍說，你看得出嗎？她得了重病，吃了一些西藥效果不明顯，我把她接來這裡，讓她吃中藥調理身體，和人聊聊舒緩情緒，也做點清潔活兒，動動筋骨。

大媽的確看不出是個重病號，快快樂樂地打掃著。我知道，

當一個人生病的時候，痛苦、怨恨、沮喪……負面的意念會占據腦海，消減能量，增加病重。如果身上注入了善心、愛心、寬容、平和，配合藥物治療，驅除病因的效果就會好多了。

我們常常向往著回歸自然，與世無爭，可既奢望又逃避，總放不下眼前擁有的東西輕身而去。而姍卻能斷捨離，在這山野經營了七年，還準備讓更多的人免費來這作心療。這不是常人能有的境界。只是我擔心：這裡不養牛羊，只養人心，怎麼賺錢？

她很坦然：這個莊園只是我夢想的一個平台，不以盈利為目的，平常的度假業務，還包括做禮拜、辦婚禮、舉辦會議、訓練營等多功能活動，收支平衡就好了。她反問，你知道這個莊園叫什麼名嗎？

我指著遠處藍天下大門的牌子說：不就是「愛‧回家」嗎？她呵呵一笑：對呀，這就是我的初心！無論什麼信仰，歡迎各方朋友加入這個大家庭，與愛為伴，與神結緣。說到這兒，她那四、五十歲的臉上，竟露出十八歲般的燦爛笑容。

中央車站的活雕像

　　有一陣子，我幾乎每天都看到他。

　　他耷拉著腦袋，雙目微閉，五指顫動，不緊不慢地拉著他的破二胡。

　　那是在悉尼中央火車站的地下長廊。每天早晨，我都腳步匆匆穿越長廊直奔百老匯大道，趕著上班。長廊很長很長，約莫要走十分鐘。如果不是趕時間，漫步長廊絕對是一種享受。因為長廊兩旁是色彩斑斕的現代壁畫，每次你都可以讀出不同的含意，嚼出無窮意味；一路上，更有三三兩兩的街頭藝人吹、拉、彈、唱；各種風味的音樂響不絕耳，響徹長廊。

　　賣藝者時常變換著，鳴響的音樂也不斷變化著。那天，忽然飄來一陣刺耳的二胡聲，心裡不免打了個「咯登」。循聲望去，只見一位中國小老頭蜷縮在長廊的一角，「吱吱呀呀」地弄出極不和諧的聲音。那也是音樂嗎？我為他難受。接連幾天，總聽到那令人寒磣的聲響。他是誰？每次打他身邊經過，心裡總是納悶。

　　長廊裡賣唱的藝人，大多是具專業水準的藝林好手。你看那披肩長髮的亞裔男子，手抱吉他，聲情並茂，直唱得你心蕩神搖。每次走過，我的身子總情不自禁左搖右晃，融入他的音樂節拍。那位土著的長竹筒，也吹得響亮深沉，吹得整個長廊如水瀉山搖，浩氣長存。還有一對鄉村歌手，男的吉他彈得絲絲入扣，女的聲腔唱得鶯鳴燕囀，天衣無縫的配合令你如癡如醉如狂，忍

不住為他們扔下幾枚硬幣。也有一個打洋琴的中國人，洋琴下擺著一對喇叭，放著配樂音帶。他雙手捏著兩根竹棍，嫻熟地敲打著，把世界古典名曲演奏得如音樂會的現場效果。瞧他那功夫，那架勢，不用問，準是中國某樂團的專業樂手。

再聽聽那把二胡，簡直是活受罪，有了上句沒下句，跑了調離了譜。每次聽到那一團糟的噪音，我都左顧右盼，下意識地看看周圍的行人，生怕他們以為這就是中國的音樂，真有種讓華人丟人現眼的感覺。

這老頭不僅不是專業人士，那五音不全的水平恐怕連愛好者、發燒友、票友都稱不上。他為什麼斗膽獻醜？

大凡街頭賣藝的人，都有兩手真功夫。尤其是中國人，無論寫字繪畫、唱歌跳舞、彈奏樂器的，在中國時大都是受過專業訓練的人士。在悉尼歌劇院前，達令港裡，我曾見過幾位拉小提琴的中國人，他們都出版了音樂磁帶。而那位洋琴手，身旁就擺放著自己的音樂CD售賣。這些中國藝術家，來澳後走上街頭，一是為生活所迫，二是不甘放棄專長，他們是以自己的藝能去尋求一種新的生存方式。有一對華人吉他手與電子琴手，就背著背囊踏遍澳洲的山山水水，彈奏著他們人生的旋律，演繹著生命的音符。

然而這位毫無藝術感覺的二胡老頭，顯然不是為了藝術興趣為了尋覓藝術知音而浪跡街頭，他以己之短與有專長者爭飯吃，也許逼於生活的無奈吧！

那斷斷續續、顛顛顫顫的樂曲，雖然走了調，但我仍可依稀聽出它是《江河水》、《東方紅》之類的民謠。他大概是從中國大陸來的吧，他反覆拉著上世紀六十年代那首家喻戶曉的「不忘

階級苦，牢記血淚仇」，拉著那些悲悲戚戚、控訴呻吟的曲子，莫非他真有訴不完的苦?!無依無靠？孤寡老人？他那不忍卒聽的生活顫音裡，或許藏有悲痛慘烈的故事？

每次經過，我都想與他打個招呼，想找個機會與他聊聊，聽他傾訴。旅澳的中國人，都有許多可歌可泣的故事。他們或成功，或失敗，或平平淡淡，或碌碌無為，都有說不盡的悲歡離合，榮辱沉浮。多一份溝通，便多一份關愛，多一份激勵。聽他切身感受的傾訴，肯定會比聽那二胡真實感人的多。然而他總是一個姿勢，一副表情，不望行人，不說一話，低頭撥弄那把破二胡，彷彿一座凝固的雕像。

長廊的藝人，大多演唱演奏得神采飛揚，不斷與行人作感情交流。你望他一眼，他會點點頭；你扔下硬幣，他會說聲「謝謝」；你若有興趣與他搭訕，他也會樂意攀談。有位東歐模樣的老太太趨前與那亞裔吉他手嘀咕兩句，吉他手竟停下彈唱，從琴盒上撿起一個硬幣遞與老太太。不是行人施與賣藝者，而是顛倒過來。老太太如雪中送碳一臉歡喜道謝著離去。

二胡老頭永遠沒有這個場面。他不望不聽，不言不語，重複著他的動作，反覆弄著那令人汗毛倒豎的聲音。我實在無法與他交流。

好一尊活雕像，一個中國落泊老人的縮影。

那一天，我忍不住掏出一枚硬幣，「叮噹」一聲，硬幣在他的琴盒裡蹦了幾下，他卻毫無反應，仍一如既往埋頭製造那不成腔不成調的噪音。

人生在流動，社會在流動，難道他的心理時空是凝固的嗎？我真想探究。

新移民詠歎三章

　　今天悉尼的大街上，你若不想見到中國人的臉孔，幾乎不可能。在市中心的喬治大街，熙熙攘攘的人群中，你更可以隨意聽到普通話的交談，粵、閩、滬、川等方言，也不時會飄入耳中。澳大利亞的華人，現今已有一百二十萬，而悉尼也有六十多萬之眾。在英語國度的澳大利亞，華語已是第二大語言了。

　　可二十多年前，也就是我剛來澳洲的上世紀九十年代初，情況完全不一樣。那時除了唐人街和幾個華人聚居的小區，在路上難得見到幾個華人，偶爾聽到鄉音，就有一種分外的親切感。那時大部分華人，都是上一輩的老僑，或是香港、台灣人，以及馬來西亞、新加坡、越南華人。適逢中國打開國門不久，出現了出國留學熱潮，湧來澳洲的也有四萬中國留學生。那時，我們都把這批人戲稱為「四十千」。因為英文裡沒有「萬」這個量詞，只有「千」的說法，所以這四萬留學生，就被稱為「四十千」。這些留學生，就是中共建政後移居澳大利亞最早的中國大陸人群體。也就是說，澳洲人、澳洲華人，真正地感性地認識活生生的中國大陸人，大抵就是從這「四十千」開始。

　　「四十千」居留之後，變成了新移民，隨著這批人的父母親朋接踵而來，隨著各種投資移民、人才移民一波又一波，以及中國越來越開放，政經、商貿、文化往來越來越頻密，居澳的中國大陸人也在澳洲華人中占了半邊江山。據官方統計，在中國出生

的澳洲華人，已有六十五萬之眾。

確實今非昔比了。今天澳洲有十多萬在讀的中國留學生，他們都是父母花大錢送出來讀書的，不少人還有車有房有匯款，消費瀟灑。但他們可能不知道，當年「四十千」的「慘況」。當年的留學生，來澳時都是兩手空空，都是一無所有，要靠借錢出國。所以，白天讀書，晚上打工，要掙錢交學費還要匯款回國還債。為了省錢，他們常常十幾人擠住一房，乾啃個麵包就頂一頓。箇中的淚水、汗水，跟文革期間上山下鄉的知青差不多，所以坊間才有「洋插隊」的稱謂。他們中許多人今天也是生意場上的成功人士，各行各業的專才，那都是一點點積攢，一步步拼出來的。不像現在許多來澳發展的中國商人，一出手就是大項目，一掛牌，就是大集團。

但不管怎麼樣，當年的留學生、新移民，在逆境中成長，在異域裡開拓，那種不屈不饒的中華民族的奮鬥精神，在澳大利亞的中國新移民史上也是閃光的一筆。要知道，當年這些生存於異域的中國人，最難堪的還不是物質生活的苦況，而是精神追求的困惑。近日隨手翻出抵澳初期寫下的幾篇小文，就是當年生活情感的真實寫照，故藉此集為一文，可謂「新移民詠歎調」的留聲。或許，你能從中悟到點什麼?!

一、忘卻過去

一踏上澳大利亞這片異域，我就非常明白，一切將從頭開始。

從頭開始是極其艱難的。我知道曾經有位來自上海大都市的留學生，在珀斯一下飛機，心裡就涼了半截。映入眼簾的竟是鄉村風貌，且消費高而找工難，不知今後如何維持。他思前想後，

不到一周便捲起鋪蓋打道回府了。在大批闖入澳洲的年輕華人中，像他這般望而卻步打退堂鼓者，也許為數不多，但對於重新開始缺乏足夠心理準備者，我想並非鮮見。

有位來澳不久的留學生朋友，在我面前就多次抱怨道：「這裡沒有我們上海好，我一點兒都不喜歡。」這位畢業於上海名牌大學且有自己專業的女生，在這裡為生計所迫而身不由己地充當酒樓清潔工，這是她在中國絕對不肯屈就的。她甚至不敢寫信告訴父母，以免家人擔憂，也有辱於自己。滿懷希望而來，卻跌入進退維谷之尷尬，從頭開始何其嚴酷。

即便是我這位新移民，也品嚐到嚴酷的滋味。儘管在中國辦了十多年報刊，爬了十多年格子，但來到這個陌生的英語世界，也一時難以重操舊業，只得把職稱、文憑、著作之類統統收起，暫且棄文從工，重新去體驗那當年知青般起早摸黑、辛勞從儉的打工生活。

無論是對留學生，抑或新移民，尤其是那些曾經擁有的人來說，從頭開始，將意味著要重新付出曾經付出的代價。這樣，你不得不忘卻過去，哪怕你曾經擁有自己的事業，自己的輝煌。那只是證明昨天，而今天和明天，則要以自己的生存去重新證明。

我以為，忘卻過去，大抵也是一種價值觀念的轉換，是在新的生存環境下以一種新的生存方式生存下去。只是這種轉換未必不痛苦。

澳洲是個開放性的多元文化社會，各種文化精華可以藉此相互吸納融和。然而深受中華文化傳統浸染的炎黃子孫，卻似乎有著根深蒂固的、排他性較強的價值觀念，如是往往沿用原有的眼光來打量澳洲，用傳統的價值尺度來衡量自己，顯然會與這個

新的生存環境處處格格不入。倘若不忘卻過去，確立新的價值觀念，及時調整心態，在一種全新的社會，全新的生活面前，你將難以獲得心理平衡，也有礙於自己去重新定位，重新實現。

二、無奈的困擾

　　來澳之初，我沉迷於它那充滿魅力的田園風光、都市風情及社會文明。然而接觸一些留學生朋友，卻似乎少有這種心境。儘管有些人已獲得臨居身分，有固定工作，也與家人團聚，或組建家庭，但仍然惶惶惑惑，焦慮不安。事實上，在此居住些時日之後，我也逐漸領悟到生存於這片異域的某種無奈的困擾。

　　俗話說，不是猛龍不過江。千里迢迢，跨洋越海的中國人，不乏知識精英和技術專才。但由於語言障礙、觀念隔閡和就業機遇等問題，許多心圖大志的莘莘學子，都不得不放棄自己專長，屈就於非專業技能工作。在唐餐館，在製衣廠，在清潔公司，你會看到許多辛勤勞碌而薪水低微的下層員工，竟具有高學歷、高智商、高技能。可惜英雄無用武之地，文化人洗碗端盤子的大有人在。可以說，餐館酒樓等是個藏龍臥虎之地。我每天上班都經過一個經營北方風味的小餐館，很多時候都會看見一個中年男子戴著白帽，掛著白圍裙在餐館門口向著路人拉小提琴。看樣子，就是個廚工，看手勢，卻像開演奏會，聽樂聲，完全在專業音頻。估計是位曾經的音樂家為自己的餐館招徠食客。其實，許多人都是從餐館起步，歷盡艱辛與痛楚，把握了機會，發揮了潛能，終獲某種成功，今天才有一點瀟灑的模樣。但不少人仍然處境艱難，學非所用。要在新的國度裡發揮專長，恐怕得耐心等待機會，或努力創造機會。只是機會往往可遇不可求。

許多華人大抵都有種融入澳洲社會的渴求。但在這方雖非孕育過他然而正承擔著他的土地上，總感到自己是個局外人、漂泊者、過客，頗難產生歸宿感。

每當我途徑悉尼市政廳，目睹那屹立於大樓前的銅帆雕刻，即有一種「遨游四海，以澳為家」的感應。這座由華人社區捐贈，英女皇剪綵，誌慶悉尼建市一百五十周年的雕塑，我以為不僅表彰了華人對澳洲的長久貢獻，也表達了華人對澳洲的責任與義務，同時亦發出了華人迫切融入澳洲社會的一種心聲。我見到不少華人，在開創自己的事業，關注個人生計之同時，也投入於社會，創造於社會，服務於社會，受益於社會，尋求與社會的溝通，建立對社會的責任感和參與感。我想，所謂參與感，就大多數人而言，並不一定是參政意識，而是對社會公眾事物的關注，把息息相關的個人利益與命運維繫於社會，與國家同舟共濟，盛衰相依。

人類生存之困惑往往是無奈的。擺脫困擾談何容易。惟其如此，才富於挑戰性。在新的歷史時空中，這種生存競爭的挑戰，對於具有民族美德、聰明才智、開拓精神的華人，無疑是一種生存能力的考驗及證明。

三、文化貶值

在中國搖了十幾年筆桿，來澳後當然還想繼續吃文化這碗飯。但許多朋友卻潑我冷水，說什麼搞文化沒錢賺，收入少，難以生存。不少曾在中國當編輯、記者的朋友，更是現身說法，一個個棄文從商，埋頭做生意去了。某兄空暇時也玩幾筆，給報刊寫點消閒文字；某君則念舊之心仍有，決意搏它幾年掙夠了錢，

再殺回文化圈。像悉尼文俠阿忠那樣兩袖清風，對寫作仍如癡如醉者，委實鮮見。在他任職的報紙停刊後，聽說他與人合伙開肉店，顧客進門買肉時，他手裡還拿著報紙低頭猛讀呢。

在許多人看來，文化是一個高雅的東西，然而對於文化人來說則是吃力不討好的行當。不少人傾其多年積蓄，辦報紙、雜誌，開書店、畫廊，搞沙龍、影樓，卻在慘澹經營之中。雖說做文化生意，但往往無利可圖，不賠本已是萬幸。這些文化人，與其說搞事業，不如說為謀生，還談不上為文化而文化，為藝術而藝術。他們的才華、學識、潛能被壓抑在生存的物質追求上。他們的的確確體驗著一種智慧的痛苦。

文化是崇高的，但文化人的地位未必那麼高。當地大凡什麼社交及公益活動，雖總要推幾個文化人出台，但多半是為政界、商界捧場助興的角色而已。即使原總政歌舞團的哈佩素小姐兩度榮獲悉尼歌唱大賽的桂冠，也難以走上澳洲主流藝術舞台。中國十大歌星之一的沈小岑小姐也不過先是酒樓駐唱歌手，後在夜店客串，繼而開班授徒。象原東方歌舞團的俞淑琴小姐那般能在澳洲藝術舞台上一展身手者，可謂鳳毛麟角。大多數中國專業文化人士，在這裡只能以文化為副業，打工之餘玩玩自己的本行。大學教師能周末教小學生中文，記者、編輯能兼職寫點文章，歌星、樂手能客串一番，書畫家能搞點展銷，已是幸運兒。而好些音樂家、畫家淪落於街頭賣藝討幾個小錢，有點令人慘不忍睹。如是，文化人大抵有某種失落感。

文化人的失落、貶值，無疑影響華人社會的整體素質。且不說一般華人的文化修養，君不見，不少中文報刊文字錯漏百出，語言疙瘩連篇，許多未入流的的書畫劣作高懸於門庭廳堂。無怪

乎，來自廣東的梁小萍小姐的創意書法，以其功力以其新意，就
能殺通唐人街，進入省議會大廳。

勇敢的戴安娜

　　戴安娜（又譯黛安娜）王妃去世20周年之際，澳洲各大報紙和電視台都大肆報導，重燃了人們對這位王妃的熱情與懷念。我也看了電視專題片，無論歷史學家、傳記作家，還是皇室成員、生前好友，都真情地憶述了戴妃的生命軌跡，探討了戴妃的人性悲劇。而兩位已長大成人並成家立室的王子，更是痛悼母親，逐漸理解了母親生命的意義。

　　記得當年戴安娜放棄皇室，尋找真愛，鬧得世間沸沸揚揚，也引來了流言蜚語。許多人仰慕她，同時也把她置於一個特殊的位置，以特殊之倫理去規範她。而我則以常人之心，既能理解她的「叛逆」，也很讚賞她的勇氣。所以在她還活得自由自在、迷戀一段新情感的時候，我就執筆寫了一段文字，投書悉尼報館。現在重讀下面這段文字，仍然是對她欽佩。

　　英國王妃戴安娜與製片人多迪・法耶茲的戀情，不斷被媒體曝光，其個人隱私一次又一次被攤在光天化日眾目睽睽之下。我覺得，她是一個很可憐的人，同時也是一個很勇敢的人。

　　戴安娜曾經是一代少男少女的偶像，也是熟男熟女的女神，還是老夫老妻的幻想，風靡世界。那時我還不懂得狂迷於她，只覺得她是個漂亮幸運的女子而已。如今，她仍是那麼風姿綽約，但幸運之神不再眷戀她了。有關她的新聞、緋聞沒完沒了，我倒

開始敬佩她了。

我們這些凡夫俗子，常常夢想著能找個富翁或富婆，管他（她）是老是嫩，是美是醜，能過舒適生活，盡情享受就行了。年年月月日日為三餐奔波勞碌，確實有點心寒。然而一切物質生活都擁有的戴安娜，卻寧願放棄大富大貴至尊至榮的皇室身分，去追求自己的精神情感生活。她不願意生活在皇室的套子中，而要在個人的自由天地中伸展，這是許多人所難以想像，也不會去做的。

尤其難得的是，與王儲感情破裂的她，不願戴上虛假的光環，而敢於追求真實的愛。要知道，在皇室的微言下，在媒體的監視下，在公眾的壓力下，她的愛，要付出多大的代價。我們現在讀戴安娜的緋聞，只是作為茶餘飯後的消遣，但可曾想到，正是我們這種津津樂道的閱讀，令戴安娜本人止承受著巨人的精神痛苦和心理壓力。她二十四小時受到媒體的追蹤，毫無個人隱私可言。去健身房，才展開雙腿，便落下個性感照；出席慈善活動，剛邁出車門，便又得了個「露底」照；甚至在浴室舒展一下，修修腳趾甲，也爆出個「春光乍洩」的裸照；要和情人幽會，便被公諸於眾。真是室內室外，白天黑夜無處躲藏，你說活得累不累。

戴安娜活得很累，但也活得很勇敢。就是在這種「無人身自由」的環境下，她仍敢於去愛。你查爾斯迷戀舊愛，我戴安娜就尋找新歡。我周圍的同事、朋友，也常高談什麼相好、知己、情人之類的話題，但從來都是有嘴無心，或有心無膽，都是只說不練的那類人。一個普通的人，自由的人，尚且想愛而不敢去愛，需要愛而不願去追求愛，而貴為王妃的公眾人物戴安娜，其勇敢

與膽識可想而知。

　　我並非鼓勵「紅杏出牆」，而是覺得戴安娜經歷了虛幻之後，開始懂得自尊自愛。尊，尊重自己的情感；愛，愛自己所愛。她終於知道自己想要什麼，能幹什麼，敢於為自己而活著，勇於為自己追求真愛的行為負責。

　　理論上人人都會懂，但實際操作起來，大多數人都會被有形與無形、外界與內在的條條框框束縛自己，永遠活在自己給自己的矛盾與折磨之中。

　　至於戴安娜與查爾斯及卡米拉之間的糾葛，那是他們的私事，我不想去說是說非。我只是敬重戴安娜追求真愛的勇敢。同樣，既老又醜的平民卡米拉，能不顧世俗偏見，幾十年如一日擄住一人之下萬人之上的王儲之心，也是一個值得敬重的勇敢者。如是，為難的只是查爾斯，尷尬的是日落的大不列顛皇室。

　　很不幸的是，就在上面這篇短文於報上刊發之時，突聞戴安娜王妃車禍身亡，舉世震驚。此文竟成了我對她的輓詞。

　　戴安娜死於媒體的追蹤，死於真愛的追求，她以令人悲痛之死，再次證明她是一個勇敢的人。一個世界偶像死了，但戴安娜的故事不死。

　　二十年後的今天，她的故事在延續。她的兩個兒子威廉和哈里，終於克服了心理陰影，首次在媒體上公開表達對母親深深的愛，包括對母親追求真愛的理解。這也是一種勇氣，一種成長。

第一張罰單

澳大利亞沒有戶籍制度，人們可以自由居住，隨意遷移，所以沒有戶口簿，也沒有身分證。澳洲人若要證明自己的身分，通常是出示駕駛執照。除了小孩或初來乍到的新移民，澳洲人誰不會開車呢？澳人家裡一般都有一或二、三輛車，若以全國平均人口計，每兩個澳人就有一輛車。所以駕照證明身分，是最有效最便捷最普通不過的了。

我的駕照不是L牌（初學者）、P牌（實習者）、銀牌（三年經驗者），而是金牌（五年經驗者）了，而且是第三次金牌，也就是說，我駕車已經十多年。所幸的是，我的駕照沒扣過一分，沒罰過一次款。這意味著我是一個有著良好記錄的安全駕駛者。

不過，這回我卻領了第一張罰款單。

十月的南半球，春光明媚，一年一度的堪培拉花展，鋪滿了鮮艷奪目的鬱金香。我經不住誘惑，拉著一家大小駕車從悉尼前往堪培拉觀賞花展。悉尼是個鮮花盛開的地方，我為何還要驅車奔往三百五十公里開外的地方呢？其實我是想享受一下我的新車，享受一下長途駕駛的樂趣。

今年初，我換了輛白色本田，但磨合期間不能開快車，只好耐著性子憋住勁兒柔柔慢轉。磨合期終於過去了，正需要一次長途高速的試練。這不，既可以看花展，又可以飆快車，真爽！

轉出悉尼市區，踏上去堪培拉的高速公路，時速標明一百一十公里。輕踏油門，本田就像脫韁的白馬飆向藍天白雲。輕盈、省油，本田的優點在高速中全發揮了出來。

　　兩旁，漫山遍野的馬羊一掠而過；前方，疏疏落落的車輛轉眼間被拋到腦後。飄飄然中，我瞄一下時速表，哇，一百三十。我並沒怎麼使勁嘛，就超速啦！正考慮要不要減速，猛然覺得前方樹叢中有輛警車，心頭一驚，警車已一閃而過。

　　我忐忑不安，頻頻看倒後鏡，生怕警車追上來。終於放下心了，可能是剛才警察正低頭寫什麼吧，也可能是測速器沒工作吧，我有了一種僥倖的心理。

　　壞就壞在這種僥倖心理。

　　回程的路上，大家彷彿仍陶醉在花叢中，也有點疲態。為了讓小孩早點到家休息，第二天好起早上學，也為了過過飆車癮，我依然車速不減。公路上的車，不管是奔馳、寶馬，或是豐田、福特，好像都彬彬有禮，不急不慢地讓我爬頭。本田氣都不喘一口，一下子就成了路上的一隻領頭羊。

　　前方已沒有超趕的目標，我繃緊的神經稍稍鬆弛一下，卻聽見太太一聲「警車！」如雷貫耳。我條件反射，一鬆油門，但怕後面的車追尾，腳剎不敢踩得太狠，本田已從警車身邊呼嘯而過。

　　從倒後鏡一張望，我倒吸一口冷氣：「完了！」這回警車不再沉睡，紅藍警燈閃動起來，很快就尾隨而至。我見勢不妙，乖乖地讓本田歇在路邊。警車上走下一位高大威猛的警察，我怯怯地迎上去。

　　警察看著我的駕照，竟然笑笑問：「有急事趕回悉尼？」我

尷尬地不知是點頭好還是搖頭好。

「這裡時速限制一百一十，你超速了。」他的語氣倒還溫和，與他那身威嚴的制服和嚇人的槍械有點反差。

我那種大禍臨頭的心情稍稍放緩，忙抱歉道：「超速了，糟糕，糟糕。」並露出一副低頭認罪知錯就改的神態。

他指著警車裡的測速儀表說：「看，你剛才是一百二十五，不是瘋了吧？」我的心又放鬆了一點，要不是踩了車剎，恐怕是一百三、四十了。

「今天運氣不好。」我搖搖頭。

「是的，你今天不走運。」他聳聳肩，遞過一張罰款單。

我　看，罰款七十五元。我還以為要罰一、二百兼扣分呢，通常都是那樣的。也許他見我態度誠懇，手下留情吧。

「記住，請保持一百一十，一路小心，祝你順風！」他目送我上車。

我拍拍陽光下亮晶晶的本田：「好家伙，小心點！」早知如此，何必當初！

真是，人頭腦一發熱，就難以自持。

唉，我的第一張罰單！

中央海岸的日本公園

　　對悉尼人來說，都知道市區中心有座中國花園，那是悉尼的姊妹城市中國廣東省捐建的「誼園」。但紐省中央海岸的哥士福市有一間日本公園，也許鮮為人知。但哥士福的居民都清楚，數年前，為紀念哥士福與日本福岡結為姊妹城市，哥士福在福岡市的幫助下興建了這間日本公園，以表達兩市的民間友誼。它也因此成為了中央海岸的一景觀。

　　中央海岸不啻是度假勝地，有著許許多多澳大利亞式的陽光明媚的海灘，蔥綠清幽的國家公園。而點輟了中央海岸美景的這間日本風格的公園，則更別具風情，引人入勝。我們抵擋不住這種誘惑，便選擇了一個周末驅車前往一遊。

　　從悉尼到哥士福，也就是七、八十公里，不到一個多小時的車程吧。而日本公園離哥士福市區則只有三分鐘的車程，它就位於哥士福的藝術中心旁邊。藝術中心是哥士福地區藝術家作品交流的場所，緊靠海邊，依傍著國家公園，而日本公園則座落在國家公園一隅。

　　來到公園門前，踏上鵝卵石小徑，便見有一個低矮的小木牌，記載了公園的來由。公園的大門，其實就是一間禮品店和咖啡座。右邊是滿眼斑斕的藝術品，左邊則飄著香濃的咖啡味，遊覽前先歇歇來個早茶，觀賞一下澳洲手藝人精湛而又山野風味十足的工藝品，精神格外爽快。

那天剛好有一對澳洲男女在公園舉行婚禮，公園裡裡外外格外熱鬧。待那對穿戴婚紗禮服的新娘新郎及一眾賓相簇擁進園後，我們也跟著漫步入園，賞景尋樂。

　　此時，我發現日本公園並不大，放眼望去，可一覽而盡。然而，它卻顯得小巧玲瓏，東方味十足。園內有小橋流水，浮萍魚影；有曲徑山石，沙場草坪；有那造型獨特的路燈，還有一些似曾相識的日本飾物。凡日本園林的特色，一應俱全。

　　細細品味，它可與悉尼達令港的中國花園相媲美，景觀濃縮，雅興濃烈。但其面積更大，陽光更足，既有相同的東方風韻，又有獨特的大和民族風格，在清秀精緻中更顯流暢和明快。看來園林的設計者別具匠心，在有限的面積裡，刻意創造了無限的風光。我們抬頭是景，低頭也是景，一步一景觀，眼眼見新鮮，真的令人咀嚼回味，謀殺了不少菲林。

　　日本公園既是消遣消閒的好去處，又是聚會派對的好場所。那對新人選擇日本公園辦婚禮確是很有創意。高頭大馬的澳洲人，伴著精巧別緻的日本景致，霓紗雲裳珠光寶氣，映襯著藍天白雲花草樹木，格外醒目。加上陽光、啤酒、音樂、祝福，新娘新郎、賓相貴客，乃至遊人，無不樂在其中，銘心難忘。婚禮藉助公園的環境，生機盎然，而公園有婚禮的點綴，更顯嫵媚。

　　那幾天，正是哥士福建市五十周年，日本福岡市市長應邀出席了紀念活動。如果他見到日本公園婚禮的場面，一定會大感欣慰。日本公園，見證了澳日兩市的友誼，也增添了澳洲人的生活情趣、豐富了多元文化國度的色彩。

南半球第一街的華夏元素

　　誰是南半球第一街？南半球最大的國家當然是澳大利亞，澳大利亞最大的都市是悉尼，悉尼最古老最繁華的大街是市中心的喬治街，而舉世聞名的悉尼歌劇院，就在喬治街北端，傍海揚帆。這麼一說，就有點意思了。

　　當年我從中國移居澳大利亞，在悉尼機場一下飛機，看到的除了藍天白雲，就是綠樹掩映的紅磚房舍，街上也只有車流，沒見幾個行人。當時有點懵了，這就是南半球的國際大都市？心裡直嘀咕：怎麼就像回到了鄉下？拖著行李從機場巴士下車，就站在悉尼市中心的喬治街。看到古樸的巖石建築和閃亮的摩登大廈，金髮白膚的人群在晃動，才感覺到一點人氣和都市氣息。後來漸明白，追求質樸自然，田園風光，是西方社會民居的基本形態。而澳洲的高樓商廈，也只集中在首府、都市商圈的那麼幾條街。所以當年許多知青出身的中國留學生，把出國留學戲稱為「二度上山下鄉」，自我調侃為「洋插隊」。

　　沒想到，後來我就和這條大街結了緣，每天穿行其中，上班下班，日出日落，一走就是二十多年，也見證了這條南半球第一街的微妙變化。

　　跟北京的十里長安街相比，悉尼喬治街雖算不上耀眼，但它卻是悉尼的地標，澳洲的歷史。喬治街南起中央火車站，北至海港大橋下的環形碼頭，全長不過兩公里，但澳洲最大的金融機

構、百貨大樓、星級酒店以及劇場戲院、還有市政廳，就盤踞在這條街上，而總督府、省議會、大法院、圖書館、藝術館、博物館等政府機構，也近在咫尺。

讀澳大利亞歷史，不能不提及這條街。1788年，英國人押著囚犯登陸澳洲的第一條船，就在如今這條街的北端靠岸。當然，當年並沒有這條街，只有巖石荒野，所以今天這地方仍叫巖石區。英國人在此安營紮寨，開闢了這條街。至此，這條大街逐漸通往內陸，繞行全澳，成為地圖上的一號公路，澳大利亞也由一塊殖民地延伸為一個主權國家。

說了這麼多，這條街與中國人有什麼關係？有！悉尼的第一個中國人，來自廣州的木匠麥世英，就是1818年在此上岸的。一百多年前，這條街就有中國人開的客棧、商號、菜欄、洗衣坊、傢俱店以及茶室賭檔。幾經變遷後，聚攏在喬治街南端一側，形成漸具規模的華埠，並於1980年修建了新牌坊，放上石獅子，「唐人街」之名由此正式標入官方版圖，成為悉尼市中心的一個遊客景點。

十多年前，你要是走在喬治街上，會覺得很悠閒。下午五點過後，店鋪打烊，人們都離開市中心，回去「鄉下」家居。街上只有通明的燈火從空蕩蕩的商廈玻璃裡透出，映照著疏疏落落的行人。慣於夜生活的中國人，一定會覺得清靜寂寞。而今天，你走在這條街上，擁擠得完全可以用摩肩接踵來形容。即便是晚上，仍然人流不斷。一般的商店雖然關了門，但卻冒出了不少夜店。為什麼？因為街上的人，大多是亞洲面孔，細心一聽，不少人說的是普通話，而且大多是十來二十歲的留學生或遊客。

記得當年初來乍到，在唐人街尋工，老闆都要問，懂英語、

粵語嗎？中文報上的招工廣告和店鋪的招人告示，都明明白白寫著：懂英、粵語優先。那時的唐人街，是粵語的天下。不知什麼時候，招工加上了「懂國語」一句，因為說普通話的人越來越多了。港台人把普通話稱作「國語」，但後來，有的也隨俗叫「普通話」了，因為這語言越來越「普通」了。說普通話的人也當上了老闆，而且越冒越多。澳大利亞官方最新的人口普查，澳洲一百二十萬華人，中國出生的就有六十五萬人，母語普通話（國語）已超越廣東話，成為澳洲英語之後的第二大語言。在澳洲的語言列表中，普通話（Mandarin）和廣東話（Cantonese）是平行的兩種語言，奇怪吧！如果你到任何的政府部門辦事，需要中文傳譯員，人家一定會問你，是Mandarin還是Cantonese，不能含糊。

現在走在喬治街上，已是滿眼鄉親，滿耳鄉音了。但有一點變化不大，就是街上的建築物。中國的城市面貌，如今是幾年一變，連當地市民也常常認不出路了。而澳洲的市容，幾乎百年不變。路是當初開發時就規劃好的，房子動輒就是上百年歷史。如果你留意一下房子的頂端，往往會看到「18XX」年或「192X」年之類的標記。華人買房子，看著挺新淨的，一問，都是幾十年的房齡。所以澳洲買房，不在乎房齡，更在意地段、式樣、結構、保養、裝修，當然，還有環境和花園面積。

翻看喬治街一百多年前的老照片，大體就是今天的模樣。除了馬車換了汽車，燕尾服換成T恤，十九世紀維多利亞時代的建築風格，仍是喬治街的主調，只是多了幾幢玻璃外牆的商廈而已。雖然喬治街的建築格局不變，但房子的內涵卻有了變化。中國銀行、中國旅行社、中資機構，都在喬治街占了一席之地。連

古香古色的「北京同仁堂」大匾，也曾大模大樣地掛到了喬治街上。悉尼市政府的圖書館也與時共進，把中文部設在這條街的熱鬧處。這幢百年古建築，也正改建為澳洲華人博物館。

喬治街的中心點在市政廳。市政廳一側矗立著一座銅帆雕塑，那是由華人出資，市政府設立，以表彰華人對澳洲開發貢獻的紀念碑。1992年銅雕落成剪綵時，我抵達悉尼不久，剛好就在現場。看到英女皇伊麗莎白滿臉笑容，徐徐掀開紅布，她身後的華人代表，包括悉尼副市長曾筱龍、唐人街僑領方勁武等，無不眼眶濕潤。經過一百多年的打拚，中國人不僅能在喬治街立足，而且在喬治街建立了澳洲主流社會認可的豐碑。

中國人　到悉尼，最先看的，或最想看的，肯定是悉尼歌劇院。許多中國藝術家，更想站在歌劇院的舞台上獻藝。早期，如果偶有中國藝術家在悉尼歌劇院演出，都會很轟動。如悉尼歌劇院的女高音俞淑琴、男高音丁毅，都是中西媒體報導的熱點。當郎朗音樂會、宋祖英獨唱會，還有彭麗媛率領的總政歌舞團等陸續在悉尼歌劇院登台時，可謂座無虛席。不過現在，中國藝術團、華人藝術家在悉尼歌劇院、省立劇場、市政廳禮堂的演出已經是常態。每年必有幾場中國來的商業演出或慰問聯歡在喬治街的劇場上演。著名的台灣「雲門舞集」，也在這裡留下了美妙的舞姿。

每年春節，喬治街一側的唐人街都會熱熱鬧鬧，華人社區都會在此舉辦傳統的中國新年嘉年華。但進入新世紀，每年一度慶賀農曆新年的活動，就改由悉尼市政府主辦，讓嘉年華擴大範圍，走出唐人街，升格為悉尼市的文化節慶。巡遊隊伍由市長領頭，從市政廳出發，浩浩蕩蕩走在喬治街上。要知道，這條澳洲

心臟的大街，除了軍人節巡遊，以及奧運會選手凱旋歸來慶賀，是極少被占用的。連全球著名的同性戀大遊行，也沒能走在這條街上。而中國人舉著各種生肖吉祥物，穿著民族服裝，龍獅開路，鑼鼓喧天地穿越這條大街時，無疑吸引了澳洲人和世界遊客的眼球。隊伍中除了當地華人及越裔、韓裔社區共襄盛舉外，還有中國派來的幾百人的藝術團體助興。每年輪換著中國的一個省份前來巡遊，展示該省的文化風貌。少林武僧、武當道士、東北秧歌、西北腰鼓，都在這條街上向世界展示。中華文化已成了喬治街的一道風景線。

今天的悉尼喬治街，中國字、中國話、中國店、中國人，已經很平常了。如果在喬治街與聯邦總理、省長、黨魁見個面，在唐人街餐館和政要拍個照，都不是很難的事。每年新春，每逢大選，政要們都會到喬治街、唐人街走走，給華人拜個年，或拉個選票什麼的。

澳大利亞是個多元文化、多族裔安居的社會，有華夏元素不足為奇。但喬治街的中華文化，卻比其他非英語文化，諸如猶太文化、希臘文化、日本文化、阿拉伯文化來得濃烈。西方的南半球第一街，瀰漫著各種華夏元素，要是在十多二十年前，你能想像到這般情景嗎？

卷二
家國情懷

在澳大利亞出生的兩個女兒，興致勃勃登上長城，尋找中國故事中的「木蘭」。

家史合璧

父親寄來了他寫的張家小史，要我一讀。

對於家史，我一無所知，不僅家鄉的村名、祖宗祠堂我不知，連祖父母什麼模樣，叫什麼名字我也一概不知，更不要說回鄉祭祖了。所以我這個客家人，連客家話都不會說。可能父親怕我丟根忘祖，所以擱筆多年之後，於八十六歲高齡揮筆寫下了洋洋灑灑幾萬字的家史，好讓我認祖歸宗。

聽說以前張家是有本族譜的，父親小時候還見過，但改換國號天翻地覆之後，就不知所蹤了。說實在，父親現在寫的這部家史，讀來新鮮，也感觸良多。從光緒年間至民國期間，甚至上溯到唐代宰相詩人張九齡，下延至土改、反右、經濟困難時期，張家族人的生死榮辱，我都是頭一次聽說。

其實，張家族人無非就是讀書、耕田、從軍、出洋、打工、為官幾類型，這都是那個年代國民的普遍生存狀況，為什麼多年來父母就諱莫如深一點都不向我透露？只因為張家有族人與鄉人羅卓英（中國遠征軍司令長官、國民政府廣東省主席）沾點邊，多人從軍，戴上「國」字黑帽？只因為祖家被亂劃成份挨鬥致祖母含冤自絕？也許是父母怕子女蒙上心理陰影，影響成長吧。當年的確是紅與黑涇渭分明，某種環境下甚至無視倫理人情，但今天，「國」字號的回鄉探親、投資已大受歡迎，張家族人少將軍銜的還被當地立碑上照。現在看來，蒙上心理陰影的正是父輩

們，他們在那種面對事實而無言的環境下生活了幾十年，真不容易。

我是九十年代初移居澳大利亞後，才知道還有兩位親叔叔在彼岸台灣的。記得改革開放之初，中國剛普及黑白電視機，家裡忽然有了一部日本彩電，聽說是香港的大伯買給父親的。其實，那是台北的兩位叔叔湊錢讓香港的大伯送出的，這是後來我出國了才獲知的。兩位叔叔彷彿是天上掉下來似的，是怎麼回事，是什麼模樣，我兩眼一抹黑。

那時海峽兩岸關係，還是個極敏感的話題。我沒問父親是怎麼回事，我知道他是不會對我說什麼的。我也沒向其他姑姑叔叔打聽什麼，我想他們也不會告訴他們的子女的。我只是從母親口中得知，1949年，父親在廣州城裡的大學參加地下活動，兩個叔叔則在鄉下大埔讀書。隨南下大軍進城並在廣州軍管會工作的父親，有一天忽然收到一封沒頭沒尾的信，得知兩位弟弟正在湛江奔逃。原來是胡璉兵團潰軍過境粵東，繞道粵西、海南退守台灣，把兩個叔叔和大批青年也一同帶往台灣。於是，我家的族譜上再沒有兩個叔叔的名字了。抹得乾乾淨淨，界線劃得清清楚楚。

母親還說，六十年代，我的一位叔叔出任駐美使館工作，曾透過香港的「渠道」，與我父親有過一次「非官方接觸」。我叔叔想讓父親把我過繼給他，並帶我到美國撫養。這理所當然遭到父親的嚴詞拒絕。這並不是為我著想，而是出於對黨對國家的「忠誠」。之後，雙方便渺無音訊，老死不相往來了。

其實，父輩的兄弟情誼，骨肉情結，終究是抹不去的，只不過迫於政治壓力，囿於社會環境，深藏於心底罷了。解開這個心

結的是我的伯父，香港的一位醫生。八十年代，兩岸關係有所鬆動，伯父從中牽線撮合，才使一直處於扞斥、隔膜的父親與叔叔們有所溝通，互相知道對方的一點情況。然而，為了避嫌，他們仍然沒有書信來往，更沒有見面。只是讓伯父左右轉達，默默地祝福對方。

孩提時台灣對於我來說，是一個遙遠的世界。我萬萬沒想到，這個遙遠的世界竟與我有著千絲萬縷的血緣關係。所以九十年代末我去台北出席華文作家會議時，特意去探望兩位素未謀面的叔叔，竟有種說不清道不明的感覺。

我在飯店第一次撥通電話給二叔時，猶豫了一下，不知該用什麼語言合適。是講家鄉的客家話呢，還是自幼說的廣東話？最後還是乾脆說普通話，就像我與所有台灣人交談時所說的那樣，用「國語」。聽說我來開會並要探望他們，叔叔們自然喜出望外，畢竟分隔兩岸的張家五十年來從未相聚過。

二叔見我初登寶島，即囑咐我有關台北食住行等事宜，深怕我行差踏錯。他不想妨礙我開會，便約好大會結束後上他家。當聽到他說「原則上就在那一天」時，我「噗哧」一聲笑了。這個「原則上」多麼像大陸官場上的常用語。二叔在彼岸官場上混了多年，雖剛退休，「官話」仍掛嘴邊。這一點，倒有點像我那離休幹部父親。

我說，這次要和您們一起拍些照片，寄回大陸給父親、小叔、姑姑們看看。二叔便告誡：「還是要提高點警惕性喲！」我又樂了，二叔「階級鬥爭」這根弦還繃得挺緊的。我有點耽心見了面後會怎樣，是否有隔閡。

二叔很認真也很細心，怕我人生地不熟，便傳真了一張手

繪的路線圖到飯店，告知在哪兒坐車，坐什麼車，到哪兒下車，一絲不苟。那張「聯絡圖」竟是簡體字。我奇怪，二叔怎懂簡體字？二叔笑說，他在經濟部門任職，是專門研究大陸經濟的官員，過去每天要看《人民日報》，所以能寫簡體字。他生怕那「聯絡圖」還不夠清楚、準確，又再傳真一張修改過的圖來。而我則「按圖索驥」到了國父紀念館下車。

下車時，我正考慮如何尋找那條橫街，赫然見到二叔就在車站旁的街口等候。沒錯，雖是第一次見面，但他活脫脫的像我小叔，也有點像我爸。奇怪，我們並沒有像小說像電影那樣抱頭相擁，熱淚盈眶，而是自然而然得好像似曾相識，賓至如歸，親如一家的感覺。二嬸是台灣客家人，一副賢妻良母的樣子。堂妹大學剛畢業，正準備考律師牌照，剛好上補習班去了，留下一張問候的卡片。那手繁體字就像典型的台灣女孩的筆跡，走筆瀟灑卻又不失方圓規矩。

我隨二叔二嬸到了三叔家。二叔模樣更像我爸。他是駐外官員，剛回台正辦退休手續，說話仍是那麼斯文穩重。三嬸也是台灣本土人，也許曾在海外生活多年，氣質與我所接觸的台灣女性略有不同。另一位堂妹較文靜，我問她，覺得自己是本土人呢還是外省人？她說都不是，覺得更像海外人多一點。她是美國長大的，是華人所說的那種「土豆蕃薯」，即土洋混雜。

兩位叔叔說話時，也不時夾雜一些英語詞匯。二叔曾在哈佛進修，三叔曾與美軍共事，後駐外工作。當年只是鄉下仔的他們，隨軍撤退來台，退役後奮發讀書成才。和他們交談，我說的是公元的「xx年」，而他們常聽作民國的「xx年」，開始時總有點混淆。參觀國父紀念館憑弔孫中山先生，我指著一張照片張口

便「蔣介石」，他們卻口稱「蔣公」、「先總統」。說國事總有點不咬弦，但說到家事，卻自然融洽多了。

兩位叔叔都是國民黨官員，總是追問：「你爸爸究竟進了共產黨沒有？」我一笑，反問：「辦共產黨的事，當共產黨的官，能沒共產黨的身分？」我還沒敢說，我也曾是組織上的人呢，生怕嚇壞了他們。在他們看來，大哥和他們有著兩種對立的政治信仰、思想觀念，有點不可思議。很難相信，當年一盞油燈下圍著小桌夜讀的幾兄弟，從未臉紅爭執過，怎麼會「對抗」呢？

在大陸的教科書裡，我看到國共合作、國共分裂、國共交戰的歷史。如今在我家的族譜裡，我又看到國共血緣這回事。我發現，兩岸的兄弟不僅相貌很相像，而且心態也相似。

儘管輩分不同，生活背景不同，兩位叔叔及嬸嬸對我極為親切熱情。他們領我觀光，帶我坐車，陪我回飯店，還送我厚禮。我想，這裡除了對我關愛之外，還包含著對海峽那邊親人的思念。我是幸運的，能第一個見到分隔兩岸的親人，見到一個完整的張家。

張家兄弟都已各有家室，但幾十年了卻未能兄弟相聚。兩位叔叔也想找機會回大陸一趟，看看祖墳，看看分隔大半輩子的哥哥弟弟妹妹們。他們感歎道：少小離家老大回，可能是景物依舊，卻人事全非了。我說，都半個世紀了，大陸景物亦非依舊，只是親情鄉情不改變。其實，台海兩岸的血緣親人，哪有不盼望相聚的一天呢！

可惜當時父親和叔叔們都在官場，不能互訪。現在兩岸早已解凍，雖關係時好時壞，但官民往來習以為常。可大家都是百病纏身的老人了，經不起飛機旅途顛簸，所以兄弟們也只能隔岸遙

望，電話裡祝福。

好在兩位叔叔還是回過大陸一趟。既然有情人生死相隔不相忘，為什麼活生生的親人分離了幾十年，就不能痛痛快快聚首相抱呢！

兩位叔叔退出官場不久，就迫不及待地回鄉祭祖了。本來說好張家大團聚的，可我父母正在悉尼探望我們，母親突然中風住院，父親要陪伴，不能如期回國。兩位叔叔雖然沒見到我父親，但和其他弟妹一起回鄉祭祖了。在路上，兩位叔叔與妹夫，也就是我的姑父，倒是聊得很有意思。

已離休的姑父，曾是林彪的四野大軍一員，一路揮兵南下。兩位叔叔則隨胡璉兵團南撤，從廣州、廉江、湛江退往海南，一路上炮彈老落在屁股後面，他們躲進莊稼地裡，肚子嘀咕，就挖地裡的蘿蔔生吃，充饑不成反拉肚子。趕到海南島，人多船少，擠作一團，二叔被大浪捲到海裡，剛好三叔在軍艦上發現了，忙報告長官，扔下繩索把二叔拉上了船，一起到了台灣。他們聊起往事的種種細節，姑父聽了哈哈大笑，原來正是他的部隊在一路尾追。大家頓有一副不打不相識，一笑泯恩仇的樣子。

父親得知後心有感慨：時光如流水，歷史一瞬間，也萌生了寫家史之念。

有意思的是，我的英文姓是中國拼音Zhang，台北兩個叔叔卻是Chang，英語拼讀，而香港大伯則姓Cheung，粵語英譯，這個不同拼法，令我在澳洲經常碰到姓氏的麻煩。同一個張家，在兩岸三地就變成三個姓，這恐怕是洋人沒法搞明白的，但確確實實就是一家人。政治分野，導致了社會分離、文化疏離，這又是華夏子孫所沒料到的。父親寫家史，就是想還原張家，延續親

情，也讓後人有根可尋，有據可依吧。

父親說，他只是寫了上半部家史，台北兄弟的情況他不大清楚，下半部應該由他們去續寫，合二為一，才是完整的家史。其時兩岸緩和，兄弟相念，正是修訂家史的好時機，我也期待著。

沒想到，台北兩位叔叔看到我父親寫的半部家史後，感慨萬分，一拍即合，也欣然命筆，續寫下半部，錄下他們「登台競秀」的寶島生涯，果然人生也精彩。

客家人本身就是一個不斷遷徙流離的族群。幾千年來，歷經各個朝代各種戰亂，祖先從中原不斷遷徙南下，形成一個散居南方各地的漢族民系。我們張家也因此而在嶺南開枝散葉。兩位叔叔在國共內戰中流離異鄉，延續了客家人的本性，也令張家子孫延伸至台灣寶島開花結果。

讀了兩位叔叔的旅台經歷，令我印象最深最為感概的是，在大陸這邊因政治風雲而造成「文化斷層」的歷史時期，海峽那邊卻延續了中華文明古國「以文取仕」的千年傳統。當年父親在省城讀大學並加入地下黨時，兩位叔叔在鄉下只不過中學程度。他們隨軍退守台灣後，放下槍桿，拿起筆桿，刻苦攻讀。一個考上台大碩士，繼而到哈佛深造，返台後成經濟研究官員。一個讀上外語學院，進而考上外事公職，外派工作，駐數國多年。而他們的五個子女，全部大學畢業。而大陸的我輩十餘人，卻大多遭遇「文革」洪水而荒廢學業，幾乎都沒正式讀過大學。我能進高等學府，只是偶然機遇的幸運兒。父輩的這種兄弟之間的分離，使其子女學業遭遇截然不同，兩岸張家的文化身分，被歷史顛覆了，真不知是幸還是不幸?!

幸而這段歷史的黑色幽默，如今都已成為過去式。教育普

及、文化程度，大陸已今非昔比，也後來居上。

　　更好在，張家兩岸開花，各自耕耘，各有成果；而兄弟隔岸呼應，同譜家史，令塵封的歷史為後人留下永遠的記憶。

　　張家小史合璧，彌足珍貴。

姓氏的麻煩

中國有句老話：「行不改名，坐不改姓」，可見姓名顯示著人的尊嚴。尤其是姓氏，中國人歷來非常講究，這關乎到歸宗認祖、傳宗接代的大問題。當然，現在也潮興隨母姓，這也是一種宗親觀念的另類表現。

沒想到，講究姓氏的中國人來到英語世界的澳大利亞，有時卻惹出不少姓氏的麻煩。

那天，有位銀行職員因賬戶的事打電話到公司找我，她是香港人，不知我中文姓張，只讀出我的英文姓氏Zhang。公司接電話的前台小姐是台灣人，也不知Zhang就是大陸的張，電話在幾個部門裡轉了一圈，大家竟然搞不清楚是找誰。最後好不容易才轉到我這個大陸人手中。

張姓，本來在中國人裡是一個家喻戶曉非常大眾化的姓氏，無論在大陸還是台灣或香港，戶籍統計的百大姓氏中，無論如何也是排行前五的大姓。好了，現在一轉譯成英文，卻變得那麼令人陌生了。

其實也怪不得誰，這張姓，你大陸譯作Zhang，他台灣則是Chang，而香港更叫Cheung，不知就裡的外人，誰能明白你就是一家子。

大陸的「張」之譯法，是照搬中國拼音而來的，西人往往讀作「鄭」。而台灣的「張」，是根據國語口音英式拼寫的，香港

的「張」，則是粵語的英譯。因此在澳洲人看來，讀音不同，寫法不同，Zhang，Chang，Cheung，就是三個不同的姓氏嘛。

剛好，我們張家因歷史的原因而分居在中國大陸、台灣、香港三地。我寫信給台灣的阿叔，他卻責問我為何把自家的姓都搞錯了，咱們張家的英文姓應該是Chang。我寫信給香港的大伯，他卻說他一直使用Cheung，你怎麼改姓了。瞧，一個張家三個姓，我們本來就是一個家族，如今卻變成了三個氏族。

我妹妹採用了香港的Cheung，早些年，我和她一起讀移民英文班，西人老師很奇怪：「你們是親兄妹？怎麼不同姓？」

有些人有了經驗，一看你的英文姓氏，便知你的背景是大陸人還是香港人，抑或台灣人。如果你姓吳，用Wu，準是大陸人，用Ng，就是香港人；又或者你姓梁，用Liang，是大陸人或台灣人，用Leung，則是香港人，諸如此類等等。這姓氏，倒成了中國人不同背景的註腳。

中國人的英文姓名不僅有譯音的麻煩，還有前後順序的麻煩。中國人是先姓後名，西人則相反。華人使用英文姓名時，有時是按照自己的傳統習慣，先姓後名，有時是入鄉隨俗跟西方習俗，先名後姓。所以，澳洲一些歷史文獻中的華人姓氏，常常是姓與名混淆了，以致歷史學家也無法辨別，很難以此追溯華人的真實身分、宗族淵源。

早年華人先輩入境澳洲時，不懂英文，不懂寫字，只能用口語表達自己的姓氏。西人按其習俗，把「王小生」寫成了「生王小」。有人喜歡在名字前面加個「阿」字：阿勝、阿添、阿玲；也有人喜歡在姓前面加個「老」字，老張、老劉、老李。澳大利亞海關就按華人自稱的這種方式登記下來。當時沒有身分證、也

沒有護照，這個記錄就成了不可更改的法律證據。然後，這個生造的姓氏，就跟隨子孫衍生下去。

有個叫「雷妙輝」的華人，成了姓「輝」，現在「輝」家的百年老店仍在，還很有名氣。按官方記錄，悉尼的第一個中國人是來自廣州的「麥世英」，他的「世英」也被誤作姓氏了。其子孫輩現在已有第十代，仍居住悉尼和墨爾本，卻沿用「世英」（Shying）的姓氏。「Shying」家人都已一口澳腔，一臉白人相貌了，光看姓氏，你很難得知他們就是麥氏後人。還有，悉尼華人第一個拿英國籍的澳洲公民是廣東台山人梅光達（Mui Quong Tart），一百多年後的今天，他的家產物業還在，他的「達」（Tart）姓後代仍在悉尼生活。若回祖家台山祭祖，他們在梅氏族譜上是找不到自家的「達」姓的。諸如此類的姓氏混亂，不僅對歷史研究很無奈，許多華裔後人，已找不到自己的根了，而且對現實生活也很麻煩。

譬如，對於中國人的姓名，現在澳洲人有時會按中國習慣順著來理解，有時卻按西方傳統顛倒著來讀，總之非常混亂。我在銀行開戶口，有家銀行寫我「張奧列」，另一家銀行則叫我「奧列張」。有時人家開給我的支票顛倒了姓名，這家銀行拒收，那家銀行則照收不誤，真是錯有錯著。

記得當年我第一次參加紐省大選時，一臉神聖地走去投票站領選票，工作人員讓我報上姓氏，便在一大疊的花名冊上翻了半天，翻得手心出了汗仍未找到我的姓名。我一緊張，剎那間倒懷疑起自己是否真的是澳洲公民。後來工作人員放棄找姓而去找名，終於確認我的投票資格。經過一翻折騰，我在勾劃選票時，已經少了那份莊嚴感。後來聯邦大選我有了經驗，稍一指點，那

工作人員就不用手忙腳亂便輕而易舉找到我的大名。

　　這類姓名前後倒置的麻煩，相信大多數海外華人都會碰到。不過，這只是中西文化差異的問題，你能入鄉隨俗就好辦了。而姓氏英文拼法的混亂，則複雜多了。從文化的角度，你要統一它，難度很大。拼寫究竟以誰為基準？各有一套。你要尊嚴、傳統，我也要尊嚴、傳統，而大中華的尊嚴、傳統往哪兒擱？兩岸三地本是同宗同源，同根同文，相同的文化背景，只因不同的社會背景，不同的政治環境，就產生了不同的姓氏譯法。

　　一個張家三個姓，不可思議，但卻是現實。海外華人帶著不同的思想文化觀念生活在一起，要和衷共濟，也真是不容易。期待兩岸有共識，姓氏的麻煩才會逐漸消除。

父親的嘮叨

　　父親九十三歲了，他常常自誇：咱們張家宗親，沒人比我更長壽了。每次和我通電話，總是說：你有機會，就多回家看看吧，我都這把歲數了，見一次就少一次。

　　我和父親遠隔萬里，我在南半球的悉尼生活，他在北半球的廣州頤養天年。早些年，我們當子女的曾想讓父母來澳安享晚年，可他們不願意。我明白，他們的生活記憶，人脈關係、離休待遇都粘在那片故土，習慣了，覺得舒服，就不肯挪窩。母親前些年染疾先走了，父親獨居，便請了個保姆照料，過得也還舒心瀟灑，就是常催促我多回家走走聊聊天。

　　年逾古稀的父親，說起話來還是中氣很足，不管對來訪的友人或家人，一開口，就像是上班發號施令，或對下屬諄諄教導。我提醒他，您都離退了多年，就省點力氣，補補神吧，真是老糊塗了。他哈哈一笑：我清醒得很，現在還能寫文章呢！

　　的確，他八十多歲的時候，還發表文章，八十六歲那年，還一筆一劃用手在稿紙上撰寫了五、六萬字的家史。我還是第一次知道張家的歷史，包括祖宗和族人的名字，清代民國的軼事，還有家族的很多細節及人物故事呢。他老人家的腦袋的確還不糊塗。他微顫顫地拿出身分證遞給我，說：你可以考考我身分證號碼呀！於是他一五一十報出了一長串的數字。果然，十八位數一個不拉一個沒錯。這倒讓我刮目相看，我連自己的電話號碼、賬

號密碼之類，也常常是記不清楚的。

他對人生很多事情的細節記得很清楚，但有個毛病，昨天跟我聊了半天的故事，今天又興致勃勃地說同一個故事。我說，這個故事我聽過了，他哦了一下，但明天，他還是會一本正經重複著這個故事。我都煩了，說：您這麼反反覆覆說，還不老人癡呆症？他告訴我，醫生給他做了腦部掃描，還好，只是有那麼一點點腦部萎縮。他問醫生，那怎麼辦？醫生答，無礙，這是人體衰老的常見狀態，不可逆轉，只能控制其發展緩慢一些。他追問，發展下去又會如何？醫生老老實實告知，如果發展快了，就會老人癡呆症啊！他笑對醫生說，我每天還看書看報看電視看時事分析節目，怎麼會癡呆呢？

人的記憶是很奇妙的。有些事情剛剛發生了，你一轉身就忘得一乾二淨，而有些陳年老事，你總會揮不去抹不掉；有些宏大敘事，你就是記不住，而有些芝麻綠豆墳事，你總嘮叨上心。這可能就是人們所說的選擇性記憶吧。父親的選擇性記憶是很明顯的。明明昨天看過的電視節目，今天電視台重播了，他還一眼不眨地盯著看。我打斷他：您昨天看了嘛，現在是重播，浪費時間。他斷然說，沒有，是新的。我無奈，這會不會是老人癡呆的前兆呢？最考驗我耐心的，就是他不厭其煩重複說一些往事逸聞，而且對細節的記憶是驚人的，每次說的幾乎都不走樣。我也只能老老實實聽他說，陪他聊，倒也讓我記住了一些原本不知道的事情，對他的個人經歷也有了一些立體印象。

我對父親，其實了解並不多，我們父子的生活常常處於錯失狀態。小時候，我在廣州讀書，他在北京工作；後來我上山下鄉到海南當知青，他也流放到河北「幹校」勞動；他調回廣州任職，

我也回城讀書但卻是寄宿，不與父母同住；等畢業工作了，我又去北京進修了四年，回來後單位分了住房，不久又移居澳大利亞。所以，我一生大部分時間，都不是與父親一起過日子的。對他人生閱歷的了解往往很骨感，缺乏血肉。看了他寫的家史，我才知道張家的許多事情，知道他的一些個人經歷，但也發現了一個疑點。

我說，清代民國的事情，上輩人的事情，您年少的事情，您倒寫得很詳細，記憶很清晰，但到了共和國，您自己身邊的事，卻寫得比較簡略，特別文革那段，您幾乎略而不談，為什麼呢，是記憶問題？他搖搖頭說，哪會記不住呢！當時的社會大環境，人們的經歷大同小異，都沒有什麼值得炫耀，反而是不堪回首，寫在家史裡面，也不能為張家增光添彩，不寫也罷。他還「呵呵，你懂的」，連潮語都用上了。我反駁他，家史就是留給後人的真實記錄，留白了，不遺憾嗎？他不語，還是沒有增補的意願。

雖然沒去補寫什麼，但他卻喜歡跟我閒聊，重複往事，似乎怕我不用心，似乎怕我不理解，似乎怕我沒記住，其實，是他根本無法忘掉罷了。他的嘮叨，確實讓我記住了一些細節。父親的前半生是個新聞工作者，後半生才是個學者。他說：我當記者時傷害過一些人，當然也被別人傷害過；我也幫助過一些人，當然也獲得過感恩。而他最感內疚的人，就是他的梅州客家同鄉羅潛教授。

羅潛是藥理學家、德國醫學博士、民國時期中山大學醫學院院長，中共建政後出任中山醫學院教務長。上世紀五十年代「反右」風起，開始是上頭鼓動黨內外人士向黨提批評建議，幫助黨整風。羅潛是知名民主黨派人士，當然也是媒體宣傳報導的

對象。父親是黨報記者，慕名採訪了羅潛。當時羅潛直言，黨提出的外行領導內行，不符合客觀規律。我們是醫院，給病人做手術，當然是由醫生、院長決定醫療方案，難道由不是醫科畢業的書記來決定開不開刀，怎麼開刀？這怎能對病人的生命負責？他認為醫學與政治是兩回事，應該由教授治校。父親覺得很有道理，如實作了報導，文章題目就是《外行人辦不了內行事》。這本來是對上層傳遞正面的信息，也是對社會民意的一種真實反映。沒想到，大鳴大放不到兩個月，風向急轉，名曰「引蛇出洞」，強力回擊「右派分子」的猖狂進攻。不用說，羅潛也因言論被戴上「右派」帽子，監督改造。文革結束平反後，父親與羅潛有一次在戲院偶遇，雙方打了個招呼，都有點不好意思。羅潛可能認為自己當年的表達是正確的卻落得個名譽掃地，而父親覺得，如果不是自己的報導「白紙黑字」坐實了羅潛「向黨進攻」的罪名，這位醫學權威就不會蒙受不白之冤，因此很有歉意。

有一位作家也有同樣遭遇。他是省委宣傳部文藝處長，他們部門開會向領導提意見，父親也去聽會作採訪。大家暢所欲言，處長興起時發起牢騷：兩位正副部長工作中經常有不同觀點，我們下面的人都不知該聽誰的，如何執行？父親把這話也寫進報導裡面。副部長看後對處長有點生氣，說：這麼糊塗，一個正一個副，即使意見不一致，當然要聽正的啦。後來劃分右派，處長自然被戴帽子並下放到外地去了。多年後處長獲平反調回省作家協會主持工作，剛好是我的上司，我卻一直不知他跟父親的這段往事。父親現在才告訴了我，才知他們因工作有時在公眾場合見面，雙方都有點尷尬，但都明白是那個年代惹的禍。

父親很內疚地說，那個年代「栽」在他文章下的何止一兩

個。《蝦球傳》《七十二家房客》的作者黃谷柳，參加過淞滬會戰、韓戰，立過戰功，與父親相熟。他們曾一起下鄉同住一屋，父親是去採訪，黃谷柳是去體驗生活。反右中黃谷柳的言論並不突出，但在父親的筆下上過報紙。因各單位都要按上頭布置的比例來劃分右派，他自然也「落網」了。也許後人很難明白，定罪右派，不是看其行為表現，而是按上頭分配的比例去攤分，但這確實是那個時代的特色。父親曾任職的省報第一任社長曾彥修，來自延安的老革命，娶了嶺南大學的校花，後來上調北京任人民出版社副社長，反右初期為該社的「反右五人領導小組」組長。運動後期上面布置劃分右派任務，要求領導班子五人中要劃出一個右派。他覺得劃哪一個都很為難，以為自己有「延安」這層保護衣，可以保護別人和自己，上報右派名單時就自報第一名。沒想到一報上去就批覆了，當上右派沒商量，鬧得老婆離了婚。這種荒唐的事就出在那個荒唐年代。

　　在那種大環境下，父親自己也好不到哪裡去。有一次報社學習會，討論大躍進後人民生活如何提高了，這其實就是一種社會思潮下的表態文化。但父親實話實說，認為衣食住行哪方面都沒有改善，布票還是每人十八尺，糧票還是二十四斤，而且是幹部的定量，住房沒新蓋，馬路也沒見新開。他說，有人指農民瞞產藏起糧食，他作為工作組成員，特意進了粵北農民的家揭開鍋蓋，真的什麼都沒有，米缸看了也沒有什麼糧食，公社化吃大鍋飯是個問題。結果這些話被記錄下來，風向一變，有領導在思想鑑定書上寫著：該同志思想動搖，動搖幅度較大，從衣食住行對大躍進作系統性攻擊，值得注意。幸虧當時單位的右派名額已滿，逃過一劫，但升遷受到影響。若干年後，父親看到自己的檔

案，才知道曾有這個鑒定結果，嚇了一身冷汗。還好，那位領導當著父親的面，用印報紙的黑油墨把鑒定結論塗掉，以示改正，算有了交代。

父親在北京《光明日報》曾主持文藝副刊《東風》，推介了不少著名作家藝術家，因而結交了不少文化人。文革一來，文化人落難，被掃地出門，一些人資產被凍結，工資停發，有時連吃飯都成問題。父親雖然也受所謂的「5.16」審查，但相對還可自由行動，便經常去拜訪落魄的藝術家，安慰他們、聊天解悶，主要的還是請他們吃頓飽飯，也給予點生活費用，因而成了知心朋友。文革後他們翻了身恢復地位，門庭若市，但也沒有忘記父親。書法家會寫個條幅，畫家會描幅山水，送給父親感謝當年的雪中送炭。這也讓父親意外得了一些名家墨寶，晚年他也捐出部分書畫給家鄉母校，助建圖書室激勵學子。

家裡至今仍掛有一塊橫匾「竹齋」，就是出自著名書法詩詞家鄭誦先的手筆。鄭先生是二十世紀書法大師群中的巨星，曾是張學良的秘書，參與創辦了共和國的第一個書法研究社——北京中國書法研究社，出任秘書長。其章草古拙厚重，「隨手落筆，圓滿天成」。他聽說父親的書房取名為「竹齋」，便送上古樸蒼勁的字幅。父親大喜，刻成木匾，掛在書房門頂上。

咱們張家祖居地處貧困山區，但清末年間也出過舉人、秀才，張家圍屋「敦睦堂」因而建有書齋「師竹山房」。每當清晨夜晚，都可聽到竹葉沙沙，流水潺潺，這是祖宗寄望子孫後代書齋飄香。父親因而刻苦攻讀，考取了省城大學，參加了地下黨。政權易手後從廣州軍管會轉行到報社，文革後又轉到社會科學院，大半生一直從文，直至離休還兼職教授，享受國務院專家津

貼。我每次回父親家，不僅看到門上的「竹齋」，映入眼簾的還有牆上鄭誦先寫給父親的條幅「多思」。這兩個飽滿雄渾的字體，不正體現出文人的為學之道，為人之道嗎?!

中國花鳥畫大師王雪濤也很感謝父親曾經的接濟。他是北京畫院院長，能以色助墨，妙含天趣，其花鳥蟲魚技藝，至今無人出其右。別人求請墨寶，他大都是隨手撿送。但對父親，他卻認真地問，你想要什麼畫？父親說，你筆下的鳥蟲栩栩如生，花草色彩斑斕，我就給你出個題：春意鬧，如何？王大師說聲「好」，欣然命筆。只見兩隻蝴蝶翩翩飛舞，三隻彩雀歡聲啼叫，杜鵑花開絢爛炫目……近四平尺的畫作完成之後，畫家笑問：你覺得這春意夠「鬧」了嗎？父親讚曰：果然鮮活多姿，情趣盎然。

父親收藏的名家書畫中，還有吳作人、關良、黃冑、黃永玉、李苦禪、啟功、周懷民、許麟廬、關山月等大家的作品。而郭沫若的那幅字，是題傅抱石遺作《千山雲起》。郭沫若常在《光明日報》發表詩詞、書法作品，每每發表之後，總會謹慎地向報社索回原稿。這幅字中因補書了兩字，郭老終覺不妥，重新寫過一張，便將這張補書的原作留贈時任副刊負責人的父親。

其實父親只不過是對藝術家多關注一點，多支持一下，是一種文人的惺惺相惜，也是一種人性的自然流露，但他們總是莫大感動，以書畫相贈。比如黎雄才，雖然與關山月同為嶺南畫派第二代大師，其《瀟湘夜雨圖》上世紀三十年代就獲比利時國際博覽會金獎，《武漢防汛圖卷》也被中國美術館收藏，畫松尤為一絕，但其全國影響力遠不及有巨畫掛在人民大會堂的關山月。父親有心在《東風》副刊第一版撰文推介黎雄才，並刊登其畫作。

在全國性重要報紙的第一版位置，將一位地方性畫家推向全國，在當時的美術界是沒有先例的。父親與黎雄才的友誼也由此延續了半個世紀。黎老曾鄭重地告訴父親：「我給你的畫，一定是精品。」他甚至九十七歲時還提筆作一畫贈予父親，並在畫上題識：「余久不作畫了」，可見其人老情在而趣生。

與父親交往的還有書法篆刻家魏長青。魏老最令人稱道的一件傑作，就是人民英雄紀念碑背面周恩來總理題辭的鎸刻。紀念碑近四十米高，需要找人在碑石上鎸刻碑文，當時碑石已建成豎起，直立臨摹鎸刻一百五十字的鎏金碑文難度很大，招募了三個月都無人敢接這活兒。魏長青挺身而出，用九宮格式定位，逐字雕鎸，在石碑上還原了周恩來渾厚的筆跡，成一時佳話。魏老不僅擅長顏體臨摹，更專長治印，其調製的「八寶印泥」獨攬京華。魏老在京城琉璃廠帶出了兩個弟子，一個是治印造詣蒼勁連綿的徐煥榮（柏濤），一個是書法篆刻名家李文新。記得當年我在北京讀書，曾代父親登門向徐煥榮和李文新送上手信，他們兩人還親自為我這個晚輩雕刻印章贈予，而我到今天才聽說他們與父親的故事，理解他們對父親的感激之情。

父親嘮嘮叨叨說的何止這些，有時我很怕給他打電話，因為電話中問了他的身體狀況、生活情況，再說幾句時政之後，他就轉而滔滔不絕又扯上重複過的往事，甚至把整個家史、單位的故事反覆說著，越說越精神，我都很難打斷他，想擱也擱不下電話。不過，有記憶就有生命力。父親這輩人的記憶，既是個人的又是時代的，保存下來就是歷史，因而彌足珍貴。

如此一想，我又不怎麼嫌父親嘮叨了。也許，他是不想失憶，而我也不想一代人集體失憶啊！

母親，您想說什麼

母親節那天雖說陽光燦爛，小孩纏著我們蹦蹦跳跳，但想起母親，我的心頭卻是一片陰雨濔濛。

並不僅僅是因為母親的去世令人傷感，生老病死是人生定律，生之淡然，去之若素。但母親帶著心裡發不出的牢騷撒手人寰，不能不讓人悲愴。

在母親的遺像前，我點燃了一支蠟燭，還放上一杯母親愛喝的濃咖啡，默默地看著那影影綽綽的音容笑貌，母親的一絲苦笑總在心頭揮之不去。

夜深人靜，母親輕輕地來到我身邊，捏著我的手長歎一聲。不知這是為我的幸福祈求呢，還是為她自己生不能回鄉見父母，死不能身魂歸故里而歎息。

母親只是一個普普通通的老百姓，一個一生何求惟重親情的良家婦女。但她和千千萬萬中國大陸的老百姓一樣，承受著不可抗拒的人生坎坷。

其實母親的家鄉並不在中國，她出生在馬來西亞霹靂州。小時候，她總喜歡在我外公的橡膠園裡玩耍，兄弟姊妹八人她排行第一。最小的妹妹五歲那年，日本人還在南洋耀武揚威。外婆帶著小妹妹去看電影，遊擊隊摸了進來，往日本人堆裡扔了顆手榴彈，豈料日本兵撿起尚未爆炸的手榴彈甩向觀眾席。一聲巨響，濃煙過後，驚魂未定的外婆發現身邊的小女兒躺在了血泊中。在

全家悲痛欲絕中，豆蔻年華的大女兒，把一頭濃濃密密的披肩秀髮盤起來，憤然投身了抗日隊伍。

外婆沒想到，剛失去了小女兒，大女兒也不能留在身邊。日本投降後，馬來亞共產黨的遊擊隊並沒有放下武器，繼而與英國殖民當局對抗，為擺脫殖民統治而抗爭。母親和戰友們被當局拘捕並被永遠驅逐出境。本來出境時當局允許有多種選擇，可以去香港，可以到台灣，也可以送往中國大陸或別的國家，偏偏母親和戰友們都選擇了中國。

母親他們走的時候，大有「風蕭蕭兮易水寒，壯士一去兮不復還」的氣概，全然沒體會到「永遠驅逐」是什麼滋味。

當時中國正處於政權易手之際，解放軍揮師南下，直逼廣州，國軍退守海南島，撤往台灣。母親他們被送到剛剛易幟的汕頭港，登岸後即轉往解放區，投身文工團，隨南下大軍浩浩蕩蕩開進廣州城。那時穿著軍裝、燙著短髮的母親確實意氣風發，還與軍管會裡的大學生結了婚，在軍管會大院生下了我。那年頭實行供給制，雖然清貧，但有吃有穿有保姆，生活似乎無憂無慮。母親給馬來西亞家裡寫的信，想必也是歡欣鼓舞的，因為我的大舅看了信後竟然跑到新加坡買船票要到中國，然而外婆的眼淚最終還是把他留住了。

等我開始懂事的時候，母親已經調到地方工作，也越來越要為吃操心了。記得有一天，有人來把家裡門窗的鐵枝都割走，說拿去「大煉鋼」。我們跟著街坊不時要對著藍天敲臉盆鐵罐什麼的，說是「趕麻雀保糧食」。原先幾分錢一個的雞蛋，現在五毛錢也買不到，連蕃薯也很難見到。有一天母親問我：「想不想見外婆？」當然想啦！我蹦了起來：「外婆不是在很遠很遠的地方

嗎？」

　　在珠江邊上的一家旅館，我終於見到了外婆。外婆跟照片一樣慈祥，還和母親說了很多很多話，說什麼我不懂，只見兩人又抱頭又歎氣又抹眼。走的時候，我們提著一大罐花生油，一大盒曲奇餅，一大瓶「美碌」（Milo），還有一大包母親最愛喝的咖啡和她愛穿的南洋特有的服飾「沙籠」。在那個物資匱乏的年代，這都是難得的奢侈品啊！嘴饞的我，高興得合不攏嘴。後來我才知道，父親手腕上那塊瑞士「勞力士」錶，家裡那輛英國「萊禮」自行車和德國「羅萊弗萊克斯」照相機，都是外婆補送給母親的嫁妝。

　　母親常常拿出南洋寄來的照片翻來覆去，還指著照片對我和弟弟嘮嘮叨叨：「看，外婆家就在鐵路邊的橡膠園，火車一過，我和弟妹都跑出來數數有多少節車廂……」。我知道，母親很懷念馬來西亞的家，很懷念兒時的生活。但母親說的故事，對我們來說太遙遠了。

　　母親的資歷和工資級別比單位的領導還高，但因背上了「海外關係」，又不是黨員，只能當普通職員。她無所謂，只要生活安定就行了。但那個年代生活怎能安定呢？

　　文化大革命爆發，父親也和一些人一樣被迫掛上「牛鬼蛇神」的牌子遊街，回到家裡母親幫他把牌子一摘趕緊泡好咖啡端上去。在《光明日報》工作的父親被趕到河北的「幹校」勞動鍛鍊，三九寒天，母親也穿得臃臃腫腫的從南方趕去北方探望父親。不知什麼時候開始，母親嘴裡出現了「你們中國……」的話。父親故意問：「你不是中國人嗎？」每當此時，母親就一陣沉默。但一發牢騷，這句口頭禪又自然而然蹦了出來。

文革最大的風潮過去後，北京那位老人家大手一揮，千千萬萬的學生被上山下鄉「接受再教育」，我不知天高地厚也報名去海南島軍墾農場。母親知道大勢所趨，惟有默默地為我收拾行裝。登船遠行那天，我沒讓母親送行，不敢看她的眼淚。後來弟弟告訴我，母親沒有哭，只是在嘮嘮叨叨。她嘮嘮叨叨的毛病，可能就是那個時候犯上的。

　　那個時候，我晴天一身汗，雨天一身水，幹著野外的力氣活。每頓的伙食只是三分錢青菜；每月殺一次豬，分到一口豆豬肉便狼吞虎咽。我不敢告訴母親，生怕她既要牽掛北方幹校的父親，也要惦記海南島農場的我。但我還是經常收到母親寄來的香腸、臘肉、罐頭等食物包裹，所以每頓三分錢菜也能熬了那麼多年。

　　我回城後，第一次看到了母親頭上長出了白髮。母親人到中年，就提前退休，為的是留出空缺讓剛中學畢業的妹妹「頂職」以免被「上山下鄉」。賦閒在家的母親，每天拿著本子，跟著收音機念「ABC……」，但總在「咿咿呀呀」念單詞的初級階段。我對母親的這個愛好有點納悶，沒想到，這「ABC」真的還派上了一點用場。

　　中國的國門漸漸打開，新加坡的大舅很想見我母親，也很想圓她的回鄉之夢，幾經周折，終於申請擔保了母親去新加坡旅遊探親。我把母親送過了深圳羅湖橋，擔心她隻身從香港乘飛機不知會碰上什麼麻煩。誰知很快就接到母親來信，說旅途一切順利，全仗著那兩句「Please」、「Thank you」。在新加坡航空公司的飛機上，母親座位的左右都是洋人，她想上廁所，不敢跟洋人說，最後憋不住了，便按鈴召來空姐，指著廁所方

向說「Please」。空姐會意，忙請洋人讓道，母親回說「Thank you」，洋人笑了。

很快，家裡收到了母親寄自新加坡的來信。我印象中，母親除了偶爾給大舅寫信外，幾十年來幾乎從不動筆，但這封信卻洋洋灑灑寫了八頁紙，母親把第一次離開中國的見聞感受全傾瀉在淡藍色的信箋上。她說，在新加坡機場見到我大舅時，真有種「少小離家老大回」的感覺，惟有不變的是南洋的天空還是那麼晴朗，空氣還是那麼清新……。

我們從未想到母親還這麼能寫，不僅文筆通暢思路清晰，而且有細節有場景更有情感，沒有了平常的囉囉嗦嗦，嘮嘮叨叨。我們對著這封信愣了半天。記得以前父親伏案筆耕時，母親總是輕手輕腳的，即使做好了飯菜也不去打擾他，直等到父親伸懶腰打哈欠時，才問他要不要吃飯？父親發表的文章，母親只是默默地瀏覽，從來沒有表示過什麼意見。我們都以為母親沒有閱讀興趣，沒有寫作細胞，誰知她憋在肚裡幾十年的墨水，這個時候才真情流露。

也許是母親壓抑多年的情感找到了宣洩口，也許是闊別多年的親人相聚百感交集，也許是外面的世界真不一樣，母親寫信的熱情一發不可收，三天兩頭就來信談家事談見聞，把我們的心也拉到了新加坡。不過母親也有一個很大的遺憾，就是因當年被驅逐的黑名單，再也進不去馬來西亞，回不去兒時的老家，不能在外公的墳前祭拜。她只能站在新馬邊境的長堤上，遙看家鄉的藍天，心隨白雲北飄。外婆和舅舅們，只好從馬來西亞趕過來新加坡見母親。

令母親辛酸的是，外婆一見面，竟然問：你是誰呀？母親一

楞說：媽，我是您大女兒呀！外婆搖搖頭：我女兒在中國呢，去了很久很久。母親說：我現在回來看您了！外婆似點頭似搖頭：哦，是嗎？外婆得了老人癡呆症，一塌胡塗了。看著語無倫次的外婆，母親流淚了。

母親回國後，又回復了昔日的樣子，沒有了寫信的心情。雖然家裡的生活有了明顯的改善，社會也有很大改觀，但母親的口頭禪「你們中國……」沒有改變，父親也不跟她計較，我們都知道她的心留在了老家。我妹妹遠嫁澳洲，母親很高興；我移居澳洲，母親也沒有阻攔。她只叮囑我們不要忘記故鄉，有機會常回老家看看。

在澳大利亞一晃多年，我忙於生計，一直沒機會回國看望父母，倒是父母千里迢迢來澳探望我們。當在悉尼機場接到父母時，我喜悅之中卻帶有某種心酸。母親明顯地蒼老了，虛胖的身子，鬆弛的臉龐，灰白捲曲的短髮，走起路來還一搖一擺。去逛街去遊覽，母親不能多走路，總要幾步一歇。我天天擔心母親的行動不便，沒想到有一天早上起來她卻突然中風，所幸及時送醫院治療，無大礙。但醫生診斷出她腦動脈和心血管已硬化，腎嚴重損壞，身體又太弱，不能開刀做手術，只能保守療法。

母親出院後走路雖然不便，但卻天天一搖一擺地到書報店買六合彩。我說買這種東西幹啥，中頭獎的概率只有幾千萬分之一，白扔錢。她說沒事，花不了多少錢，玩玩。我說您走路這麼辛苦，不是受罪嗎！她說練練腿，呼吸新鮮空氣，不是挺好的嗎！偶爾中了個末獎，母親笑一笑，搖搖頭，又繼續她的「數字」研究。每天見她拿紙拿筆，著迷地劃寫著一長串的數字組合，似乎有一種精神寄託。

澳洲空氣清新，生活休閒，醫療福利有保障，我們本想讓辛苦了一輩了的父母留下長居，安度晚年。但異國他鄉，語言不通，文化有異，父母不適應這裡的生活環境，也不願捨棄中國的人脈關係，中國的文化風味，更不想增加我們子女的負擔，執意要回國養老。我問母親需要帶什麼回去？她搖搖頭說，中國現在什麼都有，不需要了。她只選了兩包上好的咖啡帶走。

　　母親退休多年後，前些年落實了政策，中共建政前參加革命的資歷得到認可，撿回了「離休幹部」的待遇。所謂「老幹待遇」，就是多了一點錢，多了一點醫療費，多了一點旅遊機會，多了一點逢年過節的慰問。但對年邁的母親來說，這一切又有什麼意義呢，大半生都過去了。不過醫療優惠這一條還是至關緊要，因為她經常要上醫院，有時還要住院。

　　我知道母親的身體無法逆轉，每況愈下，只希望她有生之年心情暢順一點，但不知該怎樣安慰她。七十八歲的母親已經什麼都不在乎了，每次在電話中她對身體總是輕描淡寫，說自己還能天天上市場買菜，或說上醫院檢查過沒啥問題，反過來還勸我不要太拼搏，人到中年要注意身體喲。

　　去年我生日那晚作了個夢，見母親給我端來了杯咖啡，說：「你小時候很喜歡喝我泡的咖啡，大了以後很少給你泡咖啡了，今天你生日，再給你泡一次吧！」我一下扎醒，有種預感。過了幾天打開電腦，赫然出現母親追悼會照片，我五雷轟頂，擔心的事情終於發生了。母親安詳地躺在櫃床上，四周的鮮花中也有我一家和妹妹一家敬輓的花圈，父親和弟弟憔悴地守靈。我長大後從來沒在母親面前哭過，現在看著閉上眼睛的母親，我止不著淚流滿臉。

我給父親掛電話，父親沙啞地說，這一段時間他正在住院，在我生日第二天，母親也進了醫院，醫生診斷是尿毒症引致心臟衰竭，第二天便去了。

　　我問，您們進醫院為何不告訴我們？

　　「你媽病發得急，走得也快，來不及了。」父親沉默了一下，又說：「其實你媽跟我商量過，我們人老病多，三天兩頭要住院，隨時都會撒手，你們在海外山長水遠也幫不上什麼忙，況且，你們和小孩最近都回來探過我們，所以我們決定，如果有什麼三長兩短，等辦好後事再告訴你們，省得你們操心，也不想你們為奔喪而影響工作。」

　　唉，母親啊母親，真不知該怎麼說您！

　　父親又說：「你知道嗎？你媽在澳洲的時候，不大習慣那裡的生活，本該早點回來，但見你還在為生活拼搏，就有個心願，想中個六合彩送給你。所以她一再推遲回國的時間，一直用自己帶出來的錢不斷地買各種六合彩，花了多少錢也不在乎。可惜運氣不夠，她上了飛機後，惟有長歎一聲。」

　　聽了這話，我心頭一震，眼淚快掉出來了。

　　後來弟弟告訴我，母親一直對不能回鄉在她父母墳前燒炷香而耿耿於懷，根據她生前的意願，他把外公外婆的照片放進母親的壽衣裡，讓她追隨而去。他還說，彌留之際，只聽見母親說了一句：我很辛苦。但不知她是說病痛得很辛苦呢，還是說活得很辛苦。

　　我無言。遠離家鄉的母親，確實很辛苦，為了我們，為了家庭，也為了她自己。

　　不久，弟弟來電郵說，春節他在夢中見到了母親。接著，妹

妹也來電話說，清明節她與母親相逢了。我想，母親也該來看看我了。果然，母親節之夜她來了，聽她嘮嘮叨叨，親切而又心碎。

　　她嘮叨些什麼呢？我聽不清楚，一急，醒了。

柔柔馬來風　濃濃中華味

　　飛機甫抵檳城，夜幕下忽然灑落了幾點雨滴，我忍不住也眼眶一熱。是呵，看到了一些包頭遮肩的女子，還吃到了醇濃溫熱的肉骨茶，我真真實實地感覺踏在了充滿馬來風情的大地上。

　　說起來，我也算是半個「馬來人」。母親就出生在馬來西亞的霹靂州怡保，年輕時因涉馬來亞共產黨活動，被英國殖民政府拘捕並驅逐出境，永遠不准返回。母親極少談及過去的經歷，但總是嘮叨著馬來西亞的家人，所以，我也一直很想看看她思念的家鄉。當收到檳城州華人大會堂及著名作家朵拉的邀請函時，簡直喜出望外，並興沖沖地參加了這次「世界華文作家暨媒體聚焦檳城」的文學採風活動，感受一下母親的家鄉，也許能捕捉一點母親的情懷。

　　檳城的清晨靜得出奇，我們坐在半個世紀前的腳踏三輪車上，穿梭於老城喬治市的大街小巷，倒有點穿越的感覺。

　　窄窄的街道，小小的攤檔，連綿的騎樓，精緻的門窗，連那歐式雕飾的樑柱，木製的百葉窗，都似曾相識，仿如昔日廣州的西關風情，也有點南粵鄉鎮的味道。我不知是南粵影響了南洋，還是南洋影響了南粵，兩地的騎樓建築風格、市井風情何其相似，也許是華僑頻密往來於兩地，互相滲透、彼此融和吧！

　　不過，檳城的房屋多是兩層高的排屋，粉刷得有紅有綠有黃有藍，比起中國城鎮的房舍，倒是鮮艷了許多。而且，許多屋的

外牆繪有懷舊的壁畫，人文情懷，栩栩如生，引得我們這些作家攝影家們流連忘返，爭相拍照。

留意一下店鋪的招牌很有意思，第一行是馬來文，中間是中文，下面是英文，如果在印度街，中文就變成了印度文。這也體現了馬來人、中國人、印度人、英國人混居的國度多元文化之狀態。

這種多元，滲透在方方面面。我們這邊才看到香火繚繞的道觀佛堂，一轉身，就是屋頂貌似洋蔥頭狀的清真寺；街頭是門口堆滿鞋子的印度廟，街尾則有十字架衝天的教堂。這些不同宗教的廟宇，在檳城比比皆是，交織一起，如果沒有多元觀念，種族寬容，那是難以想像的。

這種融和態勢，即使在檳城的三百多座華人廟宇中也充分體現。本來，宗教就有排他性，唯我獨尊，但在具有兩百多年歷史的廣福宮裡，我就看到供奉著觀音菩薩、玉皇大帝、媽祖娘娘，還有關公。佛道儒同台，是一種很特別的景觀。廣福宮的香燭也很特別，不是通常的黃色而是玫瑰紅，且粗如手腕。當年閩粵各幫各派就是在這巨型香燭前立下契約，整合華社的。

海外華人來自祖國的不同地域、不同宗親，不同派系，但在中華文化傳統下，卻能聚合融和。檳城華人以福建人為主，也有不少廣東人。一路上跟我們介紹街景的三輪車夫，看上去膚色黝黑，五官粗獷，很像馬來人，但一開口就是普通話，還能說廣東話、閩南話、客家話、馬來話及英語。一問，他是廣東惠州人，已是四代僑居此地了。這也是一種多族裔環境中適者生存的本能吧！

我看著老城區的街道，還真乾淨，簡直是一塵不染。我好

奇問：「為什麼檳城的街道這麼乾淨，不像擺過攤檔做過生意嘛？」

車夫說：「當然啦，晚上街市收攤後就沖洗一遍，早上還打掃一次。檳城是世界文化遺產城市嘛，當然要保護好的！」看車夫臉上，還有種自豪感哩。

馬來西亞北部海邊的檳城，開埠二百多年，雖然是世界文化遺產城市，但我卻孤陋寡聞。不過，作為廣州人，我對於黃花崗七十二烈士耳熟能詳，但也竟然不知道，廣州起義就是孫中山在檳城策劃的，而且，烈士中就有四個檳城人。

檳城五次留下了孫中山的革命足跡。當年孫中山創辦的檳城閱書報社，如今還巍峨矗立。這座曾肩負使命的殖民風格古建築前，有座甚為特別的雕像。世界各地的孫中山雕塑大概都是孤身立像的吧，唯獨這裡是一個三人群像。孫中山的左右是當年的追隨者、閱書報社首任正副社長吳世榮與黃金慶。正是他倆的熱情資助及檳城華僑的熱血支持，為孫中山曾讚譽的「華僑為革命之母」留下了最好的印證。

閱書報社如今已闢為孫中山紀念館。除了展示檳城華僑追隨孫中山推翻滿清帝制建立民國的史跡，還有兩個特別展館，一是展示了馬共領導的華人抗日軍和國民黨與英軍組建的136部隊赴湯蹈火的歷史風雲；二是展示了南洋華僑機工遠涉重洋，回祖國支援抗戰，在滇緬公路駕車運兵出生入死的經歷——他們中1028人在這條「死亡運輸線上」為國捐軀，1126人返回南洋，1072人則滯留雲南。

南僑機工的命運讓我思緒萬千。過去中國大陸極少提及南僑機工，因為他們的海外出身及涉國民黨軍隊的背景，留在中國的

機工在文化大革命中都受到迫害，更不用說公開他們的事跡了。機工，就是汽車司機和修理工。在那個年代，中國極其缺乏司機及修理工。而當時是中國抗日戰爭進入最艱苦的階段，中國唯一連接世界的運輸線——滇緬公路，急需大量汽車和司機運送彈藥兵員。南洋僑領陳嘉庚發動了新加坡、馬來亞的三千二百多名華僑青年，組成「南洋華僑機工回國抗戰服務團」，離別家人，投身到崇山峻嶺的滇緬公路，冒著戰火烽煙，日夜駕車搶運軍需，搶修車輛，運送中國遠征軍入緬作戰，把自己的生命、鮮血灑在了雲南……幸而歷史真相被淹沒了幾十年後終重見天日。在陳嘉庚侄兒陳共存為首的星馬華人推動下，雲南省政府於1989年5月在昆明立下紀念碑，以表彰其豐功偉績。近年雲南畹町、海南海口（南僑機工中有九百海南人）都有紀念碑或紀念雕像落成，南僑機工在中國大陸才大放異彩。

而早在抗戰勝利不久，檳城華人就在升旗山旁開始修建紀念碑，歷經不斷修葺加工，於1951年正式舉行「檳榔嶼華僑抗戰殉職機工暨罹難同胞紀念碑」落成典禮。這座十多米高的方尖碑，直指蒼天，撫慰英魂。我問接待我們的孫中山紀念館館長、拿督莊耿康：「南僑機工來自大馬各地，為什麼紀念碑卻落戶檳城？」

拿督莊耿康語氣深沉地回答：「在三千多南僑機工裡，就有三百檳城人。抗戰勝利後，就有當地華人富商捐出這塊地修建紀念碑。吉隆坡、新加坡也有紀念碑，但檳城這座最高最大，而且，兩旁還有大型的圖像浮雕和汽車機工雕塑，既可憑弔也具觀賞性，成為一景點。」

在古銅色的汽車機工雕塑前，我看到刻有「勇者無畏」四個

鏗鏘有力的大字。是啊，這三百檳城人，都是些「勇者無懼」的熱血青年。

其實，拿督莊耿康，本身一家就是熱血之人。拿督，是馬來西亞的一種榮譽勳銜，莊耿康老先生當之無愧。其父參加了同盟會，投身辛亥革命；其叔參加了北伐，從廣東惠州出征；其哥參加中國空軍抗擊日寇，血濺沙場。而他本人，更是和兒子、媳婦、女兒、女婿一手操辦了這個價值連城的紀念館。

馬來西亞華人確實有許多熱血男兒。我想到了母親，她當年參加馬共，今天確實可以冷靜地作某種反思，但在二戰後東南亞群雄並起、諸侯爭霸，爭相擺脫殖民統治的歷史環境下，母親和許多戰友追求理想，也不失為一群熱血青年吧！只是母親不走運，和戰友們落入英國殖民當局手中。鑑於馬共抗日有功，當局也算客氣，只是驅逐他們出境，可送他們去香港、台灣、中國大陸或別的國家，任君自由選擇，但永遠禁止回來。年輕氣盛的他們也不當回事，當然都高高興興地選擇了回中國。那時國共內戰已近尾聲，他們被送到汕頭登岸，繼而被帶往解放區，隨南下大軍解放廣州，浩浩蕩蕩開入五羊城。只是他們當時並沒想到，馬共其後的命運沉浮令人唏噓。

採風的一路上，我與日新獨立中學的陳奇傑校長聊起了馬共的話題。他曾在我母親家鄉霹靂州的南華中學任職校長。霹靂州在馬來西亞中部，地處山林，出產錫礦和橡膠，所以也是打遊擊的好地方，成為馬共的根據地。南華中學是馬共總書記陳平的母校，他當年讀書時的課室至今還在，我們途經參觀時，仍看到有學生在上課。陳平當年也是熱血青年，曾想回中國打日本鬼子，但被他母親攔住留了下來，因此也造就了一位馬華草莽英雄。

馬共在抗戰時組建了「馬來亞人民抗日軍」，和英軍合作，曾發展到九個縱隊上萬人。抗戰勝利後，根據當初與英國殖民當局的協議，部分人員解甲歸田。而餘下的並沒有依約放下武器，卻轉而與殖民政府作武裝對抗。起起伏伏，風風雨雨，五十九年歷史的馬共最終失敗解散，陳平也寄居泰國。後來，社會上曾討論應不應該讓他回國終老時，陳校長告訴我，有個馬來人小學老師堅決反對。她說，當年夜裡馬共衝進她家裡，當著她懷孕的母親的面，一槍崩了父親。她就是母親的那個遺腹子。她認為，這只是不同政見而已，憑什麼就血腥殺人？社會怎能容忍這種殘暴行為，怎能寬恕這種惡人！陳校長也曾經在一個村落中看到，人們在沖洗地上的血跡，一問，原來昨晚馬共來過。雖然，陳平晚年曾公開向衝突中無辜死去的人們默哀，以表達他過去領導武裝鬥爭的懺悔之情，及對和平生活的期待。只是，他沒法獲得社會的原諒，未能魂歸故里。

　　母親從不跟家人談馬共，我不知她心裡是怎麼想的。如果馬共得勢，會不會變成另一個紅色高棉呢？濫殺無辜那就太可怕了，是千夫所指的呀！奇怪的是，母親回中國後，不黨不派，一直對政治不感興趣。即使晚年她混了個離休幹部待遇，但跟我們說話時，也總口口聲聲：你們中國……顯然，她心裡的歸宿就是馬來西亞，雖然總不能回去，但絕不會淡忘。她曾在新加坡邊境的新柔長堤，北望家鄉，久久佇立。

　　當我們來到威省馬來人的峇眼亞占模範村時，我似乎看到了一點母親的影子。母親不是馬來人，是廣東客家人。但在這個馬來人的小漁村，我看到了兩樣熟悉的東西。一個是低矮但色彩鮮艷、綠樹環繞的鐵皮頂木屋，我在母親的舊照片中看到她家的房

子就如此。母親的家在橡膠園裡，房子也是很簡陋。我們走進馬來人的家，雖然簡陋，但很整潔。其實馬來人傳統的房子，是可移動的木腳樓。這個漁村就保留了一家，讓我們進去上上下下反轉著體驗。

馬來人喜歡玩一種棋子，抓來抓去我看不懂，但馬來女子穿的「沙籠」，我卻極為熟悉。這種馬來民族服裝，就是一塊薄薄的花布，往身上一裹，就成了裙子。每當夏日，母親在家裡就常常穿著這種花艷的沙籠，一塊布在胸口上纏一圈，露著肩背，很涼爽。但孩童的我，看慣了全社會只有一片灰藍色的衣服，總覺得母親穿沙籠仿如星外來人。

中國沒有沙籠，母親的沙籠是我外婆從馬來西亞帶來的。母親是外婆的大女兒，剛成年就遠離家鄉而且永遠不能回來，外婆自然很傷心。所以幾年後她就坐郵輪到廣州探望結婚得子的女兒，補送一筆嫁妝。我記得，那時外婆除了帶幾件沙籠，還有幾罐美祿（MILO），及花生油、咖啡等。最搶眼的是一輛「萊禮」單車，上中學時，我就是用它學會騎車的，所以至今難忘。這次與陳校長聊起，才知這單車當時是英國名牌，很昂貴，不是一般人能買得起的。外婆當時並不富有，為了女兒，她肯定是付出不少代價的。

母親的沙籠只在家裡穿，不可能上街。因為那個時代會被視為奇裝異服，視為有傷風化。而馬來人的沙籠是穿上街的，披上外衣，包上頭巾，只露個小臉。我總弄不明白，那些大熱天包頭的女子，滿身是汗怎麼辦？也許是杞人憂天吧！漁村的女子就穿著各式紅紅綠綠的沙籠，和小伙子們還有老人們，載歌載舞歡迎我們的到來。馬來人也挺好客，檳城州反對黨領袖、拿督查哈拉

女士還親自來村裡，穿著沙籠帶著頭巾，在烈日下致歡迎詞。我們不懂馬來語，採風團的秘書菲爾小姐即場傳譯。看著她倆配合默契，表達到位，心想，這也是大馬巫裔華裔和睦相處的映照吧！

馬來西亞有六百四十萬華人，在世界華人人口中，緊隨印尼、泰國之後，成第三大華裔移民國家。不過，馬來西亞還是信奉伊斯蘭教的馬來人占多數，華人比例只是23.4%，從國旗的新月標誌也可看出，政壇還是馬來人主導。現場的拿督查哈拉，也以主人的姿態越說越高興，希望我們能分享大馬的多元文化，領略多樣風情，品嚐多種美食。

我生活在澳洲，看到華人與歐亞各族裔通婚的不少，很想知道，馬來西亞的華人是否願意與馬來人通婚呢？在福商會館宴請我們的餐會上，專門辦理婚姻的準拿督黃明毅走來向我敬酒，我趁機提出了這個問題。

他略帶醉意地猛搖頭：不可能，不可能！他說，宗教是道門坎，你要娶或要嫁馬來人，就要跟他們信奉伊斯蘭教，改變習俗。這對保持中華傳統文化的華人來說，做不到。即使子女願意，父母也不會同意。喝了幾口紅酒，他的話閘子關不住了——他的女兒要去日本讀書，他不同意也沒辦法，但他再三說狠話：你的根是中國人，你不要帶個日本男人回來，否則就不要進這個家門。你爺爺就要我們一代一代保住這個祖宗牌位，繁衍下去，不要到你們手中就斷了根。

我比較開明，不會干涉子女的選擇。但我也充分理解，準拿督黃明毅的話雖說得過激，但內中分明也是流淌著一股熱血的。海外華人對於根的認同非常強烈，離家的孩子更想家。也許身在

異域，華洋混雜，對於中華文化承傳的執著，往往比中國本土的人更強烈。漂泊海外的遊子，無疑都有一顆中國心。但人們常常有意無意把它政治化了，而我卻認為，海外華人大多不在乎政治意識，更在乎的是中華民族、中華文化，心底裡愛的是孕育著偉大民族和優秀文化的那片熱土，是那個衍生不斷的根。

　　在與華校學生的交流中，有個女生問：這次來檳城，若要用兩個字來表達對檳城的印象，你們會用哪兩個字？我想，每個人的角度不同，感受不同，答案也許會有所不同。但就我個人而言，印象最深的恐怕是這兩個字——融和，族群的融和，文化的融和，歷史與當下的融和，熱情與熱血的融和。

　　柔柔馬來風，濃濃中華味。這次初踏馬國，探訪檳城，之後再遊怡保，也算是代母親一圓回鄉之夢吧。

獅城舅舅

從台北飛返悉尼，途經新加坡，我只呆了一天，連睡帶看只有二十來小時，卻把新加坡轉了一圈。新加坡雖小，可有山有水有橋有鬧市，要跑一遍也不容易。但我有個舅舅，有個在新加坡開出租車的親舅舅，這就省事多了。

雖說是舅舅，可從沒見過面。只是從他寄給我媽媽的照片上見過。臉兒胖胖的一副福相，可卻開了幾十年的出租車。

舅舅在八兄妹中排行第三，比我媽小。我媽是馬來西亞歸僑，這一「歸」，卻踏上了不歸路，再也回不去她出生的霹靂州和豐埠。母親年少時參加抗日活動，屬馬來亞共產黨遊擊隊。趕跑了日本人，馬共想乘勝追擊，武裝奪取政權，結果讓英國殖民當局取締。母親受牽連，被永遠驅逐出境。當時有多種選擇，可送去香港、台灣或別的什麼地方。母親和一幫戰友卻選擇了中國大陸，被遣送到已易幟的解放區，於是便成了南下大軍文工團的一員，浩浩蕩蕩解放廣州。其時情景確實意氣風發。舅舅不知怎的，受了我媽的影響，也想回母國報效。

外婆走了大女兒，又有兒子要走，死活不肯，連罵帶哭勸阻舅舅。血氣方剛的小伙子怎能留得住，舅舅硬是去了吉隆坡，又到了新加坡，買了張回中國的船票。那天舅舅在獅城街頭遛達，何去何從，腦子裡亂哄哄的。又不知怎的，他把船票一扔，便留在了新加坡。這一留，就是半個世紀，再也沒踏上中國大地。

我一到新加坡酒店住下，就給舅舅掛了個電話。舅舅說即到「客棧」來接我。豪華酒店，在他嘴裡卻統稱為武俠書中的「客棧」了。這也是早年華人先輩下南洋時叫慣了的，沿用至今。

　　與舅舅及舅母共進晚餐後，舅舅問我，敢不敢坐摩托？有什麼不敢！好，我帶你夜遊獅城。於是我坐上他的摩托去兜風看夜景。

　　舅舅已上了年紀，但摩托車卻開得風馳電掣，我緊緊攬住他的粗腰。舅舅很有點中國工人階級的氣質，說話很豪爽。他一邊開車一邊大聲說著新加坡的什麼。迎著風，斷斷續續我只聽到片言隻語，但不忍心打斷他的熱心介紹。

　　白天的新加坡，象個花園，處處花木，房舍掩映，整潔漂亮；夜晚的新加坡，象個漁港，燈光點點，星光閃閃，清爽靜謐。我們驅車來到山頂，獅城全景盡收眼底。

　　我問舅舅，你在此生活了幾十年，感覺如何？他說，你信不信命？當時不知為什麼就留下來了，那時英國人正重建發展新加坡，到處都需要勞力，我就留下開的士。脫英脫馬獨立後，新加坡華人治國，政府管治很嚴，什麼都講錢，樣樣要收費，樣樣要罰款，一切向錢看。

　　我想起新加坡是不准吃香口膠的，否則要重罰，走出機場時，果然處處乾淨整潔如一塵不染。不過，我弄不明白，舅舅為什麼對英國殖民時期還會念舊，也許生活的壓力使一般蟻民總覺得追不上經濟發展的步伐吧！

　　第二天，舅舅又用他的黑色的士載我滿城兜轉。我耽心影響他的生意。他一擺手說，活兒每天都有得幹，錢永遠掙不完，你第一次來，也才呆一天，能不陪你嗎？車是舅舅自己買的，漆上

黑色。黑色是私家的士，黃色則是公家的士。我們先到牛車水，那就是新加坡的唐人街。位於市中心的牛車水屬繁忙路段，汽車出入要額外收路費。好在是電子收費，貼有標籤的車一駛過，便自動記帳，倒也省事。

牛車水似乎比悉尼唐人街寬敞些，氣派些，也整潔些。那裡還保留著一些殖民時期的舊排屋，但粉飾一新，頗顯南洋風味。唐人街其實與獅城的其他地方沒啥分別，只是中文招牌多點、店鋪密集點而已。華人的臉孔不獨是唐人街，整個獅城比比皆是，因為華裔占新加坡人口的七八成。只是沒想到，唐人街裡也有一座華麗的印度廟，參觀要脫鞋，攜帶相機要收費，海外遊客比本地印度香客還多哩。

獅城的印度人、馬來人也是一撥一撥的。走到某條街，便都是穿長袍的印度人，另一條街，又都是蒙上頭巾的馬來人。我問舅舅，你能分得出馬來人印度人嗎？他笑了，當然，走過身邊味道都不同。聽他口氣，華人似乎是主流社會，而馬來人印度人則是體現多元文化的少數族裔了。我想，新加坡華人夠神氣的，掌握了國家的政治經濟文化命脈。不過我也弄不懂，為什麼那麼多人信奉佛教儒教，而滿街飄著的國旗，卻是穆斯林回教徒的彎月形標誌。也許是它從回教徒為主的馬來西亞脫胎而留下的印記吧！

汽車駛過金融街，那是新加坡摩天大廈最集中的地方；駛過舊總督府，那是殖民時期的標記；駛過魚尾獅像，舅舅沒有停車，因為沒有泊車位。我對獅城的認識，就是這魚尾獅像的形象，但舅舅似乎對它熟視無睹。這也難怪，開了幾十年車，天天經過，天天看到，美好的傳說總不能代替面對的現實吧。

的士生意如何？我問。還好，舅舅說。這裡買車的人不多，所以出門大都要坐的士巴士。因為新加坡買車比澳洲貴近一倍。車本身也不算太貴，而買車先要買牌（註冊配額），還有路費、稅收等，幾近車價。還有泊車、養車開支也不菲，管理又嚴，動不動就罰款，因而一般買車往往得不償失。這亦是政府限制車輛、維護交通暢順的一招。

舅舅帶我到新加坡的最北端，與馬來西亞接壤的地方。這邊是普通民居，那邊卻是柔佛州府新山市，也是一個掛滿廣告招牌的城市。兩岸間有一道長堤連接，叫新柔長堤，車輛正排隊通過。我早就知新馬存有芥蒂，兩國政府常有爭拗，但民間卻親如一家。事實上，新加坡獨立前，新馬就是一家子。我的幾位舅舅，都在馬來西亞。許多馬來西亞人都到新加坡搵食，不少人早出晚歸一天跨兩國，就是通過這道一公里多的長堤。

舅舅也常常跨過這道堤，到那邊看看我外婆和我其他舅舅。外婆有三個女兒，都不在身邊。最先離開她的是最小的女兒。那年小女兒才幾歲，外婆帶她去戲院看電影。正碰上遊擊隊摸進來，向日本人席中扔了顆手榴彈。手榴彈還未炸開，鬼子撿起來甩到另一邊觀眾席上。爆炸過後，一臉驚恐的外婆才發現，小女兒早已倒在血泊中氣息全無，小生命還未弄懂這個世界就結束了。後來，我媽也參加馬共，被趕回中國一去不返。再後來，我姨到英國劍橋讀書，嫁了人移居澳洲去了。外婆只好收個養女，她的下半輩子惟有與兒子們及養女相依為命。獅城舅舅雖不常在外婆身邊，但很孝順，很顧家。早些年攢了點錢，他便寄回馬來西亞，讓其他舅舅買房子，伺候外婆。那邊舅舅的兒子、女婿來新加坡打工、開店，他也慷慨解囊相助。他還兩次申請我媽到新

加坡小住，以解我媽思鄉之心。

舅舅並非富裕之家。他那公寓式的房子顯得有點陳舊，舅母有腳疾，仍每天早起乘的士到自己的小食店照料生意。他們也養了三個兒女，風裡雨裡把他們拉扯成人。但三個兒女的相貌並不相似，因為都是收養的。雖非親生，勝似親生。我在南洋理工大學餐廳裡見到大表妹，他們夫婦開的麵店有舅舅資助。我也參觀了二表妹的結婚新居，那是非常摩登設計的花園式雅柏文，房價比悉尼貴一倍，這也是舅舅掏的一筆錢。表弟用他的日本三菱房車送我到機場，那同樣是舅舅給錢買的。

舅舅對人慷慨大方，對己卻慳儉簡樸，穿的吃的住的用的都很平常。表妹表弟都到過海外旅遊，可舅舅除了相鄰的馬來西亞，從未到過海外逍遙。他一直想到中國看看，可和舅母百事纏身，總未能成行。我勸他，你這輩子幹得可以了，該輕鬆一下，到中國走走吧。他點點頭，說，現在眼睛有點毛病，準備不再開車了，到時一定去中國看看，要不就沒機會，再也走不動了。

「一定要去！」我與舅舅揮手告別時，滿肚子的話只說了這麼一句，再也說不出別的了。再見獅城，再見，舅舅！

「虛擬」香港

　　每逢7月1日，我都會想起香港「九七」，想起這顆「東方明珠」。悉尼文學界也多次聚會，吟詩賦聯，紀念「香港回歸」。

　　我沒在香港生活過，兩次過境香港，前後也呆不足一周，所以我心中的香港，其實是一個「虛擬」的香港。

　　我第一次知道「香港」這地方，還是剛進小學的時候。那時班裡有位漂亮的女班長，對我很關心。學校要組建「少年先鋒隊」，女生們反應熱烈，但男生卻沒一個報名。女班長不由分說，拉著我去報了名，少先隊才不至於變成「紅色娘子軍」。第二年，女班長沒來上學，「失蹤」了。後來才知道，她隨家人去了毗鄰的香港。大饑荒年代，雖常有粵人遷居香港，但我仍有點失落。

　　班長和香港，從此留在了我心中。

　　直到文革中，上山下鄉到了海南島農場以後，我才對香港有了點概念。有一天，看見一位場友被武裝戰士押送回場部，很是吃驚。一打聽，原來他代表兵團（農場已改制為生產建設兵團）去廣州軍區參加運動會，期間他卻「偷渡」去香港，在海邊被抓獲遣送回來。他被關押起來，大家不敢走近。那年頭，「偷渡」就像瘟疫蔓延，大家有點怕怕，不敢沾邊。只因為他是我的中學校友，又是廣州鄰居，午飯時分，我端起飯碗去隔壁看他了。我們邊吃邊聊，但沒有觸及「偷渡」話題，總覺得那是不光彩的事

兒，不談也罷。我還是從他眼神裡看到了一絲滿不在乎的神情。幾年後，他再度「偷渡」再度被抓再度被批鬥。不過，幾經周折他終於還是去了香港，還把弟弟接應過去。

那年頭，從中央到廣東，都有強力措施制止偷渡逃港，深圳沿線布滿軍警民兵，但還是禁而不止，甚至一些外地省份的人也借道廣東偷渡。中央音樂學院院長馬思聰，就是趁深圳演出機會鋌而走險逃港的。後來才知道，從大饑荒到文革結束，偷渡逃港者超過二百萬人。連「金利來」老闆曾憲梓、「期貨教父」劉夢熊、「樂壇教父」羅文等等，都是當年偷渡逃港的一員。

我開始感覺到，香港肯定是有吸引力的，要不，為什麼數以十萬計的人冒著身敗名裂、批鬥殺頭的危險，前赴後繼，衝破封鎖線？「偷渡」成風，屢禁不絕，當年成了嶺南的熱門話題。

我走近香港，還是中國開放改革初期。那時廣州街頭到處都是戴著金鏈金錶回鄉的香港人，家家戶戶都談論著港人親戚。我在香港的大伯捎來了一台18吋日本彩電，說是受台灣的兩位小叔所託，送給我家的。當時廣州才開始普及12吋黑白電視，因此一些朋友常上門來觀賞彩電。後來，家家戶戶都爭著安裝「魚骨天線」，收看香港節目。港台歌曲、影視，成了時尚。連那位「偷渡」的校友場友，也膽敢回來投資，在東莞設廠，成了眾多港商的一員。

無論如何，香港不再「虛無」，分明走入了中國的千家萬戶，逐漸施展其「實力」和「魅力」。解密如何從小港漁村變成東方明珠，已成國人心中的渴求。

上世紀九十年代，我移民澳大利亞，轉道香港飛赴悉尼。當我從深圳跨過羅湖橋的一瞬間，我覺得一切都更真實了。鄉情

鄉音，粵菜粵味，處處可見可聞；繁華的中環，喧鬧的旺角，多姿多彩的維多利亞港，也早已在電視上耳熟能詳。唯一讓我感到陌生的情景，便是九龍的街頭上插滿了「青天白日滿地紅」的旗幟。適逢「雙十」，旗海一片，這仿如脫離現實的在電影製片場中的鏡頭，我一時無所適從。以至於後來上太平山鳥瞰港九，逛觀塘品嚐海鮮之時，我的腦海裡仍然翻滾著那片突兀而鮮明的旗海。

到了悉尼，我人生地不熟，又不黯英語，自然先奔唐人街。當時的唐人街，也是香港移民的「天下」，餐館酒樓充滿粵音，公司老闆員工也講粵語，連店鋪招聘，也寫明「須懂英語和廣東話」。從政的幾位華裔議員，如悉尼副市長、墨爾本市長、紐省上議院副議長等也是「香港移民」背景。第一份中文日報，也是香港人辦的，繁體豎排，傳統風味。有家錄影帶店開張，香港藝人蔡少芬前來擔任剪綵嘉賓，門前圍得水洩不通。連偌大的娛樂中心，劉德華、楊姸華等港星登台表演，也絕對是座無虛席。

站在異國他鄉的唐人街，我恍如身置於香港一隅，竟也增加了生存的勇氣。

慢慢地，我發現香港人與大陸人還是有隔閡的，背景不同，行為方式有所不同，連用詞習慣也有些「背道而馳」。我說「素質」，他們說「質素」，我去「夜宵」，他們去「宵夜」，我「先走」了，他們要「走先」……好在都是中華文化這個大背景，並非不能溝通，我和報社的港人同事還是相處得很好。

香港人與大陸人及各地華人的溝通越來越多了，因為華人社區說國語普通話的人也日益增加。在當地舉辦的一次歌唱比賽中，台灣移民的女主持人笑說，看來，我們中國人來到海外，還

是鍾情於華語歌的。不料，台上的一位青年歌手卻說，我不是中國人。滿場驚訝。女主持人問，哪你是什麼人？小青年理直氣壯回答，我是香港人！好一個香港人，很自豪嘛，但香港人不也是中國人嗎？都快「九七」了，你怎麼還不開竅？女主持人反駁道，小青年一臉惘然。全場泛起了笑聲。

1997年7月1日，我們都坐在電視機前觀看歷史性的一刻。五星紅旗升起來了，米字旗徐徐下降……我忽然想起了那位青年歌手，今天會不會也理直氣壯地說，我是中國人呢！我們報社的同事，香港人、大陸人、台灣人，都一樣興致勃勃地做著「香港回歸」的大新聞。多年後，我那讀小學的女兒在電視上看到「中英交接香港主權」的歷史鏡頭時，不解地問我，香港為什麼用英國旗？不是「紫荊花」嗎？歷史與現實，一言難盡，我說，你慢慢就懂了。

進入新世紀的幾年之後，我們決定十月學校假期舉家去一趟香港，兩個女兒從電視上早已對香港的「迪士尼」樂園「蠢蠢欲動」了。當年，我也只玩過「海洋公園」，出入過「啟德機場」，現在都換了「赤鱲角」新機場，尖沙咀也鋪上了「星光大道」，這些香港新聞，我都親手在報上編發過，該現場去感受一下今天的香港了。

我實在想零距離去觀賞紫荊旗，當然，趁著十月，也想看看五星旗與青天白日旗，是否遭遇？畢竟，當年的旗海給我印象太深了，久久不能抹去。

從澳門坐噴射飛船進入香港時，正值大陸國慶期間。一踏出上環的港澳碼頭海關，迎面就是一堵巨幅標語「慶祝中華人民共和國成立六十周年」的紅牆。過去香港是很少政治標語的，現在

也逐漸內地化了。在中環的摩天大樓頂，飄揚著鮮紅的五星旗和紫荊花旗，再不是過去融入天際的藍色米字旗了，當然，更不會看到青天白日旗。街頭的藍調子已變成紅調子了，似曾相識，完全沒有陌生感。

在香港街上，說普通話的內地客猛然增多。旺角一間商場門口，豎起一塊招牌，寫著：同志們，我們為人民服務！招攬內地客消費，已是香港的生存之道。在迪士尼，遊客絕大部分都是內地人。而尖沙咀、太平山頂，凡旅遊景點，也是一片普通話口音。南腔北調混雜，已是香港的常態。

鄧小平說過，香港五十年不變。其實，香港人、內地人都非常明白，香港無可抗拒在漸變。雖然馬照跑，舞照跳，鐘點旅店照開，市民照樣營營役役，但空氣不一樣了，味道聞起來也不太一樣。珠江三角洲的工業開發，貨櫃車流穿梭於深港關卡，使這座「石屎森林」略顯灰淡了。好在赤鱲角機場、尖沙咀星光大道、迪士尼樂園的出現，倒令香港光鮮了不少。

不過那天，我竟然可以仰天直視太陽而不刺眼，因為天空灰濛濛一片，當年維多利亞港灣清澄的藍天碧海已難覓蹤影。珠三角的經濟發展，既令香港受益，也令香港付出環境的巨大代價。當我對著紫荊廣場的金紅色調拍照時，忽然想起孩提時的那位女班長。

女班長，是否今安在？你能否告訴我，我「虛擬」的香港，走馬觀花的香港，與你生活的香港是否疊影契合？畢竟，你是香港半個世紀的歷史見證人啊！

感恩母校

　　一踏上黃沙大道，就有種迫不及待尋找兒時記憶的衝動。當年我就是每天背著書包歡快地奔走在這條路去上學的，那是廣東省重點中學的廣州一中。1968年11月，我和二、三百位初中、高中同學，又從這條路上，提著行李走上太古倉碼頭，登上紅衛輪，遠赴海南，從此告別了母校。如今，離開母校整整五十年了，也去國多年，今次有機會應校友會之邀，重返母校，就是要問聲好。

　　踏在黃沙街頭，我駐足了好一陣子，大腦在不斷倒片⋯⋯記憶中，大道一邊是公車總站，運輸公司倉庫，另一邊是鐵路南站貨場，可眼前全無蹤影，變成了一棟棟高樓、一片片民居。過去藍天下，馬路中間的林帶搖曳多姿，綠葉在陽光下都變得金光閃閃。如今是一橋飛架，天地分割，讓周圍的景物都有尺寸小了一號的感覺。兒時的一中校門，高大偉岸，如今卻萎縮在高架橋下。也許是我們長大了，變老了，一切盡在把握中，景物在眼裡都變小了吧！仔細端詳，一中校園能留下歷史映像的，也許就是那棟建於1934年的洋灰石屎的教學大樓了。

　　校友會就在這棟舊樓裡，當我在校友會和老三屆的幾位學長歡談時，腦海裡卻是不斷地翻湧出這棟大樓的記憶片段。

　　大樓內的大禮堂已不復存在了，但這禮堂卻是我在一中校園生活的第一印象。記得那年新生入學，教導主任潘永康就在這

禮堂裡訓話。最記得他介紹抗戰勝利後學校在黃沙復辦時，說了一句：「當時這棟大樓老鼠麻雀滿天飛。」我們哄堂大笑。戰後百廢待興，老鼠也會飛，太生動了。就在這禮堂，女音樂老師嚴幸馨教我們唱：雄偉的井岡山，八一軍旗紅；圖畫老師司徒培教我們寫生素描；學校文工團傾情表演《收租院》、《麥賢得》；禮堂裡總是懵懵懂懂的歡聲笑語。而二樓的實驗室也是有趣的地方。我們解剖小蟲，我們在顯微鏡下觀察植物切片，我們把各種玻璃瓶的藥水騰來倒去；各種搗鼓打開了一扇好奇心。

但給我印象最深的還是二樓的圖書館。當課本看得枯燥無味時，圖書館的藏書就是最開胃的美食。可惜到了那個老師失去師道尊嚴，學生無書可讀的年代，好端端的圖書館也被砸了，書架上的書都被翻倒在地上胡亂堆著。我和幾個沒有上街「鬧革命」的同學，每天都躲在圖書館，爬上快堆到天花板的書堆裡亂扒亂翻，看了不少紅色經典，也看了不少被貼上「封資修」封條的禁書。雖是囫圇吞棗，也會潛移默化。後來回想起來，我一生幾乎都從事文化工作，也許這書堆亂翻，就是我人生的一個契機吧。

「被畢業」離校時，同學們都依依不捨地在這大樓前合影。大樓二樓陽台上那幅巨大的領袖揮手像，如今還歷歷在目。這幅一層樓高的油畫巨像，惟妙惟肖，是幾個高中同學的傑作。那雙千鈞之力的揮手，把我們推到了上山下鄉的大潮中。這是我離開母校的最後也是最深刻的記憶。

站在大樓前，我回味著當年離別的情景，感覺這操場似乎也變小了。過去初中、高中全校師生都在這裡列隊，或作課間操，或聽陳平校長訓話。前面那個曾經留下我們課後撒野的足球場更是沒了，平地長出了嶄新的寬敞的教學摟。而舊樓側面的體育

室、小工廠、花圃、學生宿舍、初中樓、高中樓也統統沒了，被推倒將重建，現在已成了一個建築工地。看著工地的遍地碎片，我眼前卻浮現出當年的教室，當年老師的身姿。正是語文老師黎冰玉，讓我喜歡了語文課，而班主任張崇真，則讓我參與出牆報，這都激活了我的文字興趣、滋生了文學細胞。英語老師杜婉華，雖然只教識我ABC，但讓我在異國生活時，有了學習語言的基礎。這些老師，我離開母校後都再也沒見過面，但幾十年來從沒忘懷他們。

特別是在海南的艱苦歲月中，我常常夢到校園生活，夢到老師的音容，夢到同學之間的打打鬧鬧。哪怕是上課的興致，功課的壓力，考試的怕怕，在頭頂青天腳踏黃土的日子裡，都是一種甜蜜的追憶，一種未來的渴望。說也奇怪，我的人生竟也多次與校園結緣。

在一中，我只是一個初二生，但在農場，卻竟然被安排到農場中學擔任初一的班主任。不僅是我，農場的許多同學，都被調到各小學、中學任教。當然，也有被調到場部機關、直屬部門工作的。顯然，一中出來的，知識紮實素質高，受到農場的青睞，其重用的比率，相對高於其他知青。這也是母校的一種榮耀。我感恩母校，在荒山野嶺中，知識的力量讓我們有了一丁點用武之地，獲得了一丁點尊重。

沒想到，正是一中賦予我的知識，使我夢想成真，重進校園，獲得更高學歷。當國家恢復招生的時候，我以其文字的能力考入了廣東省文藝中專文學班，師從歐陽山、陳殘雲、秦牧、蕭殷等文學前輩。後來又上北京入讀魯迅文學院，聆聽丁玲等老師的課。再後來，更有機會走進北京大學深造，在未名湖畔一圓大

學夢。一次一次的校園生活，讓我如饑似渴地汲取知識，使我在文學之路越走越踏實……獲獎、出書、出席作家大會，擔任作協要職。上世紀九十年代初旅居澳大利亞後，仍在海峽兩岸三地出書、獲獎。雖然我出版的十幾部著作中，作者簡介只寫最高學歷，沒提一中母校，但我深知，正是一中打下的知識基礎，才讓我在人生之路上把握住機會。

就在我浮想聯翩難以抑制的時候，在學校操場上巧遇市教育局和母校的領導，他們介紹說，黃沙舊校園只是初中部，而高中部已搬至大坦沙新校園了。他們盛情邀請我到新校園看看。

我知道，教育要發展，學校要規劃，校園要擴充，這是必然趨勢。几十年歷史的廣州一中，就是這樣成長的。1928年省政府就是在一德路石室教堂前租用店鋪作校舍，創辦了廣東省第一間公立中學。之後又搬至越秀山麓，逐步增加班級。日本人占領廣州時曾停止辦學，抗戰勝利後則搬至黃沙復辦。大半個世紀，一次次遷移，一次次擴展，才有了今天黃沙、大坦沙兩大校園近四千師生的規模。

我懷念那些年的校園，留戀芳華，並非歎息校園的變遷，而是感慨歲月的流逝。人生不可能再回到原點，有些事當年不懂珍惜，錯過了就錯過了。所以要珍惜眼前，把握當下，這是對自身未來的有力鋪墊。

大坦沙新校園，確實令人眼前一亮，頗有現代氣息。看到教學大樓上的電子熒屏滾動出一條歡迎我重返母校的標語，簡直有點受寵若驚。在校友會領導和校長及老師引領下，我一睹新校園的芳容。大門面、大樓舍、大場館，大校園、果然氣派非凡，不愧為國家級示範性高中。我相信，在這樣的環境下讀書，更能專

心致志。

我與學校文學社的高中同學進行了座談，看到他們一身青蔥，一臉燦爛，就想到當年我去海南時，年紀比他們小多了，兩腳泥巴一身臭汗，除了紅寶書，幾乎手不沾書。真羨慕他們，他們是時代的幸運兒。

同學們求知慾甚強，希望我能提供一些寫作技巧的秘訣。其實我認為，校園期間，不必太多追求技巧，而是儘量吸納各種知識，培養自己的廣泛興趣，鍛鍊自己的思考能力。文字只是工具，掌握了這個工具，則熟能生巧。文無定法，寫作更多的是靠一種經驗、一種觀察、一種領悟，一種發自心靈的真誠表達。有同學提出，現在有些課好像讀起來沒什麼用。其實，中學的課程就是基礎課，是認識世界的基本知識。大學才是專業課，是改造世界的技能。有了基礎的通用知識，才能健全你的思維能力，打開認識這個世界的通道。

在一中時，儘管有很多理想、夢想，但我們都不知道自己將來究竟會怎樣。在海南時，我們渴望有書讀，但也真以為「讀書無用」了。可人生經驗告訴我們，書到用時方恨少，卻是至理名言。所以，所學的東西能否有用，就要看你在自己的人生歷練中能否把知識與社會現實及人情世態融會貫通。你要對生命有所感悟，才能活用。

校園外，珠江水長流，奔騰不息；校園內，師生一茬又一茬，桃李滿天下。在成千上萬的優秀校友中，我只是普通一員。人生中有一中的履歷，對我也是一種榮幸。我的校園生活經歷了小學、中學、大學，但可以說，我對自身的朦朧認識，對世界的囫圇印象，就是從一中開始的，我的文化之路也是這裡起步。

母校是恩師，五十年後重返母校，就是要對母校深情地說一
聲：「謝謝」！

消失的故鄉？

我一向以為，清明時節雨紛紛，但今年的清明節卻是艷陽高照，讓我首次回鄉祭祖，抹下一種特別的暖色。

自打出世那天起，我好像就和家鄉沒有絲毫聯繫了。沒有祖父母，也不知他們的名字，更不知鄉下在什麼地方，後來也只知道籍貫欄填寫的四個字——廣東大埔。家鄉對於我只是個概念而已，沒什麼感覺。如今我已年過半百，旅居澳洲多年，卻從來沒有回過家鄉，沒有踏進過老家的祠堂，更不用說祭祖了。所以今年，老爸無論如何一定要我回國一趟，隨姑姑回鄉下掃墓。

我明白老爸的心意，他今年九十二歲了，姑姑也八十好幾，一旦他們走了，我連回鄉的路都沒法辨認。他們既是希望我以本房長孫的身分，代他們向祖先祭拜，更是希望我認祖歸宗，記住自己的根。

在我腦海中消失的故鄉，其實也是一個名人輩出的地方。新加坡開國總理李光耀、煙台張裕葡萄酒創辦人張弼士、香港慈善家田家炳、中國遠征軍司令長官羅卓英、抗戰名將吳奇偉、陸軍中將范漢傑、中山大學首任校長鄒魯等，都是大埔人，是咱老鄉呢！

大埔地處粵閩交界的客家山區，離省城不到五百公里。車出廣州不到一半路，就是連綿山陵。過去鄉人出省城一趟，隔山隔水，都要中途過一夜，但如今走高速公路，五個小時就到了。一

路上，都是鬱鬱蔥蔥的山林，消失的故鄉形象，慢慢向我浮現。

怎麼見不到半點黃土坡地？我問姑姑，不是說家鄉是窮鄉僻壤嗎？她笑了，家鄉過去確實窮，所以男人都出外讀書、從軍、下南洋，女人留家守著那塊瘠地耕種，所以過去生產隊長多是女的。現在雖然還是貧困縣，但一年一年在變化，如今已是「全國最美小城」了。最美小城？我有點意外，也有點難以置信。

穿過一個山谷口，豁然開朗，迎面一塊巨石：大埔歡迎你！繞著梅潭河畔，高樓簇新，街道寬闊，青山綠水環繞，果真有點世外桃源之意境呢！我還沒看清小城美貌，車就穿越城區直奔虎山中學了。因為老爸特地交代，先把他贈送母校的書送去，才回老家祖屋。

這虎山中學來頭不小，創建於1906年，現時學校的主摟，就是由羅卓英、吳奇偉等建於1936年的。當我踏上這棟教學大樓時，課室、樓梯甚至水磨洋灰地板，都是當年的模樣，沒有捐毀。以我父親名義命名的圖書室，就在這棟洋摟上。父親就是從這裡走向社會人生，進省城讀大學並參加地下工作，成為文化人物的。他深知讀書是客家人的傳統，知識是山裡人的出路，所以離休後多次捐錢捐書給母校，幫助母校建好圖書館。這次我送上父親又一次的捐款贈書，校方還特地辦了個儀式及座談會以表謝意。

這座百年老校，如今更勝當年。舊樓的四周，被一幢幢由校友捐建並命名的新校舍環繞著，而近年田家炳捐資的高中部大樓，倚山而立，更是拓展了學校的氣勢。虎山中學，不再是當年的山區小校，而是國家級示範性高中。黃校長自豪地向我介紹，本校一直獲各方校友的資助和支持，不少學生考上清華、北大等

全國名校，走出了山區。

虎山中學旁邊不遠，就是湖寮老街了。大埔縣城過去不在湖寮，而在茶陽鎮，但茶陽經常發洪水，1961年只好把縣城遷至湖寮。湖寮過去只是一個小鎮，其實就是一條老街。從老街到我祖屋舊田村約五華里，如今舊田就是縣城的一角了。

舊田其實就是張家圍屋。圍屋是客家地區的典型居所，有著獨特的建築風格。圍屋有圓形有方形，都是一間一間，一排一排，一層一層連著，以宗族祠堂為中心，團團圍起，形成一個巨無霸的堡壘形民宅。隨著現代生活的發展，抱團式防禦式的客家圍屋越拆越少了，漸成保護文物。

所幸經歷了六百多年風風雨雨的張家圍屋，仍然屹立，我邁入帶屋簷的大門，穿過大大的天井，來到了張家祠堂，在「敦睦堂」的黑匾金字下，看到了眾多的祖先牌位。仔細一看，我該是第二十七世了。牆上貼著一些大紅紙，哪家人生了娃，就把名字寫在上面，告知全族。姑姑說，我在廣州出世時，這牆上也曾貼上我的名字呢！我突然覺得，我就是從這個祠堂走出去的人了。為什麼幾十年後，我才有這種歸屬感呢？

祖父母的房子還在，木門緊閉。隔壁就是父親三兄弟讀書的小屋。我從木窗的木條縫隙往黑咕隆咚的裡面張望，試圖看看當年他們是怎樣挑燈夜讀的。大埔有個家喻戶曉的典故「一腹三翰林」，就是百侯鎮的楊家一母所生的三兄弟都是清朝的翰林。我對姑姑說，祖母也厲害呀，「一腹三進士」呢。因為按民國初年對清末學歷的認證，秀才相當於小學畢業，舉人相當於中學生，進士則是大學生了。父親三兄弟都是大學生，父親甚至是族人中第一個大學生。姑姑笑了，說風水也是輪流轉的。隔壁堂叔一家

原是吹喇叭專做紅白喜喪事的，現在都出了幾個大學生，而且都是學醫的，還有省城大醫院的醫學博士呢！

這張家圍屋，原先有幾十戶人家幾百號人，可如今都離開了圍屋。圍屋早已空空如也，只有逢年過節或祭祖，族人才回來相聚於祠堂。這圍屋沒有作為文物保護，是因為三分之一被政府徵收拆遷了。祖屋傍著梅潭河，政府規劃縣城擴建，要在河兩岸修建堤壩、馬路，所以把祖屋切去一大塊，還把祖屋旁邊的張家三百畝田地徵收改建為西湖公園。當時族人多有不滿，認為破壞了祖先的風水。父親也因此生氣而再也沒回過家鄉看祖屋了。但我實地察看，祖屋雖形同廢墟，但新建的馬路、堤壩讓縣城漂亮多了，方便多了。綠水閃閃的河流，綠樹成蔭的馬路，曲橋水榭的西湖公園，加上晚上霓虹燈到處綻放，真有點美不勝收。小小山城之美，不也有張家的名份嗎？

族人帶我上山看祖墳，撥開樹枝、踏著野草一路走去，好不容易鑽進山腰，終於見到張家祖墳。祖父和大小兩祖母合葬於一大墳，再往上走一段，是曾祖父和曾祖母兩個小墳。回頭望去，對面是一座筆架山。姑姑氣喘喘說，這是風水先生選的墓址，說是風水寶地。其實我知道，人的命數就是運氣、性格、興趣加機遇的混合。但眼前命運真的與風水契合呢。曾祖父一心讀書，兩次為鄉人代筆考上了秀才，換回了豬肉養家，第三次要為自己去考，偏偏落榜，一氣之下，倒在了自己開的私塾裡。祖父是鎮裡的書記員，拿筆記帳，父親也算是省裡的文豪，而我呢，也幹著搖筆桿的活兒。是不是冥冥之中有定數呢？這是我第一次給祖先上香時心裡的念頭。

我在族人的指點下，按照鄉間規矩，先拜過土地爺，然後給

曾祖父母燒香，把他們「請」下來與祖父母相聚。當族中輩分最高的叔公宣讀祭文：今有長孫張⋯⋯我眼眶忽然一熱，覺得無論走到天涯海角何處，我的血都是從這山裡流淌出來的。我誠心三跪三叩：祖宗啊，我來看您們了，請原諒我的遲來⋯⋯我終於人生中第一次為先人送上供品，燒了冥錢。

父親因高壽沒能回鄉，特出錢讓我請了近百族人吃一頓。一位堂姐也來了，還送了一大堆山貨。姑姑說，自己人，別破費了。她笑笑說，現在不同以往了，別小看我，出得起。原來，當年她去香港看她父親的時候，異母妹妹總是說，鄉下女又來要錢了。她聽得很不是滋味。她對姑姑說，哼，現在看見那妹妹，我就不再怕她了。我也想起了小時候，鄉人到省城來我家坐，走的時候，父親總是拿出錢和糧票給他們帶回去，我那時也有種鄉人來討錢的印象。有個叔公，每次來坐，都是選在快開飯的時候，父母也總是多擺一雙筷子。可現在，他的兒子已是省裡的公安官員了。如今鄉裡人出來，都會捎上什麼糍粑、蘿蔔粄、算盤子等一大堆客家小吃的，倒讓我們城裡人受惠。

以我觀察，大埔物產資源不算豐厚，茶葉不如潮州，柚子不如梅州，陶瓷也比不上佛山，但現在不是時興說「青山綠水就是金山銀山」嗎？綠色生態，養生旅遊卻是大埔得天獨厚的資源。大埔森林覆蓋率80%，負離子的空氣，潔淨的水源，原生態的食材，大埔人平均壽命79.55歲，高出全國4.72個百分點。咱張家不就有好幾位九十多歲的壽星嗎？大埔不僅是「中國長壽之鄉」，還正申請「世界長壽之鄉」呢！

大埔還有一個資源，中央蘇區縣。當年朱德南昌起義兵敗後來此深山野嶺打遊擊，在三河壩轟轟烈烈幹了一仗後上了井岡

山。當年朱德的指揮部如今已成遺址供憑弔。紅區是有國家財政補貼的，紅色基因，也給大埔人留下了精神遺產。

客家人是個特能吃苦的族群，從中原地區遷徙南方客地，面對窮山惡水的環境，練就出堅韌的性格。由貧困縣、蘇區縣，轉而成為全國最美小城、中國長壽之鄉，我第一次對家鄉有了感性認識。這些年我多次回國，看到中國各地的許多新鮮變化，每次都有目不暇接的愉悅感。但這次故鄉行，更多的是震撼。消失的家鄉，就在我眼前，看得見摸得著。家鄉永遠在心中！

我實地拍了許多山城街景，回到廣州後，拿出平板電腦，一張張翻給老爸看。他拿起放大鏡，細細端詳，不斷追問：這是哪裡？我說，快收起您的陳年記憶吧，如今不再是山河依舊了。以後說起大埔名人，也不再是那些進了縣博物館的歷史人物了，也許是活躍於高科技領域的新時代的大埔人了。

老爸抬頭看著我，半信半疑。我說：您老黃曆中的家鄉已經消失了，但我卻找到了家鄉的感覺。滿頭銀絲的老爸呵呵一笑：真的?!

小貝蒂和她的大朋友

　　小貝蒂是我們的大女兒，出生在澳大利亞，還有兩個月就五歲了。她自兩歲半起上幼稚園，便愈來愈顯示出是一個性格活躍獨立性強的人。記得第一天送她到幼稚園，我們還擔心她會哭依依不捨，誰知她看到滿園滿地的新鮮玩具，一點都沒有陌生感，興沖沖地說了聲「再見」就跑到小朋友們中去了。

　　上幼稚園使貝蒂學了不少新東西，日常哪些力所能及甚至力不所及的事她都非要「自己來」「自己做」，有時還學著大人幹活搬這個挪那個，把家裡弄得一團糟，令我們真是又好氣又好笑。平常她除了喜歡看電視唱歌跳舞外，更喜歡寫寫畫畫，剪剪貼貼。傍晚從幼稚園接她回家時，一路上她愛說著今天又畫了什麼畫做了什麼手工，當然也會說說她班上的小朋友。

　　在幼稚園，貝蒂有幾個較好的小朋友總是一起玩的，如果今天誰沒有去幼稚園了或誰欺負了她，回家時也會說出自己的心事。好些時候她還把兩歲多的妹妹當作幼稚園小朋友的角色，與她講故事玩遊戲；或者學著老師的口吻來「指揮」妹妹，妹妹倒也服服貼貼聽她的，跟著她轉。

　　除了小朋友外，貝蒂也有大朋友——幼稚園的老師們。她說喜歡克莉斯蒂娜、莉比、扎哈娜等等老師。還是在小班的時候，她到幼稚園才半年，有一位老師費安娜走了，她心情不高興了好多天，總希望費安娜會再回來，過了很長時間仍念念不忘。現在

只要看起她床頭牆上掛的費安娜與她班小朋友合影的照片，還記得「坐在我旁邊的是費安娜。」

　　貝蒂與幼稚園的小朋友大朋友都很要好。這種純真的感情從小班到大班隨著年齡的長大更明顯了。她喜歡以她的朋友做「榜樣」，從頭髮的長短、衣飾的花樣，到有些什麼學習生活用品等，都想有與她們一樣的相同。有一次，她別出心裁地在額頭上貼了一點紅珠片，還翻箱倒櫃拖出一條長長的圍巾裹在身上，同時也把妹妹如此這般地打扮起來，說「漂亮嗎，我要學班上的印度小朋友。」

　　有一天，貝蒂要我們找出一塊四方圍巾，把頭包了起來，還一晃一晃的對著鏡子自找欣賞，可真有點像個「中東妹」呢。原來她的老師扎哈娜是中東人。貝蒂很喜歡她那塊包頭的白紗巾，甚至有一次上幼稚園也要包著頭巾去，說是給扎哈娜看看。有時在購物中心只要看見包著白紗巾的人她都說是扎哈娜，但偶爾也真的會遇到她，貝蒂就興奮得大聲叫著與她打招呼。

　　有一位叫卡特里娜的老師，原來是披肩長髮，後來剪短了。貝蒂就很愛玩她的長頭髮，在幼稚園玩不夠回到家裡就拿媽媽的頭髮當是她的頭髮來玩。後來因工作需要卡特里娜調走了，貝蒂又念叨了好些天。每走一個老師，貝蒂都會反反覆覆地惦記好一陣子；而每來一個新老師，在當天回家時她也會快樂地告訴我們知道。也因為卡特里娜曾經回過幼稚園一趟，貝蒂高興地說「卡特里娜今天回來了，她還是短的頭髮。」

　　去年，她的班來了一位叫瑪格利爾的老師，貝蒂同樣很喜歡她。瑪格利爾不但是位老師，更是孩子們的好朋友，她不僅僅是教孩子們，而且更懂得用心去理解、去欣賞、去讚揚孩子們。

有時候貝蒂的畫畫得好，瑪格利爾就會將其與別的小朋友的畫齊齊貼到課室牆上，這時候的孩子們可高興了，貝蒂就常拉我們到他們的畫前面一一地告訴我。有一次貝蒂做了件全班獨一無二的作品「A donkey」（一頭驢）：頭是用汽球做的貼上了紙皮的鼻子，畫上了眼睛嘴巴，脖子用硬的長而大的圓紙筒做還貼上了一條條長長「頭髮」，而身體部分則用兩張小椅子排開蓋上一塊長布。瑪格利爾熱情地向我們介紹了這件手工，說貝蒂很有創意，並特意擺在課室外展覽還拍下了照片，說日後會給她照片的。那些天只要貝蒂上幼稚園推開大門，馬上就很高興地說「Look, This is my donkey」（看，這是我的驢子）。

　　還有一次貝蒂畫了張畫，雖然筆法有點凌亂也不是規規矩矩的，但很有意思，瑪格利爾就非常讚賞：「傑克正在建一個有很多門的大的沙城堡，城堡下面是水，有螃蟹有船隻，上方還有燦爛的太陽」。瑪格利爾將這張畫鑲進玻璃鏡框裡還寫上了詳細的評語，把它掛在課室門外旁邊，讓大家都可以看到。

　　貝蒂不只一次的說過「I like Margaret（我喜歡瑪格利爾）」。可這段日子貝蒂好像有了些失落感，因為上幼稚園時在大門口外的停車場，看不見瑪格利爾的車子了。後來她說「瑪格利爾是去了度假。」再後來只要早晨一到幼稚園，她的第一感覺就是在門外是否再能看到瑪格利爾的車子。但她的希望一天天變成了失望，每次回家時她又會說「瑪格利爾今天又沒有來，我們想她快點回來」。

　　後來有天早晨送貝蒂到幼稚園，另一位老師向我遞上了一個玻璃鏡框，說「這是貝蒂的畫，是瑪格利爾留給她的」。我一看，正是那張「城堡」的畫，背後還貼著評語呢。

哦，原來瑪格利爾度假完後就離開這個幼稚園了。但貝蒂和她的小朋友們還不知道，還在等她回來呢。看到貝蒂每天帶著希望去，又帶著失望回家，我們也有點為她難過了。我們想應該明白告訴她，瑪格利爾離開幼稚園了不會再來了，免得影響她的情緒。可她還堅信「以後以後瑪格利爾還會回來的」。

　　瑪格利爾雖然走了，但給貝蒂留下了一份珍貴的禮物。貝蒂非常喜歡這張畫，非要把它掛在她自己的睡房。我們說，還是掛在客廳好，有客人來的時候都可以看見，她才勉強同意了。

　　我們將會好好地保存這張畫，等貝蒂以後長大了讓她重溫這段友情；保存好這張畫，也將這段友情留在她美好的記憶中……

小貝蒂的塗鴉

　　我那出生在澳大利亞的女兒貝蒂，剛滿五歲，將來往哪方面的才藝發展，我心中還沒數。但在唱唱跳跳、蹦蹦跑跑的同時，她塗鴉的興致似乎日增。

　　那天太太說，悉尼北岸康士比區議會給貝蒂及全家發來請帖，女兒的畫上了一本兒童掛曆，市長要舉行一個儀式，給她頒獎呢。貝蒂的畫上掛曆，我們都有點不相信，問她什麼時候畫的，畫的是什麼，她也說不清楚。也許她還不明其中的含義，所以也沒顯得特別的興奮。

　　在掛曆的發行及頒獎儀式上，我們才看到那本掛曆和貝蒂的畫。

　　那是2003年的一本兒童安全教育的掛曆——「2003 Child Safety Calendar」，十二個月十二幅畫十二個日常生活安全主題，有防中毒，防車禍，防溺等，全部出自孩子們的手筆。

　　貝蒂的畫是五月份，主題是防火安全。畫面還挺有意思，近處是一輛坐有消防員、裝有消防喉的消防車，前面是一堆還在燃燒的屋樑瓦礫，遠處有兩個人在「望火興歎」。貝蒂是怎樣想出來的，我不知道。但畫面虛實有致，確有想像力和表現力，不知道是否與她常在電視新聞上看到有關森林大火的情景有關。

　　看到自己的畫印在掛曆上，並被放大張貼在街頭宣傳牆上，貝蒂才興奮起來。貝蒂的塗鴉之作常在幼稚園張貼，那是稀鬆平

常之事。瞧，這回是張貼在大街上，她覺得好玩，和妹妹手舞足蹈地站在畫前讓我們拍照。

貝蒂的幼稚園院長也和貝蒂一樣高興。她說，貝蒂的畫能夠入選，她也意想不到。掛曆是由康士比區、古靈嘉區、萊德區和悉尼北岸健康中心第一次籌劃印製的。這幾個區眾多的幼稚園和小學推薦出二百多位小朋友的作品，年齡從四、五歲到十二歲都有，然後由市議會組織評委選出這十二位的作品，真不容易。

據說，評選時還發現，年長的兒童，想像力和創意還不如年幼者，所以這次入選者幾乎是五歲的，只有一個十歲，還有一位四歲。看來，刺激兒童的藝術細胞，正當此時。

貝蒂喜歡亂塗亂畫，我都不甚在意。我們剛搬新居時，有一個二十多平方米的特大陽台。那幾天，我們夫婦倆忙著收拾家居，顧不上兩個樂樂顛顛的女兒。後來我們到陽台收拾時，才發現陽台的磚牆上塗滿了紅紅綠綠的顏料，乾乾淨淨的牆壁，全是抽象的色塊，氣得我們罵也不是，不罵也不是。貝蒂和妹妹，見狀笑一笑，仍下顏料和筆就溜走了。

平時見女兒拿著筆亂塗亂畫，還把各種文具扔得滿屋都是，只以為是調皮和好動，不甚在意那些亂七八糟的線條色彩。而幼稚園的老師卻能發現其中的意義，那是一種心靈幻想，一種藝術創意。我再不敢無視小孩的一筆一劃了，她們會在塗鴉中展現生命。

頒獎儀式在康士比的商業中心前舉行，獲獎的小朋友按月份排排坐在長櫈上。那位十歲的男孩坐在中間，有點「鶴立雞群」，感到不好意思呢。貝蒂倒落落大方，任由擺佈，捧著畫作，讓眾人圍觀、拍照。不知這個場面是否留在她腦海中，以後

會成為塗鴉的素材？

人選者還有位華裔女孩，畫得蠻不錯，筆力控制得挺好，可能人很安份、嫻靜、內向。她有點害羞，不敢和大家坐在一起，老躲在一旁往父親身上靠，使整個場面有點美中不足。我想，這個小女孩的性格比較拘謹，將來或會中規中矩，模仿力強於想像力吧。

畢竟未見過大場面，當市長彎下腰把獎狀和獎品遞給貝蒂時，她倒有點靦腆。太太想給他們拍張照片，市長忙蹲下來扶著貝蒂，她一臉傻笑。

儀式一結束，她忙不迭地拆開獎品想看個究竟，原來是一盒彩筆及畫本。她那高興樣，好像恨不得馬上要畫出許多畫似的。就不知她今後是否會興趣轉移，又迷上別的什麼?!

「精英」情結

　　新冠疫情期間，澳洲的大學都是網上授課，女兒每天看似都規規矩矩對著電腦上課。我偶爾瞄一下她的電腦，很多時候卻是影視或網購的畫面，我正想發作，她馬上說，現在是課餘時間，老師也要休息嘛。我怕的就是她這副心不在焉的狀態。

　　女兒就讀悉尼大學研究生課程，快畢業了。從小學中學到大學，她似乎都是這種狀態，作為家長的我，心一直都沒放下過。

　　記得那一年，澳大利亞中小學的新學年又開始了。女兒小學畢業，入讀精英中學，開學第一天，穿上新校服，高高興興地乘火車上學去了。晚上，她也不跟我說開學第一天的情況，卻不斷地打電話，給四位最要好的小學同班女同學，交流新學校的感受。

　　這五朵金花，兩個華裔，三個歐裔，卻入讀五所不同的中學。記得畢業晚宴上，她們幾個都脫下校服，穿上新買的時尚衫裙，又摟又笑，又唱又跳，依依不捨。其實她們考試的分數都差不多，為什麼不選讀同一間中學呢？也許父母們各有考量，女兒各有選擇吧。

　　我家附近，是一所全省最頂級之一的精英女中，五朵金花都報考了，其中一位新加坡華裔上了分數線，其餘幾位都差那麼兩三分，但可入讀其他的精英中學。我女兒選擇了悉尼遠郊的那家精英。三位歐裔的同學，雖然也曾填報那家精英，最後還是放

棄了，留在本區。一個讀教會學校，一個進普通公立學校的精英班， 個去了專長藝術類的私立學校。

我對女兒考精英中學本來是不抱多大希望的，只抱著一試的心態。因為讓她讀中文，沒堅持下來，讓她考小學OC班（英才班），也落榜了，中英文都沒多大長進。反而，她喜歡畫畫、打球、體操等課外活動，而且很投入。曾想讓她上補習學校，但看到她好像是一種負擔，也就放棄了。

女兒打從娘胎裡出來，就好動、大膽、不怯生。第一天上幼稚園，一看見好玩的東西，就掙脫母親的懷抱去玩了，沒像許多小孩那樣依依不捨鬧著哭著。去麥覺理港旅遊，在一個百多米高的沙丘上，導遊示範了如何用滑板沖浪般衝下沙丘之後，便問，誰來試試？全旅遊團幾十個男的女的、年輕的壯年的，都面面相覷，不敢妄動。當時不到十歲的女兒，竟不知天高地厚，從我身邊蹦出去，接過滑板，驚叫著第一個衝了下去。大家這才覺得有安全感，也跟著衝下去了。參觀堪培拉國會大廈，導遊介紹了議會情況，問大家有什麼要問的，才讀四年級的女兒一個勁地發問，問得導遊都笑了。

奇怪的是，每次考試對女兒來說，好像沒有什麼特別反應。記得我們小時候一到考試，都會緊張起來，有人「開夜車」，有人「臨急抱佛腳」，老師提醒，父母嘮叨，總之，當學生的「如臨大敵」，沒得好睡。如今中國更有過之而無不及，家長都要陪做家庭作業，高考來時，更要陪考，為子女張羅應考的一切。學生上考場如同赴刑場，非常「壯烈」。

澳洲當然不會這樣，我也沒把考試看得那麼嚴重，但也希望女兒能有個好成績，證明她努力了，長進了。所以考試前，都敦

促女兒看看功課，但女兒根本不當回事，該玩還是玩，上網、看電視的勁頭比做功課還大。

考試前一晚，她看完十號台的廚藝大賽節目「MasterChef Australia」，就蒙頭大睡。第一天考完回來，問她考得怎樣？聳聳肩，沒說什麼。第二天考完回來再問，也沒說出個所以然。第三天我也懶得問了。

可能澳洲許多同學都是這種狀態吧，因為學校的學習氛圍必然會反映在學生身上，同學之間也會互相影響、互相感染的。

我很欣賞女兒的放鬆心態，但也很怕她「吊兒郎當」，漫不經心。好在她總算考上了精英。女兒那家精英，比較遠，坐火車近一小時。女兒不怕，可以鍛鍊早起。三位歐裔，嫌太遠，她們對精英似乎不特別在乎。

澳洲人最在意的是學校的全面發展。原先澳大利亞法律規定，媒體不能私自刊登學校排名，以免誤導公眾。但家長們總是想方設法了解學校狀況，因此聯邦政府決定，設立官方網站「我的學校」，公佈全澳所有學校的情況，包括教學設施、師生人數、學生成績，考試排名，讓公眾網上查閱。此舉引來教師們反對，認為這樣對學校不公平，條件不同，環境有別，會影響生源素質。反而校長們卻能坦然對待，支持政府做法，認為公眾有知情權，也可促進學校的改進。

政府網站正式開通時，主管教育的聯邦副總理提醒公眾，這只是學校的基本情況而非全部，諸如學校的風氣、學生的興趣培養，軟體資源等，是無法用數據表現的，網上資料僅供參考而已。但學校排名，各校對比一目了然，對家長為子女擇校很受用。

開學第一天，我送女兒上火車，站台上看到起碼有五、六十個穿著和女兒同樣校服但不同年級的男女生。一些人還是從其他區乘車到這裡，然後中轉快車北上的。不過，這些學生大都是亞裔臉孔，有印度的、韓國的，東南亞的，但更多的是華裔。

　　當然，遠郊的這家精英的學生，還是白面孔居多，像我女兒那類稀疏的黃面孔，基本上都是為讀「精英」打老遠而來的。而我家附近那家精英女中則不一樣，每天看著那些學生進進出出，幾乎都是亞裔。難得的幾個白面孔，肯定是既聰明又有勇氣、敢與亞裔比拼的佼佼者。

　　我對女兒說，努力些吧，明年考回這家精英女中。女兒搖頭，她不大喜歡亞裔紮堆的地方。也許小學時，亞裔不多，她習慣了。

　　澳洲的精英中學，排名越高，亞裔比例越高。全省排名第一的詹士魯斯農業中學，百分之九十多都是亞裔，特別是華裔，除了校長和幾位老師是白臉孔，你覺得它跟中國的學校沒什麼區別。進了詹士魯斯，就等於一腳跨在大學名校的門檻，每年的高校狀元，肯定少不了詹士魯斯。所以該校的入讀分數線是全省最高的，也是華人趨之若鶩的首選目標，更是華人家長津津樂道的話題之一。

　　而排名前五名的學校，亞裔都是百分之七、八十以上。精英中學是公校，幾乎被亞裔搶占了，歐裔只好多付點學費，選擇教學質量也不差、校風更好的私校和教會學校了。

　　想想也是，華裔擠在一起，喜歡攀比，名牌的攀比，家境的攀比，連家長開什麼車來接送，都會產生心理影響。更重要的是，分數的攀比，構成巨大的心理壓力。人的智力有差別，興趣

有差別，成熟度有差別，每次的狀態也會有差別，你分數不如人，華人家長總會嘮嘮叨叨，小孩哪會好受。

其實作業、考試，只是一次次的機會，並非定終身，這次栽了，今後努力，仍有機會。這次中了，今後頂不住壓力，也會被淘汰。小孩有時發揮不好，有時覺悟不足，有時運氣不佳，都很正常，不必太責難。關鍵要讓小孩樹立自信，激發興趣，自覺投入。家長可以提供條件，給予督促，給點壓力，但不能代替，不能強加，否則逼牛上樹，欲速不達。

有位北京的朋友來澳旅遊探親，深有感觸說，你們海外華人聚在一起，總離不開子女讀書的話題，上什麼學校呀，補習了沒有呀，分數如何呀，興致勃勃聊個沒完。我想，中國也一樣吧，「望子成龍，望女成鳳」，恐怕是一代一代中國人揮之不去的情結。

看著女兒有時計數時的迷迷糊糊，我就特別羨慕中國的基礎教育，那「九九口訣」，真是先人的智慧結晶呀！不過，我也不特別擔心女兒將來在社會上的發展，因為我從女兒身上看出，學校釋放了她的童真和天性。她不僅喜歡打球、繪畫、演講，還常常搞慈善、做義工，甚至行軍野營、馬拉松長跑，校園生活讓她開開心心，有利於她身心成長，不會讀成書呆子。

比起華人學生，澳洲學生的學習比較輕鬆，講究興趣，自由發揮，喜歡參與各類活動，注重智力開發的創意。澳洲人尤其重視發揮小孩的天性和潛質，注重培養公關能力、分析判斷能力、社會愛心、多種興趣等。而華裔太看重分數，認為分數定終身，所以一味追求分數，周末還要上補習班，反覆練習各種試題的標準答案。澳洲的補習學校，學生絕大多數是亞裔特別是華裔。因

此，華裔學生在考試中多名列前茅並不奇怪。連澳洲人都抱怨，靠補習拿高分，不公平，甚至社會上有取締補習學校的呼聲。

在澳大利亞，重分數，讀精英，似乎是亞裔、特別是華裔的情結。歐裔多順其自然，揚其天性。我想，倘若兩者結合，則更有利於小孩的心智全面發展。

女兒雖然進了精英，也上了大學，總算過了這道坎，但今後的路還很長，只能順其自然，願她讀書做事都上心，那才有希望。因為有個好環境，還要有自己的努力，有自己的興趣，才能有長進。

眨眼間，女兒已快完成學業，我忽然想起，當年女兒這五朵金花，散落在五所學校，又走進不同大學，經過這麼幾年的童真和天性的釋放，她們又會有什麼樣的各自表現呢？我有種好奇，但女兒搖搖頭，表示暫無聯繫了，待疫情結束後搞個「髮小」聚會再說吧！

小女初長成

　　人的個性真是千差萬別，但性格究竟是先天遺傳的呢，還是後天養成？我真的搞不清楚。因為我的兩個女兒，自打從娘胎裡出來，就性格截然相反，可她們都是血脈相連，一起成長啊！

　　大女兒天性開朗好動，第一次上幼稚園，一看到滿地五顏六色的玩具，就撇開陪送前來的母親，一頭扎進陌生的老師和小朋友之中去了。從小學、中學到大學，她都愛打球、愛戶外活動，高中因參加學校的野外拉練課程，高考時還獲得了加分。她主意大，自己選大學挑專業，自己考研究生，還沒辦畢業典禮，自己就找到物理治療師的工作。讀書、工作都用不著父母操心。

　　可小女兒就不同了，內向懶動，做什麼都興趣缺缺，悶頭悶腦的連玩伴也沒多幾個，真讓人操碎了心。

　　小女兒比姐姐晚出生兩年多，開始還讓她和姐姐一起參加學校的課外活動，學跳舞、學樂器、學體操，學游泳，後來什麼都沒堅持下來。但不知什麼時候，她突然不吃肉了，海鮮也不行，凡有生命的一概不沾，成了個素食者，而姐姐則是「無肉不歡，大啖朵頤」啊！害得當母親的特辛苦，每頓飯都要分開葷素做兩次。那時小女兒才十一二歲，正值青春發育期，我們擔心她會營養不良，她卻置之不理。不知是受同學影響，或是看了什麼書，聽了什麼話，總之她一丁點兒肉味都聞不得，說那是生命啊。甚至見了蚊蟲、螳螂都不讓我們打，只許趕出房子。我們若不聽，

她就哇哇大喊，直到我們放生為止，簡直走火入魔了。

　　她雖沉默寡言，不善與人交流，但打從小學就喜歡擺弄小生物。經常放學後，就讓我們帶她逛寵物店，買些竹節蟲、變色螞蚱、寄居小螃蟹之類的來養。魚缸本來是養金魚的，她的小魚缸卻不盛水，而是鋪上細沙、奇石、枯木，讓那些小爬蟲兜來轉去，好生自在。她還嫌不夠過癮，纏著我們花五十塊錢在政府的野生動物保護部門買了個飼養爬行動物的許可證，周末驅車去老遠的郊外寵物店，想挑些金龜、蜥蜴、變色龍來養。澳洲對小生命是極其重視的，釣個魚蝦，要買牌照，養隻貓狗，也要註冊登記，連寵物店的一些野生爬行小動物，都要有許可證你才能買走。我們並不情願她養這麼多五花八門的寵物，好在店裡剛好缺貨，沒有合適她養的，她才暫且很不情願的罷手。

　　放學回家後，她常常連校服也沒脫，就盯著小魚缸目不轉睛，彷彿與裡面的小生命有說不完的話。有一次，她讓我們買了一對小白鼠來養，沒幾天，其中一隻白鼠掙脫籠子跑了，她放學回來一看，大哭。剩下的一隻孤獨不了幾天，也鬱鬱寡歡死去。這回她哭得更傷心了。她在作業本上撕下一頁，埋頭寫了一首短詩，讓我把紙條和白鼠一起在花園裡埋了。我挖坑填土的時候，她不敢看，躲在房間痛哭。那首詩現在我已記不全了，但依稀記得其中一句大意：你不孤單，我會以淚水陪伴，在黑暗中安睡吧。

　　當時我也感動了，覺得小女兒還是有某種靈性的嘛，起碼能夠用文字表達內在的情感，並不像她的數學那麼糟糕。

　　在澳大利亞，華人小孩的數學成績都明顯高於西人小孩，奧數比賽，澳洲代表隊都少不了由華裔學生擔綱。每年高考，許多

華裔學生都選擇最高難度的數學科目以搶分，所以各省高考狀元華裔都不在少數，常常成為澳洲報紙的頭條，連澳洲人都覺得數學是中國人的先天優勢。可偏偏小女兒卻沒有數學細胞，周末我們親自教她「九九口訣」也背不下來，想讓她上補習班，沒上幾課就知道那是徒勞的了，不再逼她。高考選考科目，她就自動放棄了數學。華人的優勢到了她身上，反倒成了劣勢，我不得其解。

有人說，人的大腦是分左右兩部分的，左腦是理性的主管邏輯思維，右腦是感性的主管形象思維。也許小女兒大腦特別不對稱，左腦不好使，右腦還活絡吧。所以她計數不行，寫作卻獲得老師讚揚。開始我沒怎麼留意，有一次，大女兒急著去打球比賽，沒時間完成寫作功課，就問妹妹能否代筆。沒想到小女兒答應了，還蠻有興致的寫好了。第二天，大女兒放學回來把書包一放，高興得抱了妹妹一把，說老師給了一個A。姐姐高兩個年級呀，妹妹卻能冒名矇混而老師沒察覺，也算是一種天分吧。

於是，我對小女兒的作文功課留了個心眼。六年級的時候翻看了她的一個作業，是一篇小文，題目叫《暗井》。寫兩個十歲的女孩，看了報紙上的一段舊傳聞，便懷有好奇心，不顧父母反對，偷偷溜去探訪二百七十五年前建造的一個叫「暗井」的地下監獄。她們冒險從街道的暗井鑽進去，在黑暗中看到了一些毛骨悚然的鬼魂，還碰上了傳聞中失蹤的那對男女。驚慌之中一個女孩遇險，另一個女孩獲救卻因失去同伴而痛苦萬分。在女孩的葬禮上，倖存的女孩又遇上一個新的女孩作伴，心裡希望不要再有痛苦的經歷了。三千來字的小文，讀來如夢如幻，我一氣讀完後有點驚訝，不僅行文流暢，而且有情節有情景有對話有心理活

動，還有一個穿越而完整的結構，簡直就是一個短篇小說，或許是把其內心深處的某種困惑與渴望宣洩出來吧。我看老師的評語：有想像力，有語言的表達能力。我問小女兒，作文難嗎？她說，不會呀！我看到她本子上還寫了一些詩，可能她心中本就有許多詩與歌呢，就鼓勵她多寫，以後可以幫她出本詩集。她竟滿口答應。

我滿懷希望，以為她遺傳了我的基因，會寫作上癮的。誰知上中學之後，似乎畫畫讓她更有興趣了。

除了學校的美術作業，過年過節她還常常繪畫各種賀卡。有一次我生日，她給我畫了一幅小景，嵌在小鏡框裡，讓我擺放在上班的辦公桌上。每當在電腦上操作累了，我就轉頭看看小畫，養養眼、安安神。陽光下，一對小鴨在淡藍的溪流上自在漂游，一群紅色的魚兒在穿梭覓食，岸邊鋪滿綠草，劍蘭盛開。畫面雖然簡單，卻色彩柔和，生機盎然，我彷彿看到了她心底的一絲亮光。

小女兒的畫風都是小景小情趣，屬於工筆畫那類。畫草，一條一條都幾乎可以數得出來，但卻密密麻麻連成一片。畫人像，每條頭髮都有頭有尾紋絲不亂，衣服花紋也條理清晰、工整繁複，簡直像機器印刷。那種細緻，那種功夫，如果不是靜如處子，性格封閉內向，哪會有耐心坐這麼久畫得那麼精細。

她的畫雖然小巧，但筆墨並不安分，甚至頗顯象徵意味。比如畫人臉，有時會沒有眼睛，卻滿臉是無規則的色塊；有時頭髮會長出花草，脖子會冒出蘑菇，而美麗的臉龐會布滿閃電般的裂紋。看她木訥文靜，可能內心很不安分吧。有一次，我們看到她手臂上有刺青，一驚：怎麼回事？她說是條龍，她屬龍，所以

把這生肖紋在臂上。在我們心目中，紋身似乎都是黑社會或摩托車黨之類的呀，如果是女子，就是問題少女。但她卻輕輕懟來一句：這是藝術，是情趣，是個性，然後就不再吭聲了。的確，很多澳洲年輕女性都有或多或少的紋身，也沒什麼不正常。但我們心裡這道坎過不去，可也無法說服她干涉她，怕更激發她性格裡的叛逆性。既然她看作是藝術，那就希望她往那方面發展吧！

　　針無兩頭利，人也不會一無是處的，我們也希望小女兒能真正找到自己的興趣和長處，慢慢發揮自己的潛能吧，不想給她太多的壓力。

　　高考放榜了，我們問她考得怎樣？她輕描淡寫，不肯明說。問她要不要幫她選擇哪家大學和專業？她說「不」。從小至今，她跟父母說話用得最多的一個字就是「不」。悶葫蘆的小女兒，性格也很倔，就算踢她一腳也放不出個屁來。聽同學說，她自己去找心理醫生看過幾次。澳洲的學校很注重學生的心理輔導，政府也有為學生免費提供心理治療。可能她上過有關課程，或有老師指導或受同學影響，她自己去看過心理醫生，卻沒告訴父母。我知道，內向極度了會容易出現心理問題，如果壓力太大，也容易造成精神抑鬱，所以我們不敢強求她什麼。等她接到入學通知書了，才告訴我們，她讀的是「生命科學」。

　　「生命科學」範圍很廣，包括對動物、植物、微生物等一切生命個體的研究，涉及寬泛的領域和產業。我們也不了解這個學科，但都與生命有關吧，可能小女兒喜歡小生命，就選了這個課程。我們無話可說，也不知將來的就業方向，只能讓她跟著感覺走，滿足自己的興趣，或許也會學有所成。

　　可能她沒想到，這個學科涉及生命技術，課程也需要有數學

基礎，而這正是她的弱項。一年下來，問她考試成績如何，她淡淡的說，還可以吧！她跟父母說話，從來都是一兩句就打發了，想跟她多聊幾句，她的嘴巴就像縫上了，一聲不吭。我們也不敢逼問什麼，生怕逼出個抑鬱症來。

第二學年快開學了，她突然告訴我們，她轉學了，改讀藝術，一切入學手續都辦妥了。我們又是一驚，怎麼朝三暮四？但想想數學的難題，想想畫畫的興趣，想想她身上的藝術細胞，也只好體諒她了，還是要尊重她的選擇，順其自然吧！

藝術也不僅是畫畫，還有攝影、雕塑等課程，我們給她配備了一部「佳能」單反數碼相機，外婆還送她一部使用膠卷的老式「尼康」單反機，讓她高高興興去上學了。她上學的勁頭比以前大了些，難得她主動在微信上發一些作業給我們看，有油畫、素描、雕塑、攝影等。她課堂製作的人體骨骼雕塑，還被學校選送到一家醫療診所的櫥窗做招牌擺設呢。可我們也發現，她身上的刺青，手上、腿上，也多了幾塊。真是無可奈何，她開心就好。

自學藝術後，她跟我們的交流稍多了些，不再全是一問一答的短句。她還自己上網搜尋，在拯救動物協會挑了一隻小狗來收養。說是收養，其實是花了幾百塊錢的，捐給寵物保護機構。這當然是她自己掏的錢。從高中開始，她就課餘兼職在咖啡店打點散工，掙點零花錢。學校假期，她和姐姐倆到紐約遊了一趟，自己做攻略，自己買機票，自己訂酒店，吃住玩全自理。估計錢也花得差不多了，還捨得花錢養狗，應該也是一種情意吧。

但我們一看那狗，心裡就嘀咕了。那是一隻單眼狗，既然花錢養狗，為什麼不挑隻健全的呢？小女兒說，就是這狗有缺陷，才被拋棄被收容，可憐巴巴，才要收養牠。那狗用一隻眼看著我

們，眼珠像荔枝核般，圓圓的，大大的，深褐色的眼珠發著光澤，似乎有種情感的傳遞。另一隻眼窩被額頭長長的垂吊的毛髮遮擋著，好像有點羞澀。我們馬上體會到小女兒的憐憫之心了。也許她覺得自己不算是個心理健全的人，所以對身體不健全的狗有種惺惺相惜、心靈依戀的愛意吧。

她給狗起了個名，叫「貝米尼」，把名字刻在頸圈上，套在狗的脖子上，從此，牠就在女主人身邊蹦蹦跳跳「鞍前馬後」地不斷「獻殷勤」。澳洲人最喜歡養的寵物狗，排名第一的就是混血狗。而貝米尼就是一種傑克羅素犬與馬耳他犬混血的小型犬，個頭不大，卻毛髮蓬鬆，體態渾圓，很適合家庭伴侶和觀賞。這狗也的確伶俐乖巧，活潑機敏，對人有悟性，有牠陪伴，沉悶孤僻的小女兒，情緒也會平和舒緩些，家裡也多了點歡聲笑語。

但我們擔心的是，家裡已有一隻黃色的貓，現又添一隻白色的狗，貓狗如何共處？

早在讀中學時，女兒就收養了一隻流浪貓。那是一隻在路邊剛生下的貓崽，女兒央求母親抱回來養。貓兒取名「高比」，只有巴掌大，連走路都站不穩。女兒催著母親抱起小貓往寵物診所跑，打防疫針，閹割，向寵物部門註冊報備。養貓養狗真是花錢，有個傷風感冒，食欲不振，跌傷骨折，精神萎靡，都要看獸醫，跑一趟就是幾百塊，還有日常的食物器具、洗澡美容呢！小女兒對花錢沒什麼概念，對小生命卻很緊張。小貓逐漸長大，懂得翻牆爬樹，跑到外面撒歡，餓了就回來覓食。有時遇到了貓夥伴，有時碰到了好玩好吃，就隔一兩天才回家。如果幾天都不見蹤影，女兒放學後就會拉著母親到周圍鄰居家中探問，在街上叫喚，把貓找回家。有一次，一兩週過去了，還不見貓回來，怕有

不測，女兒和母親到處尋找都無結果。女兒很傷心，以為緣盡了。誰知幾天後的晚上，忽然聽到窗外有貓的微弱叫喚聲，女兒和母親衝出去，看見果然是高比。牠似乎奄奄一息，估計是受傷了、餓壞了，忙把牠抱進屋，餵水餵食，牠仍有氣無力。第二天趕緊去看獸醫，又是打針吃藥，又是留醫觀察，慢慢調理，才恢復過來。但已元氣大傷，彷彿像個老頭兒，沒有昔日生蹦亂跳的風采了。從此，牠就蜷縮在自家花園裡，懶得到外面走動了。

而這個時候，貝米尼「進駐」了，小女兒貓狗都要兼顧，實在是個難題。我們用塊木板可移動的攔在走道上，讓房子的地盤臨時一分為二，花園也一分為二，各有出口，貓狗「各自為政」。初時貓一見來了個異類，嚇得就躲。而狗是興奮型的，一見貓就豎起耳朵叫，有點占地為王的霸氣。一回生兩回熟，見面多了，貓也明白那狗絕不是過客，而是半個主人了。狗見到貓，總是搖著尾巴，不知是示好還是示威。而貓總是覺得有個先來後到的規矩，懶得搭理。狗一想親近，貓就躬起身，張牙舞爪，反倒把狗嚇退幾步。看來，自己的地盤忽然被狗占了一半，貓還是蠻生氣的嘛。貓養了七八年，個體也不小了，狗是小型犬，所以兩隻寵物的個頭還算半斤八兩。每逢貓狗相遇，雙方都會虎視眈眈，互不相讓，警惕對峙。不知這種局面何時會打破，變成寬容友好和諧呢？

小女兒對貓狗一視同仁，熱心餵養。但狗比較熱情，總是圍著人轉，十足「跟尾狗」；而貓比較清高，喜歡「獨善其身」；所以感覺上，狗的「受寵度」似乎占了上風，貓有被「冷落」之感，更忿忿不平。期待貓狗關係的改善，恐怕尚需時日。而我更擔心的是女兒的身心成長。

小女兒的學業還沒結束，人格還未成熟，其孤僻性情沒大改觀，陰晴無常，情感生活也不穩定，一切仍待成長中。也許她內心裝有兩隻靈獸，如貓狗一樣，互相牽扯，對峙對抗，而她還不懂處置，不知取捨，不能把控。她何時可以走出封閉的心靈，打開心扉，輕鬆面對生活，與人與社會與世界自如相處呢？我們還在操心。

　　時間會調整心態，環境能造就人格，還是給她多點空間，慢慢造化吧！咳，小女初長成，人生路漫漫！

當黑髮黑眼遇上金髮碧眼

　　大家都知道，澳大利亞前總理陸克文能用中文演講，但如果你在悉尼街上行走，突然被一位普通的澳洲青年女子攔住，對你說一聲字正腔圓的普通話「你好」，又會有什麼樣的感覺呢？我就遇上了這種情景。

　　當時我確實大大的一楞，隨後，她遞過一本中文小冊子要我好好讀讀。這是一本宣揚耶和華的宗教雜誌。她說的全是中文，說了些什麼我沒怎麼記住，但金髮碧眼吐出一板一眼的普通話，著實讓我佩服。問她哪裡學的中文？她說悉尼本地學的，但到北京進修了一個月。

　　這種情形我不是第一次碰到。不久前，也有一位洋妞拍門送上一本中文的聖經故事，滔滔不絕地用普通話跟我講耶穌。我問她為什麼中文學得那麼地道，將來想到中國工作，或做中國生意？她笑了搖搖頭說，只是興趣，也想能用中文與中國人溝通，探討人生。她純淨的臉上也看不出什麼功利目的，似乎透出一種崇高的宗教精神。

　　海外華人要求下一代學好中文，不丟宗忘本，更多的也還是為了自身的生存需要，以及將來的發展需要，目的性很強。而這些洋人學中文，功利性不多，除了興趣，也似乎為他人為社會著想的多，這麼想來，他們好像更有境界。在英語國度學中文，其實是很難的，但進入了一種境界，就有毅力，就能堅持。

那天洋妞上門講耶穌，我兩個女兒眨著眼睛就是搞不明白：為什麼她的中文講得比自己還順溜。我也只能心裡歎息。

　　女兒小時候，我常常逼她們學中文，周末送她們到中文班讀經書，什麼三字經、道德經之類的。她們嘴裡跟著老師大聲念著，心裡並不明白，回家就忘了。有時在家裡教她們寫中文字，開始時覺得好玩，拿著粉筆在黑板上塗鴉，但一下子又不耐煩了。有時看到我在觀賞中國影視劇集，她們就指著畫面問我是什麼意思。一來二去，我也沒好氣，就叫她們趕快學中文，不就可以看懂了嗎？但她們總是提不起學中文的興致，不自覺，父母焦急也沒用。總之，如逼牛上樹，沒轍。

　　這種現象在華人家庭中，恐怕也比較普遍。試想想，照此下去，若干年後在澳大利亞街頭上，一位洋人跟華人講中文，金髮碧眼的說得起勁，而黑髮黑眼的卻聽不懂，哪會是一種怎樣的場景？

　　因時勢環境，我們這代人說不好英文，下一代人又說不好中文，對於海外華人來說，都是個悲劇。

　　女兒曾說過，老師在課堂上講過中國長城。所以後來纏著我買了卡通電影CD《木蘭》，裡面的故事，就是花木蘭代父從軍，出征長城，抗擊外族入侵。長城的畫面給她們留下很深印象。所以前些年我帶她們回中國，到北京爬爬萬里長城，看看天安門紅牆，感受一下中國的歷史和傳統文化，尋尋故鄉的根，激發她們對中國的興趣。

　　女兒滿嘴溜溜的英語，也粗懂粵語，而普通話卻僅懂「你好，謝謝！」參觀故宮，導遊的講解全聽不懂，對那些古裡古怪的皇家用品、宮廷範式，簡直兩眼一抹黑。意想不到的是，女兒

忽然對毛澤東產生了興趣。學校裡，老師講過《毛時代的最後一個舞者》（Mao's Last Dancer），她們讀過那個故事，也看過那個電影。看見天安門城樓的頭像，女兒就問，那是「毛」嗎？進紀念堂瞻仰毛澤東遺容，烈日下排隊兩小時，只看了三秒鐘真人，她們也沒怨言，腦子裡肯定充滿了想像力。在軍事博物館，凡有毛的塑像、畫像，她們都忙著拍照，還滿嘴的「Mao」「Mao」「Mao」。可以肯定，她們已經能夠辨認毛，也知道是個大人物，但要弄清他，只有成人之後再下一番功夫吧。我倒希望她們帶著對中華文化、中國歷史的神祕感，最終能激發學習中文的興趣。

大女兒進中學時，學校有四種外語供學生選讀：法語、日語、德語、拉丁語。學校還說明，選法語的人可能會很多，不能都滿足。我心想，法語為什麼就這麼熱門呢？確實，那年紐省高考HSC，考外語最多的學生也是法語，有1700多人。其次就是中文、日文，分別有1500餘人。女兒學校怎麼不見有學中文？也許沒有中文師資吧！小女兒進中學時，也只有學意大利文。據說近年澳洲高考選考中文的學生也明顯減少了。

按我本意，最想女兒學中文。中國經濟發展強盛、文化淵源深厚、中文人口廣泛，中文的使用必定前途無限。何況還是母語呢！可惜，兩個女兒的學校都沒中文選項，即使有，女兒也不肯學中文。看來以後必定是黃皮白心的香蕉人了，怎麼辦？

所以，對於那些在海外辛勤執教的中文老師，我們都打心裡十二萬分的感謝。感謝他們的辛勞，感謝他們的堅持……他們的付出，功在千秋。

簽證

　　自從移居海外，我就很少和中國警察打照面了。回國探親旅遊，若見到公安標誌的警車，或配上警械的警察在執勤，我都是敬畏而遠觀之。但這次回國，我卻要和警察打交道了。

　　我父親已九十高齡，身體每況愈下，有時一不留神就摔倒住院。他雖然有離休待遇，可以進省醫院高幹病區，也有保姆陪伴在身，但住院的頻率卻越來越高了。他單位的領導對我說，老人沒有子女陪伴在身，心裡總是會有牽掛的，你們要多回家看看。每次離別，老爸都是樂呵呵地說，我們是見一次少一次了，說不定哪次就是最後的一次。我知道，他不願意耽誤子女，但肯定希望最後時刻能牽上子女的手。

　　身在海外，因為工作，我不可能隨時回國看望老人家，也因為簽證，不是說走就能走。以前到領事館辦簽證，十來人排隊，就是一袋煙的功夫。現在可好了，辦簽證的人一年比一年的多，到中國可是大熱門呢。兩百座位的簽證大廳，華人、老外，總是坐得滿滿的，有的還要站著，一派興旺景象。可沒大半天功夫，你走不出大廳。交上申請材料，還要有幾天的等候，還要再上門拿號排隊領護照。所以如果老爸有個三長兩短，我也很難即時趕回去。

　　本來，我想辦理兩年多次往返的簽證，但我工作的特殊性，根據相關規定，只允許辦理一次進出，回國一次辦一次。所以回

國就會有個時間阻礙。後來聽說省裡出台了新規，便於海外華人華僑回國辦事，本省籍的人可以在省公安部門辦理五年不限次數往返的簽證。這是國內因應情勢發展的新舉措。五年啊，不限次數啊，我心裡一喜，這不是為我等人打開方便之門嗎？

所以這次回國，當務之急，就是找公安辦好五年簽證。因為辦理需要各種證明，需要排期輪候，能否辦妥，我也是沒把握的，只能一試。

回到父親家，放下行李，我拿上父親的戶口簿就出門。滿頭銀絲的老爸忙說，怎麼還沒說上幾句就走？是啊，我得先到街道派出所去開臨時居住證，這是辦要緊事的首要一步。踏入派出所，看到兩個民警端坐著，也許有所求吧，看著他們我都覺得比以前親切些。這個手續很簡單，幾分鐘就辦好了。但下一個就難倒了我。因為要證明我曾是本省籍，需要憑證。可以是身分證，但出國時已上繳；可以是戶口簿，但也沒有保留住；早年也沒有醫院的出世紙，如何是好？民警見我皺眉，就說，可以去你原街道派出所開證明呀！對，我道謝了就走出門。

才走幾步，我忽然想起，原派出所在哪裡？因為當時是居住單位宿舍，幾乎不去派出所，只是出國時去辦過註銷戶口，依稀記得穿過很多小巷。究竟是那條小巷呢？那片區域，前幾年早已拆遷，如今都是棟棟高樓大廈，舊貌換新顏了。猶疑間，看到前面有個民警一臉疲憊坐在那裡，也許是執勤完打個盹吧！我顧不上了，試試問他：那家派出所怎麼去？他撐開眼睛想了想說，那派出所已挪了地方。然後一五一十耐心告訴我怎麼個走法。

按圖索驥，七拐十八彎，我終於摸上門了。當我說明來意，一位年輕的女警讓我填表，我就把當年的地址、單位寫上，還寫

明何時出國。她看著我眨了眨眼，我從她臉上讀出了信息：去國快三十年了，那時，她還沒出世呢！她說，老街坊，放心吧，查好了就會通知你。

我放下心來，到外省轉了幾天。一回來，保姆急切地說，派出所來了幾次電話，催你過去。我想，搞定了吧，效率還挺高的嘛。

到了派出所，一個更年輕的女警說，你提供的信息不對呀，找不到你的原單位，找不到你的戶口信息。咋了，腦袋「嗡」的一聲，我懵了。工作了多年的單位，住了多年的地址，怎會搞錯？單位的確搬遷了，搬進了城市新的中軸線上建的新大廈。但單位的部分宿舍還在那裡，物業沒變，怎麼我的身分就消失了呢？女警很肯定地說：為你這個事兒，我整整泡了一天檔案室，翻了一天，鄰近的門號，相關的資料都翻了，就沒你的戶籍。

怎麼辦？我有點絕望了。幾十年前，沒有電腦輸入資料，若信息不準確，真有如大海撈針。剛好有個年長的男警經過，見我們都虎著臉，一了解，哈哈大笑：都是什麼時候的事了，這些年，城市改制了，擴充了好幾倍，周邊的縣變成了區，原先的區，也重新劃分，有些街道的門牌也變了。你原先單位宿舍的門牌，早改了。他還笑那女警，你那時都還沒出生，怎麼懂得變通呢？他一指點，女警恍然大悟，對我說，對不起了，我們都跟不上變化。回去等消息吧！

第二天，我就上門取到了戶籍身分證明，看到了我當年的身分證號碼，原來是這麼一長串，那可是當年風華正茂的見證呀！謝天謝地，最棘手的這關總算過了。女警告訴我，辦簽證要到市局出入境管理大樓去，還給我寫下了地址。

一走進出入境管理大樓，就見到幾個荷槍實彈的特警，心裡有點緊張。過了安檢，乘電梯一路上樓，層層都有配槍的警察，然而許多辦證的市民有說有笑，有坐有站，有條不紊，我反而有了種安全感。

　　四樓有一排閃亮的電腦，是讓人自個兒登記預約的。要打入各種資料數據，讓人眼花繚亂。我眼慢手笨，慢慢點著螢幕，稍有出錯，又要回車，甚至重新來過。後面站有女警，指指點點幫著眾人。我旁邊有位持外國護照的阿婆，看著螢幕一籌莫展，女警見狀，就來到她身邊，一句一句說，阿婆就一下一下去點。最後女警幫忙點了一下螢幕，說道：好了，完成。阿婆道謝著猛點頭。待我預約好走出大樓時，已是一身汗了。想想那些穿制服，甚至全副武裝的警員，真是難為他們了。

　　之後的事就比較清楚了，按照預約的指引，拍標準照，備齊證件，按預約時間上門遞交材料，再按規定時間上門繳費，取護照。辦理的警員雖然穿著帶警號的制服，一臉嚴肅，但還是不失禮節，審慎周到。幾天後，當我拿到護照時，女警翻開簽證頁，對我逐一解釋了使用的有關事項。然後微微一笑，表示了祝賀。

　　離開出入境管理大樓，我如釋重負，長長的舒了口氣，終於解決了一大難題，一個「常回家走走」的念頭也油然而生。

　　我把護照拿給老爸看，說，今後看您就方便多了！老爸高興得滿臉的皺紋都綻開了：這麼順利就辦好了？我說，是啊，這回多虧了公安，民警民警，這回果真是便民之警呀。老爸瞅瞅我：你這小子從來就很少誇人的！我笑說：辦成了事，開心啊！

水之靈

吃過晚飯，我們相約到西湖邊散步。夜色之下，張燈結彩的遊船把湖面壓出一片波光瀲瀲。忽然，音樂從天而降，眼前的湖水騰空而起，在紅綠黃藍紫的彩燈晃射下，如仙女散花，形成一道變幻如夢的水簾。夜幕下的西湖，竟如此多姿多彩，這是我四十年後重遊杭州西湖的第一印象。

記得當年漫步西湖，斷橋倒影，柳枝拂堤，三潭印月在陽光下恬靜地浮躺著。如今的西湖，多了聲色電光，同樣是景美如畫的湖水，卻多了幾分嫵媚，多了幾分水的靈動。

我忽然覺得，杭州就是一首明媚的詩篇，而詩眼，正是這靈動之水。

果然，隨後市僑辦安排我們這些來自海外的作家、媒體人到杭州屬下的建德市、淳安縣採風，所到之處，所見之景，真是「無水不歡」。

建德的梅城，正是三江交匯之處，這座千年古鎮，因水而盛，唐代詩人孟浩然曾遊歷於此，寫下著名詩句：「野曠天地樹，江清月近人。」不正是點出了以水潤物，以水養人之妙處嗎？

當我站在江邊新修整的城牆上俯視滔滔的江水時，就有一種大江東去的歷史感。新安江、蘭江、在此匯入富春江，奔騰不息瀉向下游的錢塘江。這江水，是歷史的記憶，也是歷史的見證。

在沒有汽車、火車、飛機的年代，這條江水可是貫通浙皖

兩省的水運大動脈，徽商商路的樞紐。可以想像，這裡宋明鼎盛時期，絡繹不絕的商賈乘船而至，夕陽西下，只好落腳此處，歇息添糧。如今我們腳下的城門，正是當年的碼頭，處於梅城的中軸線。正對著的大街，如今還是青青石板路，兩邊復原了一排排雕鏤門窗的特產店鋪，一座座古樸風韻的功德牌坊。而當年更是商鋪、客棧、酒肆、會館林立，是嚴州府的核心地段。對了，梅城，只是民國年間（1939年）對建德縣城的命名。而唐宋以降，清末民初，它都是以嚴州府自傲。

過去的州府，下轄數縣，嚴州府衙門，就設在這個建德縣城。建德之名，源自三國吳王孫權封其功臣孫韶為「建德侯」，鎮守此地，勉其建功立德。如今的州府遺址，仍保留著城池格局，街區肌理，但卻早已褪淨鉛華，不復當年的繁華了。時移勢易，如今的梅城，不再是州府，不再是縣城，而僅是一千七百年歷史的古鎮了。

其實，中共建政初期，梅城仍是州府規模，那時叫地區專署。後因修建新安江水庫，富春江水暴漲，城牆外的一條大街被淹沒了。建德專署隨之撤銷，建德縣城也搬走了。三江交匯的梅城，因水而改變了格局。但建德有了三條高速公路穿越、三條高鐵交匯，梅城再度雄起也是指日可待。一個地區的變遷，有其自然條件、地理環境、歷史因素，及主客觀的影響。一個時代的發展，也盡在不言中。

尋水溯源，我們趕往新安江，下榻在芳草地鄉村酒店。那裡環山抱水，翠綠掩映。趕緊爬上石級，放下行李，安坐在小木屋的陽台上，近伴鳥鳴蟲吟，遠眺富春江水，天地一色，煙水迷濛，宛如置身於元代畫家黃公望筆下的《富春山居圖》。不錯，

他的傳世之作，就取材於此。也許，當年他就端坐在某塊石板上，借山之勢，汲水之靈，揮筆繪就這人間仙境。

陪同的僑辦領導說，這裡就是新安江的下游，千島湖的邊緣了。

千島湖！我心頭一振，這正是此行的重頭戲。當初聽說僑辦的採風行程裡有千島湖，身在澳洲的我就決定放下一切，先要完成此行。

千島湖，我兒時的教科書裡並沒有，那時只知道新安江水電站。出國以後的1994年的某一天，在報上讀到一條新聞：台灣一個旅遊團二十四人及六名船員兩名導遊在千島湖被劫殺，兇手稍後落網伏法。於是，千島湖一夜之間聞名於世。我自此也就有了「千島湖」這個概念。來到這裡我才明白，千島湖其實就是新安江水庫。

新安江水庫，當年是為了給上海及華東地區供電而興建，如今已沒有蓄水發電這個功能了，轉型為國家4A級旅遊景區。1984年水庫改名為湖，因有一千餘座山頭浮在庫區水面上，遂叫「千島湖」。這千島湖也確實讓人眼前一亮，在墨綠色的山林和翠綠色的湖水之間，有一道赭黃色的落水線環繞，宛如一條逶迤的金腰帶，捆綁在島與湖之間。我們從湖中的一座山頭俯視，一湖秀水，島嶼如翡翠，星羅棋佈，極其壯觀，富有圖案感。

水庫也好，島湖也罷，水就是這裡的靈魂。知道嗎，行銷全國的「農夫山泉」，聞名遐邇的「千島湖啤酒」，就是取自這個國家一級優質水體的千島湖源頭活水的深層。入樽山泉，百分百是水，釀製啤酒，也是百分之九十是水，擁有「天下第一秀水」的生態釀造資源，加上現代經營理念，這兩家本地產業，何愁不

獲「中國馳名商標」的稱號呢？

　　引領我們參觀啤酒廠的鄭廠長，一臉的自信，也帶點調皮的笑意。他的啤酒廠，其實也是一個啤酒博物館，一邊在釀酒，一邊在展示釀造流程，展示啤酒的歷史文化。樓梯每上一級，都閃動著啤酒的品牌，牆壁上每個世界名酒商標，按一下，就會跳出品牌的產地、歷史與酒性，這都是鄭廠長的靈感，也是他的視野。酒廠對客戶量身定做，轉向小眾化、個性化生產，這也是鄭廠長的創意，他的經營之道。所以，千島湖啤酒能遠銷二十二個國家和地區，能在國際三大精釀啤酒賽事之一的布魯塞爾啤酒挑戰賽中獲大獎。廠長請我們試飲，體驗醉意。在各種口味裡，我選了冰鎮黑啤，一杯下肚，甘醇可口，沁入心肺，真個是「味道好極了」！

　　鄭廠長說，技術含量、經營策略很重要，但水質也是關鍵。千島湖啤酒是原生態啤酒，也是中國碩果僅存的原產地啤酒。它取水於湖下三十米深層。千島湖的水，得天獨厚，不經任何處理即可達飲用水標準，在中國大江大湖中位居優質水之首。

　　千島湖的水，果真是「神水」？當我乘坐遊船泛舟湖面之時，便領略了其中的奧妙。整個千島湖，大約有五百八十平方公里，平均水深三十多米，最深達一百多米，據說有三千多個西湖的水量。這麼大的水源，難道就不會被污染嗎？當地人是花了什麼心思的？

　　在遊船發動之後，卻停滯在湖邊一個浮台狀的設施旁邊，轟鳴作響了好一陣而沒有開出，我好生奇怪。船長解釋道，這個浮台設施，叫「污水回收中轉泵船」，正將遊船上的生活污水抽上去過濾去污，輸到岸上處理，不讓污水排入湖裡。湖上的所有船

隻都經過改造，出航前都必須作這樣的廢水處理，這是一個環保措施。

　　放眼望去，一泓碧綠的水面果然沒見什麼腐草雜質漂浮。在這個GDP當道的時下，當地人能有這種不火不躁的環保意識，注重生態效益，真是千島湖之幸了。山體的石英巖質、河床的不透水巖層，常年保持十七度的水溫，還有極其重要的環保意識，使千島湖的水格外純淨醇厚。

　　遊船破浪而行，水波蕩漾開去。人們紛紛擠在船頭船尾的甲板上，取景於湖上千姿百態的山峰。而我的目光卻從山頭往下延伸，沉入水中。冬日的陽光下，湖水顯得格外幽深，看不穿碧綠的水層。但我知道，這水下有著說不完的故事，有著數不清的古物。

　　記得前幾年，我在電視節目中看到過，中央電視台和浙江衛視聯手做過一個水下探秘節目，在這千島湖水底下拍攝、直播。昏暗的水下，隨著潛水攝影師的鏡頭，呈現了古城門、古牌坊，還有廟宇宗祠、徽式宅院、罈罈罐罐，簡直就是遠古的海底龍宮。畫面令人震撼。這是考古新發現嗎？不，這可是五十年前二十九萬浙西人衍生不息的家園啊！多年以後，作家龍應台首次回到家鄉淳安，徽杭古道的新安江，已由彎彎川流轉身而為萬頃碧波的千島湖，她惟有佇立湖邊，念想水下母親的祖屋，追思安睡湖底的先人。

　　千島湖，準確的說，是1078座山頭的湖。這些山頭底下，躺著淳安、遂安兩座縣城、27個鄉鎮、1377個村落，30萬畝良田。為了修建水庫，1959年政府一聲令下，新安江畔的縴夫、船工、村民、茶農，堅定決絕騰出了家園，遷往浙皖贛等地安置。當時

的口號極富時代色彩：「多帶新思想，少帶舊家具」，「肩挑人扛送移民」。我不知道當時人們撤離的具體情景，不知道是否有人死活不肯走，是否有人討價還價，但依依不捨、含淚告別、一步三回頭的場面肯定不少。那是他們千年的鄉土呀，在國家特別行動中，波瀾不驚，說走就走，何等的悲壯——情感之悲愴，精神之壯烈！為了共和國的第一座自行設計自行建造的大型水電站，他們作出了多大的奉獻啊！

　　也許是走得太倉促了，在截流蓄水之前，沒有搬遷保護，沒有推平清拆，一切幾乎原封不動。如今沉睡在湖底的淳安縣城（賀城）、遂安縣城（獅城），反而因此而比較完整的保留下來，也避開了這些年岸上的大開發、大拆遷的浪潮。這兩座兩千年歷史的漢唐古城、尤其是浙西小天府獅城，四里城牆、五座城樓、十一座牌坊，在湖底基本完好。那些古塔拱門、堂館書院、因「禍」得「福」，屹立在水下，甚至一些屋柱雕樑、樓梯窗櫺也沒腐爛，拂去牆上的淤泥，雕刻的字跡仍清晰可辨。根據以往經驗，建築長期浸泡水中，隔絕空氣，更能保存更長時間。我忽然想到，假若能開闢水下觀光項目，乘著小潛艇逛「水底龍宮」，那該多有趣呀，一定眼界大開！

　　聽說也不是沒有人起過這個念頭。已有開發商造好了小型潛艇，因文物保護的技術原因而沒獲得官方許可證。也有科學機構試驗建造一條水中懸浮隧道，遊客可進入隧道到湖底參觀古城，方案還在論證模擬中，一時難成。還有人建議把整個古城用沉箱密封起來，抽乾裡面的水，使其水落石出，讓人實地觀賞，但技術條件似乎又不允許。看來，千島湖水，魅力無窮，還有不少興趣之點呢！

這水，是民生之源，是生財之道，還有別的嗎？當我觀賞了當地的大型情景歌舞劇《水之靈》之後，忽然有所感悟了。

這台由央視春晚編導打造，由一百五十名藝人在立體全景水舞台、3D數碼影像展示中，傾情獻演的一小時節目，演繹了千島湖的前世今生，演繹了新安江水庫的緣由，演繹了淳安人的奉獻，史詩般的悲壯，叩人心弦。當舞台上那嘩嘩噴湧的流水，如青龍從天而降，落入池中，水花飛濺到觀眾臉上時，真讓人有種親臨其境的夢幻感覺。「問渠哪得清如許，唯有源頭活水來」！南宋詩人朱熹名句的意境，被生動呈現。是啊，有源頭活水，生命才能不息，有源頭活水，心境才能清澈。

最具創意的，我認為還是出生於淳安的明代大學士商輅，還有淳安縣令海瑞的戲份。他們穿越百年時空的心靈對話，意味深長。商輅被稱為「三元宰相」，為人剛正不阿，廉潔奉公，因而仕途沉浮。作為淳安父母官的海瑞，勤於政事，量土地，平賦稅，疏浚河道，修築水壩，對上司送禮也只送米酒，因而得罪貪官御史而被彈劾降職調離。在商輅廟裡，海瑞請教前輩的為官之道，商輅行吟：以民為本，清水無香。上善若水，萬物不爭。顯然，這兩個「同病相憐」的清官，深諳水之道，水之靈。清純的水無色無味，天然質樸不張揚。滋養生命之水，有海納百川的胸懷，洗滌污淖的德行。水的魅力，不染紛華；水的靈魂，源遠流長。

因水而興盛，因水而無畏，因水而秀美，在千島湖，我沉浸式的領略了這種鍾靈毓秀的水文化。

卷三
藝文情愫

中國作家訪悉尼出席「中澳作家論壇」後，高洪波（中）、趙玫（左一）與悉尼文友（右二為作者）暢敘碰杯。（2012年8月）

車上爬格子

　　說起書寫，現在已不是傳統的紙筆墨了，也不僅僅是電腦iPad了。官方媒體，已經開始嘗試人工智能寫新聞。文人「爬格子」的時代，也許過去了。

　　現在人們還說「爬格子」，那只是借喻，大多是揶揄筆耕的辛勞及低微罷了。現在的報刊出版社甚至徵文活動，都明文規定，只接受打字稿「word」格式。如果要徵集當下作家名人的手稿，恐怕越來越稀罕珍貴了。

　　如今科技時代，上網和電腦寫作是大趨勢，有誰還那麼笨拙地真的在稿紙上爬格子呢？有，我就是，而且是在上班的火車上，在車廂搖搖晃晃乘客上上落落中可笑而笨拙地一筆一劃地爬格子。

　　我是大趨勢中的例外，時代的落伍者。

　　其實，我何嘗不想電腦寫作呢？電腦已不是什麼奢侈品，而是進入了千家萬戶的日常用品。況且我也會敲敲鍵盤，也能湊數打幾個方塊字。現在投稿，我肯定是最後完成稿用電腦打字，電子版傳送的。但我仍然離不開「爬格子」。

　　我的工作，還是要面對一些手寫稿的，應該是上了年紀的人吧。不瞞你說，當老編的我，每每收到作者電郵或傳真的打字稿時，便輕輕鬆鬆及時處理把稿編發掉；倘若是手抄稿，對不起，稍稍怠慢點；若碰到個「龍飛鳳舞」的「書法愛好者」，就不免

眉頭一皺，氣上心頭，先排排隊吧。因為如果我不花點時間勾畫清楚，打字小姐連猜帶蒙猛打一通，到時我校對就麻煩了，校樣會畫得令人眼花繚亂，不僅浪費時間，還容易走漏，見報時還會令讀者、作者及編者有諸多遺憾。所以我知道電腦時代，紙上爬格子是吃力不討好的。

我自己既當編者，又是投稿者，這種雙重身分常令我設身處地為雙方考慮。對於來稿，再大的「書法家」我也會恭候，只是動作慢點或會當「備胎」而已。早些年我的手寫稿，必定逐字逐句逐個標點符號清清楚楚地安排在格子內，不讓它亂蹦亂碰。如為繁體字報章投稿，必定統一寫繁體，以免出現諸如「后／後」、「准／準」、「髮／髮」、「干／幹／乾」、「糸／係／繫」、「復／複／覆」的張冠李戴之筆誤。當然，拙作見報時若發現還一把錯漏，甚至整行不翼而飛串亂時，眉頭也會皺一皺的。可見編者、作者皆有苦衷。

電腦寫作的好處我是知道的，不僅快捷、清楚，而且對我這種喜歡修修改改、東填西補，而不是一揮而就、一氣呵成，不再瞄一眼便即時傳送去報館的人來說，使用電腦更方便。但我不敢用電腦，也不能依賴電腦。

說不敢，是我怕觸「電」。我現在每天都與電腦為伴，工作八小時有七小時都在電腦上操作。進報社時，我的視力可當飛行員，1.5以上。玩了幾年電腦，現在大凡看小姐，肥的瘦的全都是「朦朧美」，化妝不化妝，雀斑不雀斑，單眼皮雙眼皮，我都覺得「養眼」。那次出外旅遊，我忽然覺得這個世界變了，真的變了，到處都是「朦朧美」，於是回來後便找醫生驗眼。

醫生說，有小小近視和老花。我說，我這個人看什麼都想看

個一清二楚，有救嗎？醫生說有救，「遠離電腦！」等於白說，遠離電腦不就是「炒」了老闆？

我這個人很想瀟灑，可關鍵時刻就瀟灑不起來，不敢砸掉飯碗。我唯一的自救就是少用電腦。網上各種網站各種平台各種信息五花八門五光十色魅力難擋，但除了編報之需，我不敢多瀏覽多使用。很長一段時間，我還不敢把電腦迎進家中，以免墮入「情網」。電腦打字？等我有能力請秘書時再說吧！

話說回來，後來家中雖是放著電腦，但也常常派不上用場。要知道，每天上班已筋疲力盡，摸黑回家，吃飯洗澡看小孩陪老婆，雜七雜八也該熄燈了，哪有時間、精力再爬格子，身不由己。前幾年，有人跟我談起了趙薇，我還不知是誰，我只知鞏俐、姜文，至今我還沒看過《還珠格格》呢！出國十多年，我幾乎沒看過中國的電影電視，這跟工作忙沒工夫看，也沒空去租國產錄影帶、CD有關。當然，現在什麼范冰冰、周迅、章子怡、孫儷、孫紅雷、黃曉明等還是知道的，因為如今有了電視機頂盒，有了串流影視網站，惡補了一下國產影視劇，連林志玲、舒淇、陳妍希、周杰倫等台灣男女明星也耳熟能詳。因此寫作的時間更少更支離破碎了。

好在我住悉尼北郊，乘火車進城上班要近一小時，正好在車上幹點什麼。悉尼北區的火車，如果不是上下班高峰時間，還不算擁擠，陽光明亮、車廂寬敞，座位舒適，於是我上班便在火車上掏出紙張寫寫劃劃爬格子，或讀點作品；下班路上讀讀報紙，雖然讀的已不是「新聞」而是「舊聞」，也好讓大腦鬆弛一下嘛。

朝十晚六，冬去春來，我也就在格子上爬得忘乎所以了。早

年在悉尼《東華時報》上的專欄《悉尼文壇逐個數》，就是在火車上「數」出來的；後來在墨爾本《大洋時報》上開專欄《議長論短》，也是這樣「議」出來的。澳華作家的作品，甭管長短，我基本上就是在火車上閱讀，在火車上塗鴉的。所以我的文字都不長，表述也多隨感式的，有點像隨著車輪的節奏顛簸出來似的。可以說，我旅澳早期出版的幾本小書《悉尼寫真》、《澳洲風流》、《澳華文人百態》、《澳華名士風采》《家在悉尼》，大體上都是在火車上爬格子的產物。而後來出的《飛出悉尼歌劇院》、《澳華文學史跡》、《故鄉的雲，異域的風》，也有很大部分是爬格子與敲鍵盤的結合物。至今我還是在火車上用筆用紙捕捉靈感，最後才在鍵盤上敲打成文。

早些年，若給我一台電腦，我能把它搬到火車上打個不停嗎？現在雖然手提電腦很普及也算方便，但對我來說，仍不如紙筆輕便，靈感一來，隨手就掏出紙筆記下。有時對著螢幕，思維反而阻滯，用拼音打字，速度也不是很理想的。

所以我雖然羨慕電腦寫作，現在也常敲鍵盤，但也慶幸自己仍「不恥」於車上爬格子，也因而暫未需要眼鏡伴身。只要我心裡還有一點蠢動，也未有秘書代勞，這格子就慢慢爬吧。不求「高產」，只求「出產」。回想當年中國寫作時，無人打擾的時間，清靜安謐的空間，一張大大的寫字台，一杯濃濃的熱茶，唉，真是不可同日而語。

澳洲中文的迷亂

　　在中國時，編報辦刊寫作，天天與文字打交道，手不離筆，眼不離文，字典辭書更不離身，十多年修練下來，在行文用字，詮解注釋方面，大抵也算個專才了。來澳大利亞後，因要面對英文，因曾棄文打工兩年多，中文自然荒疏甚至退化了，但還不至於雌雄不辨，皂白不分。但重返報界，重操舊業之後，便又體味到漢字的深奧了。

　　原先以為，只有華人與西人之間會有語言隔閡，但後來發現，炎黃子孫之間同樣也存在某種語言隔閡。我指的不是思想觀念的不同，也不是方言語音的有別，而是指文字使用的差異。我與來自中國大陸及香港台灣的編輯記者共事，便每天都能領略到這種文字使用的差異。

　　有時，當你使用司空見慣的字句時，人家卻一副莫名其妙的樣子；當你以為狗屁不通的時候，人家則擊掌叫絕，作傳神點睛之筆。弄得一個常識性的字詞，你都不放心，似是而非，要多問幾句。久而久之，大家都懷疑起自己的中文水准。

　　大陸、香港、台灣，雖然出自相同的文化淵源，但不同的社會背景，卻造化了漢字文化傳承演進的變異。正是這種變異，令澳大利亞中文的使用，陷入一片迷亂。

簡繁的差別

　　澳洲《自立快報》上曾展開過一場小小的中文簡繁字體的爭論。大陸人總覺得繁體字的筆畫實在太繁瑣了，多此一舉，不合新時代簡約的潮流。而台灣人則指，這不叫繁體字，應叫正體字，是漢語書寫的正本清源，字字有典故，筆筆有出處，是中華文化所在。不管爭論及其結論如何，大陸人是認定簡體字最實用方便了，幾筆就勾勒出一個字，且一字多義多用。而台灣人、香港人則抱守繁體字的國粹傳統，那字意的精確，那筆劃結構的講究，顯示著一種學問。

　　澳大利亞華人社區及媒體通用的是繁體字，而來自大陸的人，平時仍喜用簡體字書寫。因此，各華文報刊招聘打字小姐時，都要求精通簡繁字體，以應付簡繁混雜的局面。大陸人寫的稿，常常讓來自港台的編輯為難。有位台灣同事指著「后」字問我，這是什麼字呀？我說，這不就是前後的「後」嗎？她茅塞頓開。然而，大陸人通常是「后」「後」通用的。皇后、影后，常誤作皇後、影後。悉尼有個天后宮，一不小心，報紙就變成天後宮了。港台人常以此為笑柄。

　　我在報上寫了篇短文，因校對的疏忽，台灣同事發現了破綻，問，「游戲」是否「遊戲」？我只好搪塞，不管水中還是地上，簡體字「游」「遊」是通用的。只要翻開大陸背景移民辦的周刊雜誌，就會發現往往「發」「髮」不清。對於大陸人來說，「准許」與「準備」，「印象」與「映像」，「開發」與「頭髮」常常是兩眼一抹黑，抓瞎。而「風采」、「開採」與「剪綵」，大陸人也僅用一個「采」字，通殺。一個簡體「复」字，

就把「恢復／重複／反覆」，「復活／複印／覆查」統統囊括，你叫大陸人怎麼區分？繁體字中夾雜著簡體字，大陸人沒覺什麼不妥，讀來一樣順暢，而港台人卻如墮五里霧中。所以港台人大多是不看中國留學生或大陸新移民辦的報刊的。

唐人街的書店，大陸及港台出版的各類書刊琳琅滿目。大陸的書刊，雖然不乏精彩的篇章，有趣的信息，可簡體字卻令港台人望而卻步，只有大陸人問津。而繁體字的書刊，對剛從大陸來的青少年，也有如天書。對成年人來說，也同樣有閱讀障礙。我送兩本拙著給幾位中國駐悉尼領事，是港台出版的繁體版，他們一看，面有難色：「哎呀，還是豎排的繁體字啊！」某家留學生周報，乾脆闢一版簡體字，為大陸青少年提供閱讀園地。而另一家周報的報頭，則別出心裁，四個大字簡繁字體混搭，以面向各類讀者，但也有點不倫不類。有家大陸人背景的《澳洲新快報》，因編輯們常常為文稿中繁體字的正與誤爭得不可開交，後來乾脆改用簡體字版，免浪費時間爭拗，影響付印。但對於在各家報刊做廣告的商家來說，用繁體還是簡體製作廣告，不統一，也犯難了。

簡繁字體，竟成了華夏同族的小小鴻溝。

翻譯的混亂

在兩岸三地，對於外文的翻譯，各自都有一個基本標準。對於人名、國名、地名，都有統一的譯文。而在各方聚居的澳大利亞，卻各自為政，各有所好，任君取捨。

澳洲華人社區通用粵語，因早期中國移民，多來自廣東沿海，以粵語口音把Sydney叫作「雪梨」，使之色香味俱全，一直

沿用至今。澳洲早期的歷史文獻中，也保留「雪梨」一詞。但中國留學生和近年來自大陸的移民，卻沿用中國官方的譯法，稱之為「悉尼」。兩種叫法也反映到華人傳媒中，《星島日報》、《自立快報》尊重當地華人的約定俗成，統稱「雪梨」。而當時想扮演中方背景角色的《新報》，承襲中國官方標準，取其「悉尼」。而其他各類報刊，大多「雪梨」與「悉尼」混用，講粵語者多用「雪梨」，講普通話者多用「悉尼」。於是，便出現了一個怪現象：在英語世界中，南半球大都市只有一個Sydney，而在中文世界裡，卻有「雪梨」與「悉尼」之分。

這種咄咄怪事比比皆是。有次我處理一份新聞稿，電訊來自夏蘭灣。我自信對世界歷史和地理並不生疏，但想了半天，也不知夏蘭灣在何方。香港同事一句點醒：「就是中國所說的哈那瓦啊！」我恍然大悟。哈那瓦，誰不知曉呢？當年中國有首家喻戶曉的歌：「要古巴啊要古巴，不要美國佬！」那位大胡子鐵腕人物卡斯特羅（台譯卡斯楚），不就是一直龜縮在那個地方嗎？原來香港人把哈那瓦叫作夏蘭灣。哈那瓦與夏蘭灣，還有好萊塢與荷里活，巴塞羅那與巴塞隆拿，你能把兩者聯繫起來嗎？其實那只是普通話與粵語之譯音區別。

至於國家，也經常是一國兩名。不用問，稱澳大利亞、朝鮮、南朝鮮的，準是大陸人。香港人則說澳洲、北韓、南韓。聽到說沙特阿拉伯的是大陸人，叫沙烏地阿拉伯的肯定是台灣人。一份報章，如果譯名五花八門，那就是消息來自不同的信息渠道，採寫自不同背景的記者。

人名的翻譯是最混亂的。澳洲自由黨領袖易人，本是相同的新聞，但經華文報紙的報導，卻讓人產生錯覺。《星島日報》、

《自立快報》說陶納擊敗許爾遜成為新黨魁。《新報》說杜拿取代了侯信，《華聲日報》說唐納挑戰成功。讀者一臉困惑，究竟有幾個反對黨黨魁?!有讀者向報界呼籲：還是把自由黨領袖的譯名統一一下吧！

要統一談何容易，以誰為依據，以什麼作準繩呢？許多世界名人，不都是雙胞胎嗎？如美國歷屆總統：肯尼迪與甘迺迪，尼克松與尼克遜，里根與列根，布什與布殊，克林頓與柯林頓、特朗普與川普；還有英國首相：撒切爾夫人與戴卓爾夫人，梅傑與馬卓安；蘇俄首腦：斯大林與史太林，戈爾巴喬夫與戈巴卓夫，葉利欽與耶利欽，普京與普亭，不都是孖生兄弟或姐妹嗎？還有球星、影星、歌星及名流：馬勒當拿與馬拉多那、碧咸與貝克漢姆、妮歌潔嫚與妮可基德曼、米高積遜與傑克遜、梅鐸與默多克、基辛格與季辛吉，誰是真身誰是替身？難說。

用詞的偏愛

澳洲華文報刊常常錯漏百出，別字連天。一份報章，倘若你看不到明顯的錯漏，反倒奇怪了。在中國，這種情形是極少發生的，新聞出版部門都有一批專職校對，一校二校三校，出錯率不能超出千分之零點幾，否則，你就玩完了。開初我對澳華報刊這種文字的粗疏嗤之以鼻，後來踏入圈中，便體諒其中的苦衷了。這裡沒有專職校對，人手少，時間緊，你根本不可能一校二校三校，從從容容逐字逐句校正，雖然報章的錯漏令人如骾在咽，但要消滅華文報刊的疏漏，異常艱巨。

話說回來，如果你發現陌生的詞句，未必都是錯別字。我曾收到一位讀者來信，指正香港新聞版中的一些錯字。但有些字

詞，並非報紙之過。譬如衝鋒車，他以為是衝鋒槍。豈知，香港人對警察執勤的裝甲大警車，是稱之為衝鋒車的。

來自大陸港台三地的移民，都有各自的語言習慣，遣詞造句的偏愛。若不知底細，往往還以為筆誤。

有次我作標題，指某項活動正在緊張地籌辦，香港人台灣人以為「緊張」是貶義，改為「緊湊」進行。熒屏一詞，大陸人用「熒」，台灣人用「螢」，香港人則「熒」「螢」兼用。編輯們也常為這個字爭論不休。有次我看稿子，把一支手機改為一部手機，笑說，又不是槍，怎麼會一支一支呢！台灣編輯反駁說，沒錯呀，不用改！

有些詞，你也許不一定能說出確切含義，但可以意會。早年剛到澳洲，我常見台灣人用「考量」一詞，幾番琢磨，便明白它就是大陸所說的「考慮」，不過，除了思考之外，它還有估量這一層意思。還有「關愛」一詞，常常出現在台灣人口中，把大陸所說的關懷愛護組合為一詞，別有一番韻味，所以現在大陸人也滿嘴的「關愛」了。台灣人的「願景」，也逐漸被大陸人叫上了，對願望前景的憧憬，多美呀！還有香港人說的「埋單」，被大陸人轉換為「買單」，付賬的意思也很清爽啊！

但有些詞，並不是大家都能明白的。如香港人說的「行尊」，台灣人大陸人都是聽不懂的，你得解釋即是指「行家」。而大陸經濟新聞中常說的「立項」，港台人也不甚明白，你也得說明這是指一個項目的設立，項目，台灣人稱「專案」。如果你喜歡「侃」，也得讓港台人明白那就是高談闊論「聊」的意思。

還有些詞，次序顛倒，你以為是手民之誤，其實是說法不同罷了。大陸人台灣人所說「素質」一詞，到了香港人口中便成了

「質素」。台灣人說，某個東西很「道地」，大陸人說，是不是寫反了，應為「地道」。台灣人一說「貓熊」，大陸人就笑了：「國寶『熊貓』，見了台灣人就返祖了。」

我們報紙的社長剛從台灣來澳洲上任時，看見稿件標題寫「工業行動」，百思不得其解。香港人便解釋，就是「罷工」。工業行動是西方國家的說法，香港人也喜歡說工業行動而不說罷工。但如果報紙上說了明天鐵路工人採取工業行動，大陸人台灣人大概第二天還是懵懵懂懂照常去趕火車的。

最後我想問你一句，你看過電影《音樂之聲》、《仙樂飄飄處處聞》、《心靈美》嗎？你也許會說，我曾看過其中一部。事實上，它是同一部美國著名電影，只不過大陸人、香港人、台灣人各有不同叫法而已。若你不知箇中奧妙，你會感到迷亂嗎？

所以，身處海外華文天地，你還得多了解大陸、香港、台灣等各種風情，多學幾手。否則，在中文的迷亂中，你會無所適從，心裡沒譜兒了。

莫言「沒感覺」

　　莫言「沒感覺」，這是他對我說的，在2001年悉尼作家節演講前。

　　我問他，悉尼感覺怎麼樣？他遲疑了一下，就這樣回答。我先是一愣，繼而恍然。他是著名作家（區別於澳大利亞華人社區遍地盛產「著名」的那種），外訪機會多，踏遍世界大同小異，自然短短幾天難有特別感覺（不是「天很藍水很綠歌劇院真美」人有我有的那種）。

　　這些年，中國作家紛紛來澳演講，因我編日報而忙得不可開交都沒空去捧場。這回剛好棄日報而編周報，得以抽身前往悉尼大學一睹莫言風采。

　　十多年前我和莫言在北京見過面，他讀解放軍藝術學院，我讀魯迅文學院，這是當時來往密切的兩個青年作家搖籃。在北京大學作家班時我也寫過一篇作業並在報上發表，題目就叫《好一個莫言》，談的就是他的藝術感覺。

　　作家很講究感覺，可莫言的感覺就是與眾不同。紅蘿蔔，他能看成是金色的；紅高粱，他能看出人性慾望的奔湧。這回來悉尼演講，我也很留意他的感覺。莫言雖然說沒感覺，但隨後的演講卻把他的藝術感覺大大的表演了一番，瀟灑、幽默、風趣、輕鬆，進退自如。

　　他的題目就很怪，《用耳朵閱讀，用鼻子寫作》。這當然是

指民間聽來的故事激發著他的靈感，而他調動了聽覺視覺嗅覺等全部器官感覺去捕捉生活的各種色彩。憑感覺去寫作的他，念講稿的時候是很痛苦的，眼光無神，嘴巴翕動，在傳譯的時候，他也面無表情。不過，念稿之前的引言，念稿之後的答問，他都跟著感覺走，回復自我，彰顯莫言的風采。

他說，他學英文很難，因為英文班前後左右坐的都是年輕漂亮的女同學，他的心總不在英文單詞上。他也學會了一個單詞據說可以走遍天下，但不敢亂說，那是Love（愛）。他還說，他也發明了一個英文詞彙可以寫進辭典。上次他乘法航去瑞典，空姐問他要吃什麼，他想吃雞但不會說Chicken，卻記住了雞蛋，便靈機一動說：「要雞蛋媽媽。」這順理成章空姐聽明白了哈哈大笑，隨即端上雞並說：「對不起，只有雞蛋爸爸。」瞧，莫言的感覺和想像多誇張，卻又合符情理。

有位老外不明白，發問：你莫言不懂英文若在澳洲怎麼去感覺怎麼去寫作？莫言笑答：感覺不需要外語。「我昨天在悉尼歌劇院前看到一個披著驢皮的人向路人點頭討錢，我就想，他是個什麼人呢？是男的是女的？是真的揭不開鍋呢還是家住洋房？我一晚都沒睡著老在想他。我還想像，他是個中國人，貪污了巨款或殺人越貨在潛逃。」

「你懂英文就可以問他。」老外說。

「我若問他，答案只有一個。我不懂英文只好想像，想像可以有無數答案。」莫言答。

精彩！這就是莫言想像與感覺的奧妙。

莫言談到，他的想像和感覺得益於農村生活。因為農村閉塞，容易調動想像力；而大城市如北京、上海，物質豐富科技發

達，很多東西都體驗到而不需要想像。悉尼大學蕭虹博士發問，豈不是說大城市的人沒有想像力？莫言即說，他們有他們的想像力，但跟我不一樣。「上海人看見的狐狸是在動物園籠子裡關著，我看見的卻是在山林裡飛閃而過，所以我相信狐狸可以變人，上海人不會相信。前幾年我搬進北京，也不相信了，後來又相信了。因為我看到北京街頭許多少女頭髮紅的綠的，臉蛋紅紅的，屁股翹翹的，我相信這是狐狸變的。」

什麼？女傳譯員不相信自己的耳朵，低聲又問了一遍。莫言重複一遍，傳譯員尷尬地說，這不是狐狸精嗎？

座中一些澳洲女士在低頭竊竊私語。我心想，這可得罪女人啦，有性別歧視之嫌。

只見莫言面不改色照講不誤。「後來到東京，才知北京的狐狸是從東京跑去的，因為東京街頭更多且更妖艷。」他接著話題一轉，「不過，狐狸精在我心目中是美麗的女性，所以北京文壇的女作家都以被莫言稱為狐狸精為榮。於是我為了討好所有女作家，都說她們是狐狸精。」會場捲起一陣笑聲，女士們釋懷。

莫言氣定神閒繞了一圈之後再次強調：「富裕殺傷想像力！」

又有一個澳洲女生提問，如果寫作中你沒有了靈感，怎麼辦？莫言回答得很乾脆，只有一個辦法，喝酒。「當然還有一個更好的辦法，但我不敢試，那就是找狐狸精。」又是一陣笑聲。

「沒感覺」的莫言不經意露了一手，讓大家足足過了一把癮。想起澳洲華文周報上自稱玩感覺的那些「調侃大師」，有時真不知玩的是哪一碼事。

漂亮的地方不談文學？

　　從悉尼大學陳順妍教授那兒得知，她與余華在作家節上有個採訪座談，我當然不想錯過聆聽的機會，趕到風光明媚的悉尼港碼頭會場。

　　一年一度的悉尼作家節，幾乎每年都邀請一、兩位著名華人作家參與。如1994年梁羽生、金庸兩位文壇大俠就在作家節上對談「武林經驗」，曾傳為一時佳話。去年莫言在作家節上大談寫作的感覺，也惹得全場笑聲不斷。

　　在這種國際文化活動場合，通常是表現一個作家實力和魅力的機會。余華是當今中國活躍的中年作家，他的小說英譯本在作家節上簽名售賣，根據其小說改編的電影《活著》在作家節上獻映，都頗受歡迎。而他的座談演講，更是反應熱烈，滿堂喝采。

　　我注意到，開懷的笑聲大多從金髮碧眼的女士口中飛出，因為座無虛席逾百聽眾中，絕大多數是西方女性。可能澳洲女性更有空閒、更有文學細胞、更喜歡閱讀吧。其實余華所談的並非女性話題，只不過是西方的作者、讀者皆女性居多，甚至主持人陳順妍教授，擔任翻譯的王一燕博士，也都是女性。女性的捧場，也許是余華所始料未及。

　　余華那張臉，就像他出身於鄉鎮人家那般樸實，但他回答問題卻反應敏捷，實話實說而又不失風趣機智。他看著玻璃牆外的白帆點點，碧波瀲灩，常常走神。他坦誠地說，寫作本來應該是

在一個不受外界干擾的時空裡進行，悉尼這麼一個漂亮的地方，是不可能談文學的。但他還是應眾談其寫作的心路歷程，談得也很文學。

當了五年牙醫的余華，被問及為何要改行當作家，便說，他看過一萬張嘴巴，都是一樣的，他想看不一樣的東西。他看見文化館的人在街上遊玩，據說這就是工作，也不用按時上班，他喜歡這樣的工作，就選擇寫小說走捷徑進文化館，於是就成了作家。回答得很輕巧，在陣陣笑聲中余華的個性品味也躍然而出。

牙醫在西方是個高尚富裕的職業，也是大學生趨之若鶩的專業，所以有聽眾不解而發問：你要是當牙醫是不是會有更多的錢？

「那時中國的牙醫並不富裕。」余華乾脆的回答，可能會讓不諳中國國情的西人想老半天呢！

余華的作品大多是寫鄉鎮生活，他說他不敢寫城市，雖然在北京生活了十幾年，仍覺得是別人的城市。他認為「一個作家的童年生活才是他最根本的生活。人生就像複印機一樣，把童年生活印了下來，成年以後只是在這複印圖上增加一點色彩而已。」所以即使是北京的事，他也要搬到小鎮和鄉村去寫。

主持人追問：你的讀者卻是城市人，他們是否喜歡你的作品？余華一臉無奈地說，中國讀者是個混亂的群體，他不知道讀者喜歡什麼。「我的讀者最大部分是大學生，現在還包括中學生。但他們隨時會拋棄我，所以作家不知該如何討好讀者。」

其實余華的「鄉鎮情結」和「城市讀者」並不矛盾。讀者在乎的不是你寫什麼而是你怎麼去寫。余華的作品雖然是表現鄉鎮生活但卻不乏現代意識，用他的話來說，「我是受西方文學影

響的中國作家。」他說，「川端康成教會了我怎樣細部描寫，福克納卻教會我心理描寫，卡夫卡則讓我發現了小說寫法的新天地。」

他並不擔心成為別人的影子，因為世界上許多作家也是受名作家和各種文化影響的。他認為，一個作家對另一作家的影響，就像太陽對樹的影響，樹在吸收陽光的時候，是以樹的方式而不是陽光的方式在成長。一個作家接受許多作家影響時，只能是更像自己而不是很像別人。

談及作家與翻譯的關係，余華說，翻譯對他是可遇不可求，若自己去找翻譯，肯定是找到最差的，所以聽天由命。「在中國我是一個作家，在德國我只是半個，另一半就是翻譯。」所以他很尊重翻譯家的勞動，到德國訪問，不管多遠總要去拜訪另一半。

有聽眾問，你不懂外文，怎麼知道他翻譯得好不好？余華說，聽別人的反應，若十個人中有七個人說好就行了。因為每個人對語言的感覺、趣味不同，不可能十個人的感受都一樣。他還強調，不能聽另外的翻譯所說的，因為同行會有門戶之見。

當然，西人最感興趣的還是余華繪聲繪色描述的中國社會生活的感受。不僅聽眾笑聲陣陣，連翻譯也常常忍俊不禁，中斷翻譯。

如同許多出訪的中國作家一樣，余華也少不了一個「保留節目」，即不失時機地對當前中國政治來一番讚美。發自肺腑也好，例行公事也罷，西方人反應比較麻木，也許是在沉思，也許未能共鳴，這是余華沒有引起笑聲的一刻。但余華對文革時期和改革開放時期的不同體驗，我相信每一個中國人都會身同感受。

這位當時才四十二歲精力旺盛的作家不無感慨地說，「我感到這是兩個截然不同的時代，社會的迅猛發展，讓我感到自己是個世紀老人。」

我不知余華參加今屆作家節是否情願，因為適逢世界杯足球決賽周，他的心思早就飛到綠茵場上了。座談一結束，他便無心與眾寒暄，一邊簽名售書，一邊牽掛著球賽。而早前一晚，放映《活著》他只亮相一下便匆匆趕回酒店看開幕式轉播。

看來這麼美好的時刻，這麼漂亮的地方，真不該談文學！

生死相伴無遺憾

移民到悉尼好些年了，對中國文壇的是是非非漸漸淡忘。那天在報社正忙得暈頭轉向，忽然接到一個電話，對方親切地說：「我是鍾阿姨呀！」我先是一愣，繼而驚喜。原來是端木蕻良的夫人鍾耀群女士打來的。

端木老先生是中國著名作家，早年是一位熱血的東北青年，以其長篇小說《科爾沁旗草原》加入抗戰文學陣營；中年鬱鬱而不得志，在各種政治運動中渾渾噩噩，無聲無息；晚年則遠離塵囂，潛心寫作大部頭《曹雪芹》。八十年代在北京，我還兩次登門拜訪過這位澹泊平和的老人家，並得其墨寶；後在廣州，也曾陪過他們夫婦前往銀河公墓祭拜著名女作家蕭紅的墓。想不到在澳大利亞悉尼，會接到鍾女士的電話，一晃十餘年了。

上世紀八十年代末、九十年代初，中國人心浮浮，大批青年遠走他邦出洋留學成一時風潮。其中有數萬中國留學生湧來澳洲，當中不乏文化名人的子女，如張光年、李准的兒子也在其中。所以當鍾女士說，她正在悉尼探望女兒哩，我並不奇怪。她在報上看到我的連載文章，便打聽到我的電話與我聯絡。

我正為她母女相聚高興之時，她的聲音忽然轉而低沉地說：「端木叔叔1996年10月去世了，你知道嗎？」我心一沉，又一位文學老前輩走了。他那飽經風霜的音容笑貌如歷歷在目。他那堅毅的臉龐，那因患過半身麻痺症而佝僂的身軀，彷彿訴說著中國

文化人的悲喜沉浮。

　　正為其歎息之餘，鍾女士又說，她這次來悉尼，途經香港，把端木部分骨灰帶到聖士提反女校園，撒在端木於1942年親手埋葬蕭紅另一半骨灰的地方，以了卻端木生前對蕭紅的無限眷戀之情。我心想，又是一個哀怨動人的愛情故事，可惜中國文壇對端木蕻良與蕭紅這兩位名作家的這段婚戀，一直是是非非，也或者以訛傳訛。

　　我知道，端木與蕭紅的這段公案，在中國文學史上一直未劃上句號。東北才女蕭紅，在未認識端木之前，便以中篇小說《生死場》享譽文壇。她與前夫、《八月的鄉村》作者蕭軍因性格不合而分手之後，便與端木共結連埋，並寫出自傳體小說《呼蘭河傳》。哪知好景不常，染上肺結核，各死香江。對於端木蕭紅之戀，有人議論，端木介入蕭軍與蕭紅之間，充當了第三者；有人揣測，端木在武漢撤往重慶時，遺下懷孕的蕭紅，未盡職責；有人責難，端木在香港沒照顧好蕭紅，以致她英年早逝。而這一切，只有當事人自己心知肚明。可如今，當事人及一些知情者卻陸續撒手人寰，這個結更難解了。

　　誰知沒過幾天，鍾女士又給我電話，說，她來澳洲之前，剛完成了五、六萬字的《端木與蕭紅》一書。因為在一些悼念端木的文章中，仍有似是而非的說法，令逝者「死不瞑目」。她太不能平靜了，所以暫時放下《曹雪芹》下卷的收尾工作及端木的回憶錄計畫，先寫下端木與蕭紅的這段戀情，為長期蒙受不白之冤的端木「平反」。書稿已交由一家出版公司出版，並先在香港的雜誌刊載。

　　我說太好了，這工作您不做，就沒人能做了。一個人的成

就，有目共睹，但個人情感卻常常是亦明亦暗，亦是亦非，尤其在中國某種時期的這種社會氣候，成就也能被扭曲，個人情感更往往得不到尊重。端木與蕭紅的真實戀情，也只有天知地知了。

作為後妻，鍾女士與端木耳鬢廝磨數十載，洞悉端木之心，能把端木與前妻蕭紅的事實真相披露出來，或至少能把端木的心靈展現出來，無疑有助於歷史對兩位文化名人的公正評價。

鍾女士還說，她這兩天寫了個「前言」，說明寫《端木與蕭紅》的起因，想讓我看看，並推薦給報章。這當然是求之不得。我拜讀了「前言」，不勝唏噓。

這是篇精短佳作，不僅寄託著鍾女士對老伴的縷縷情思，更飽含了端木對蕭紅的「驚天地、泣鬼神」的愛戀之情。文字樸實卻情真意切，感人肺腑。我按捺不住，即借用文中一句，代為加了個標題：「人間天上長相伴」，轉給悉尼華文報紙發表了。

同時，我也得其《端木與蕭紅》手稿，有幸先睹為快。原先我只是想隨便翻翻，誰知卻一口氣追讀下去。並非它有一波三折的愛情遊戲，也非有死去活來的刺激場面，而是中國知識分子那種既浪漫又現實，既敏感又忠貞的愛之真情實感吸引了我。故事從四十年代兩人見面、相交、定情、結婚，一直寫到戰亂中的夫妻生活及蕭紅病逝香港，環環相扣，行文緊湊。書中的許多感人細節，曾一直縈繞在端木心頭。他在日常生活中有意無意向鍾女士真情吐露，可見端木蕭紅之愛是何等刻骨銘心。有些細節也令我過目難忘，如蕭紅變著花樣贈馬鞭與端木，讓愛穿馬靴的端木更添幾分瀟灑，兩人愛慕之心及俏皮之性情躍然紙上。端木與蕭紅婚後寫作常共用一桌，面面相對，大眼瞪小眼，也讓人嗅出其相愛甚篤的滋味。還有，那雙瞿秋白、魯迅及端木與蕭紅都先

後穿過的拖鞋，端木一直珍藏數十年，最終卻毀於「文化大革命」，它飽含著中國文化人的深厚情誼，更揭示了中國文化人的坎坷命運。作品以抗日救亡為背景，追蹤著端木蕭紅的相知相愛，從上海寫到西安，寫到武漢寫到重慶，而收筆於香港，既寫了端木蕭紅之生死戀，及日常生活和寫作生涯，也旁及許多文化名人的蹤影，折射出一個動蕩的時代及中國知識分子的愛國情懷。

如果說，端木蕭紅相識早期是帶有喜劇色彩，那麼他倆婚後的流離顛沛，乃至最後蕭紅病死於日寇的鐵蹄下，則是一齣悲劇了。而這種悲情，為一個原本純潔、高尚、熱烈的愛情故事抹下了陰影，這陰影也　直伴隨了端木一生。對這段文壇姻緣，有人揣測，有人懷疑，有人以訛傳訛，端木有口難言，悲傷中加悲哀。曾幾何時，名作家變得人微言輕，而爭名奪利亦刺激了文人相輕，與世無爭的端木唯有沉默是金。

對端木蕭紅當年的夫妻恩愛，我當然無法目睹，也難以體會。但多年後端木對蕭紅的哀思，我卻親眼所見，親身感受了。對他們的生死之戀，我是毫不懷疑的。

記得那是1987年冬，端木老先生攜鍾女士南來廣州，我陪同端木夫婦到銀河公墓祭拜蕭紅墓。蕭紅的骨灰一半葬在香港淺水灣，而另一半卻一直未能如願葬在上海魯迅墓旁，後來移葬在廣州銀河公墓。每年清明，遠在北京的端木都要贈輓詩一首，託廣州的友人到蕭紅墓前獻詩獻花，代為祭拜。而這次雖值寒冬，端木腰肢不便，但他仍要親自掃墓。

原先談笑風生的他，一鑽上汽車之後，便一路沉默不語。車一駛入公墓，他便顯得激動起來。他在友人攙扶下，跌跌撞撞

地撲向蕭紅墓碑。只見他喘著氣，用巍巍顫顫的手指揩拭著蕭紅相片臉上的塵土，就像當年他為蕭紅揩拭臉上的淚水一樣。鍾女士在旁低沉地朗誦著端木寫的詩《祭蕭紅》，端木則佇立在寒風中，低頭默哀。

此情此景，令在場的人無不為之動容。後來，我便寫了篇端木祭拜蕭紅墓的散文，並借用端木祭詩中的一句「生死相隔不相忘」作題目，在《人民日報・海外版》上發表。那篇散文，也算是對端木蕭紅戀情矢志不移的一個見證，對上一輩文化人自由相愛卻不被同行理解的慨歎。

也許，端木蕻良先生是帶著某種遺憾隨蕭紅而去的。好在深深理解著端木的鍾女士，寫出了《端木與蕭紅》，替端木說出了深藏於心底幾十年的心裡話。但願該書的發表，能止流言，明是非，為端木洗卻五十年之蒙塵，也了斷中國現代文學史上的一段公案，令人間天上長相伴的一對才子才女永無遺憾。

她，帶走了一個文學時代

　　早就讀了夏祖麗的《從城南走來——林海音傳》，也早就想寫篇讀後心得，但一直拖拖拉拉未及下筆，結果林海音這位紅透兩岸的文壇名人卻安詳地走了，帶著她的成就、榮譽，帶著她在北平（北京）、台北的那些「城南舊事」，無愧地走了。她也帶走了台灣一個熱情文人的「純文學時代」。

　　我第一次聽聞林海音的大名，還是1983年在中國大陸看電影《城南舊事》的時候。也許是電影中英子的清純美貌，也許是林海音眼中不同凡響的舊北京，也許是故事所飄逸的淡淡哀愁、溫馨情愫，「林海音」的名字就一直深嵌在腦海中。

　　沒想到，1998年作為澳大利亞代表到台北出席世界華文作家大會，卻有幸親睹享負盛名的林海音獲頒「終身成就獎」的那一刻。只見剛過八十歲生日的她，站在台上從總統手上接過獎牌，高高舉起，特別開心。記者們盯著她拍照忙個不停，她卻連聲說：「好了，好了，可以了！」那一臉的燦爛，那一身的雍容華貴，又讓我看到當年英子的身影。

　　其間忽聞墨爾本作家夏祖麗便是林海音之女，頗為驚喜。夏祖麗女士是我的澳洲文友，拜讀過她不少精彩的旅澳散文和兒童文學作品。她先生也是小說家，是這次澳華作家的領隊。夫妻倆的作品都在台灣獲過獎。林海音竟是一個文學世家，有這麼優秀的女兒女婿哦。

機緣巧合，我便藉著這家子人緣，與我仰慕已久的林海音先生留下了珍貴的合影。大凡德高望重，學識淵博的知識女性，大家都尊稱為先生。這是我第一次，也是唯一的一次見到林海音先生。

　　不知為什麼，後來我一直都試圖從夏祖麗女士的面容和文章中去揣摩著林海音的形象。所以前些時候，當夏女士將其新著《林海音傳》寄來悉尼贈送與我時，真是喜出望外。女兒寫母親嘛，肯定是具體細膩的，也一定是很私人化的。

　　說實在，當初拜讀《林海音傳》時，我是懷著探究這位女作家日常生活、個性情趣的心境去閱讀的，這或許是現代社會探窺名人隱私的一種普遍心理反應吧！不過開卷之後，我覺得，我的閱讀視點已不在於林海音的生活私事上了，而是被她的文化活動及其人際交往所吸引。這也許就是祖麗當初下筆的用心所在吧。

　　的確，林海音既是一名相夫教子的普通主婦，更是一位名震文壇的職業女性。她的日常生活、個人行為，無不顯示著她的文化背景。她是名編輯、名作家、名出版人兼於一身的文化名人。從早年二十來歲出道當記者，到中年謝絕出任文化部長之邀，至晚年八十歲退隱出版界，她都一直在文化圈內打滾，甚至她的丈夫何凡、女兒祖麗、女婿張至璋等，也都是文壇名流。因此，她的生活離不開文化，她的情操離不開文學，她的交際離不開文人。做女兒的耳濡目染，自然也不可避免地從文化的高雅層面去揭示母親的品格與成就。

　　一般人擔心，女兒寫母親，是否會因感情上的親密而導致形象上的偏袒？我覺得祖麗的處理頗有分寸。她雖然對母親敬愛有加，但為母親作傳時並不把自己的情感強加於讀者，而是拉開一

段距離和讀者一道去審視去欣賞母親。相反，她把許多與林海音交往過的人推到讀者面前，由他們近距離地去描述去評價傳主；而祖麗的個人情感及親歷親睹，只作為客觀真實的佐證。所以傳書中，林海音的社會角色更重於家庭角色。

作為名編輯，林海音不斷發現新人，助長了台灣本土作家的崛起。作為名作家，林海音以其女性意識調整了台灣文學史，並銜接了兩岸文壇三四十年代經典作家與八九十年代新進作家之間的斷層。作為出版家，林海音慧眼匠心推出精品文庫，開創了一個「純文學的時代」。更令人稱道的是，作為文化活動家，林海音煽動著文人的熱情，她的家被譽為「半個台灣文壇」、「海內外作家的連接點」，許多文友在此相會交流、碰撞、孵化出一個個文學美夢。這些都是林海音可圈可點的人生得意之作。祖麗把握了母親的神韻脈絡，讓我們從林海音的社會角色中去領悟一種大家風範。

具有大家風範的林海音，總是那麼疼愛別人，樂呵呵地為文友穿針引線，為他人作嫁衣裳。尤令我感動的是，她為當作家的女兒、女婿提供了很多線索去採寫別人，卻從來沒有半丁點兒讓他們寫寫自己的意思。當女兒猛然醒悟要為母親作傳的時候，林海音已重病在身，再也不能清醒地讀讀女兒第一次對母親的描述，對母親的人生總結。好在女兒不負眾望，以真摯的熱情，深刻的理解，平實而流暢的筆觸，寫出了母親的風貌，寫出了社會的評價，更為我們留下了珍貴的史料。《林海音傳》不愧為2000年台灣十大好書之一，也是澳華文壇的一部極為重要的作品。

今天再去閱讀林海音，一切都屬於「城南舊事」，只留下淡淡的哀愁、溫馨的情愫。隨著林海音的仙逝，隨著社會的進一步

商品化、信息化、媚俗化，那個充滿文人熱情的時代，那個充滿神聖的「純文學時代」，將如一江春水向東流，一去不復返了，豈不令人感慨萬分！

尋找桃花源

　　寶島台灣的著名作家陳若曦一走出悉尼機場，就輕聲說：「悉尼好地方」。這是她第二次踏足悉尼，第一次是1995年參加旅行團來遊玩過，這次則是來會文友見讀者，時隔十六年應邀來作公開演講的。我去接機，將這位文學前輩帶到市中心的酒店。

　　甫放下行李，她又連說：「澳洲是個好地方，無論生活環境，社會素質，都是居住的好地方·」年逾七旬滿頭銀絲的陳若曦女士，沒有乘坐飛機的疲倦感，竟樂呵呵地跟我聊起來。

　　陳若曦的大名，在世界華文讀者中如雷貫耳，無論中國大陸，還是香港、台灣，乃至海外華人，都有她的大量「粉絲」。

　　在中國，我第一次聽說她的時候，就是那篇小說《尹縣長》。那時候，中國正萬象更新，新時期文學勃發，「傷痕文學」喊出了文革時期「四人幫」治下的民怨，觸動了社會的神經，掀起了一股潮流。而陳若曦的《尹縣長》，更早發表於香港，以自己親歷親見，直擊中國人在「文化大革命」中的厄運，震撼海內外，並與後來中國的「傷痕文學」遙呼相應，不謀而合，也為她帶來了極高的聲響。其後她的創作連獲中山文藝獎、聯合報特別小說獎、吳三連文學獎、吳濁流文學獎等一系列殊榮。所以一說起陳若曦，就必然聯想到《尹縣長》。

　　我很感興趣，一個彼岸的台灣人，怎麼會有中國大陸的生活經歷，有大陸人及海外中國人的情懷呢？

其實，陳若曦有著奇特的人生經歷。她在台灣大學外文系畢業，1962年負笈美國，研讀「寫作」。在信息自由的美國，她接觸到一些有關中國的傳聞，與她在台灣聽說的有所不同。年輕人的好奇，年輕人的思考，年輕人的向往，也包括年輕人的衝動，令她於1966年偕夫投奔中國大陸。其時正值文革的烈火熊熊燃燒，社會秩序大亂，許多事物，她覺得不可思議，卻又歷歷在目。她感悟著「中國特色」，也吃了不少苦頭，真真切切體會到中國「國情」。幸而她是回歸的海外學人，沒有受到更慘烈的遭遇。她從北京的國家機關被下放，繼而到南京教書，然後於1973年遷居香港。在香港，她每每想起文革的境況，想起不可理喻的際遇，心境著實難以平靜，遂寫下了《尹縣長》等一系列與文革相關的作品，令文壇矚目。

　　在兩岸關係尚未解凍之時，陳若曦就走紅兩岸，1985年重訪大陸，還見到了中共總書記胡耀邦。即使在今天，她還是兩岸的座上賓，經常應邀到大陸採風、交流。其自傳《堅持、無悔——陳若曦七十自述》在台灣出版時，美國的白先勇還親自出席為老同學捧場，而在大陸，記者也曾為此書作採訪。後來我多次參加中國的文學研討會和採風活動，都能與陳若曦女士相逢。

　　陳若曦已經退休了，還喜歡到處走，到處看，到處寫，到處說，也許是作家的天性吧！我說，你真是個地地道道的遊子了，在中國沒呆幾年，在香港也沒呆幾天呀！她說是的，在其他地方也沒能呆久。她1974年移民加拿大，1979年遷居美國，1995年又隻身回台灣定居了。她笑笑：人生有很多機遇，人生也是不斷在選擇吧。

　　陳若曦從三民主義、社會主義、殖民主義到自由世界，從東

方到西方，又回歸東方，並深深領悟了佛教，她的人生走了一個大大的圓。截然不同的生活經驗，使她有多重視角去觀察世界，也使她的作品，她的演講很有說服力。

陳若曦這次來澳大利亞，是應邀出席墨爾本舉辦的「慶祝辛亥革命一百周年」活動。然後，在世界華文作家交流協會秘書長心水和中文秘書婉冰的陪同下，到悉尼進行「陳若曦與悉尼文學界演講交流會」，與文友讀者聚會。

活動是在中國國民黨駐澳洲總支部大樓舉行的。這座矗立在悉尼唐人街的近百年歷史的大樓，忽然熱鬧起來。我也沒想到，陳若曦並非明星美女小鮮肉，但大家仍然聞風而至，爭睹其風采。不管是文化人，僑領政客，還是普通讀者，也不管是老人，年輕人，還是媒體人，都擠著從狹窄的樓梯登上三樓的禮堂。橙子坐滿了就站著，牆根過道都站滿了就擠在樓梯口。大樓的主人很驚訝，我們舉辦活動，從來沒有過這麼擁擠的呀！

我有幸作為這次活動的主持人，事先與大樓主人聯繫，他們欣聞陳若曦到訪，特高興地提供了大禮堂讓她作《尋找桃花源》專題演講。

陳若曦當年曾寫過現代佛教小說《重返桃花源》，後來又寫了散文《打造桃花源》，這次她又在「桃花源」上大作文章。桃花源，就是她心中的理想生活，理想社會，理想人間，就是她人生一直在尋找的一個夢想。她說：「為了尋找自由民主樂土，我在海外漂泊了三十多年，又回到了台灣。我認為我一直在尋找的這個樂土，就是自由民主、經濟繁榮、安居樂業。當然，這主要還是要靠自己努力。」

她認為，中國也正在打造它的桃花源，也正在經營它的樂

土。相比於兩岸三地，澳洲生活是最好的了。香港有活力，但太商業化了。台灣還要努力爭取，要積極參與，雖然會有反覆，但是有希望的，在民主方面也應讓大陸有所借鑒。所以，她願意回台灣盡點力。美國雖好，但流著中華民族的血液，她還是要回到華人居住的地方，作點該作的事情。

演講後的記者採訪，差點讓陳若曦收不了場，本地媒體，台北媒體都問個沒完沒了。幸虧大樓管理人員要關門了，才把記者們打發走。

國民黨駐澳支部和駐雪梨台北經濟文化辦事處還特地宴請了陳若曦女士。晚飯後，我陪陳若曦女士回酒店，順便逛了一下唐人街，她對燒臘店、小吃店之類好像很感興趣。雖然走遍了全世界，經歷了東西方，她似乎還是那個「中國胃」嘛。

當黑髮黑眼遇上金髮碧眼

吳淡如旋風颺過悉尼

　　明星效應，我見過不少，歌星、影星大受「新新人類」的狂熱追捧，在現代社會中是稀鬆平常之事。

　　但一位作家，不靠「出位」不靠「另類」，僅憑自身的魅力，能喚起不同社會背景，不同文化層面，不同年齡層次的男女老少之激情，倒是鮮見。

　　2002年3月，吳淡如小姐來悉尼演講座談，如旋風般颺過，在悉尼文化界和台灣社區蕩起陣陣漣漪，令我始料不及。

　　我對吳小姐知之不多，在我編的副刊上曾發過她的幾篇散文和正連載一部長篇小說，只知她是台灣的名作家及節目主持人，擅長從男女關係的細微處窺探社會的人情世態。從照片上看嘛，也蠻清純美貌。但她有什麼「深度」，有什麼「份量」，我想都沒想。

　　報社邀請她來悉尼專題演講，並讓我安排悉尼作家與她座談交流。我當時想，既是同行，又是名家，機會難得，便邀請悉尼作家協會和新州作家協會來共同協辦這項活動。我知道，悉尼作家中除了台灣移民外，大都對吳淡如大名比較陌生，我生怕自視甚高的悉尼作家冷落了遠方來客，同時也特意廣邀作協的、非作協的各路寫手英豪、各方文人學者同場切磋。

　　沒想到，大家都很給面子，竟有大陸港台不同背景的各路高手名人共四、五十人與會捧場。無論從代表性和人數上看，都是

悉尼文壇從來沒有過的盛況。

但我更沒想到，本來該是座談會唱主角的作家們，竟然被淹沒在四、五百名慕名而來的聽眾及嘉賓之中。我本來是想讓作家與吳小姐對話交流如何寫愛情，如何寫暢銷書等文學問題的，結果聽眾發問踴躍，一個接一個地向吳小姐討教愛情招數，文學座談變為愛情諮詢了。

作家們有的退為配角，更多的充當了看客。我覺得有點對不起他們。不過我暗自觀察，還好，大家都很投入，聽得津津有味，有的還上台與吳小姐玩遊戲，有的也發言吐心聲。

要知吳淡如的表現如何，聽聽作家的評價便可。有女作家說，無論形貌，無論口才，服了。有男作家說，晴天霹靂，為之傾倒。有老詩人說，演講本來是面對五十歲以下的人，我們六十多歲的人聽了也受益匪淺，人生難得幾回笑，我們都開懷大笑了。有學者說，幸福、愛情本來是抽象的名詞，見仁見智，吳小姐能深入淺出，難得！

我已過了追星族的年紀，根本沒有偶像的概念；我也是過來人，對愛情、幸福之類老生常談的話題也興趣不大，但那天我對演講座談的現場效果及吳小姐的激情演出確實留下了深刻印象。邊聽我還邊想，何以吳小姐能如此魅力難擋，令雪梨華僑文教中心全場爆滿，其盛況打破有史以來之記錄？何以她能令不同背景、不同層次、不同年齡、不同性別的聽眾如癡如醉？

從視覺效果看，吳小姐一出場，那艷麗、那朝氣、那風采、那韻味，就讓你為之一振。聽什麼看什麼，不光要講得好，也要長得好，這恐怕是現代人的一種審美心理吧。令人賞心悅目的吳小姐，自然就讓你心甘情願坐下去。

從演講內容看，幸福與愛情是大眾化的永恆話題，人人都要面對，人人都在追尋。吳小姐談的不是沉悶的大道理，而是鮮活的個人體驗，並以開放的現代話語去解讀社會人生，與聽眾有種心靈的溝通。吳小姐是讀法律的，也是文學碩士，談的雖很輕巧，卻有底蘊，予人以啟悟，所以你聽下去也很入耳。

　　從臨場掌控看，吳小姐很懂得調動全場情緒，其柔聲軟語，其抑揚頓挫，把聽眾引入一種忘我境地。她不愧為紅牌節目主持人，出口如行雲流水，回答也滴水不漏。當她嘎然而止時，你會覺得意猶未盡，深感不枉此行。

　　吳淡如天生麗質，後天也練就出真才實學，更懂得扣緊大眾話題、宣導現代理念，這樣的人能走紅、哄動不是沒有道理的。無怪乎，她在台灣出書五十餘本，本本暢銷；主持節目數台，台台人氣大旺；高價出場演講，也場場爆滿。

　　我因為受命寫吳淡如座談的詳細報導，所以翻看了她的資料。赫然發現，她竟和我同生日，同星座（天蠍座），同血型（A型），也同是寫手，這麼巧合我從未碰過。可惜當時沒有機會和她交談，儘管報社接待了她幾天；也沒和她合照留影，儘管座談後許多人爭著與她拍照；更沒向她索取簽名，儘管不少人得她簽名，更有人獲她贈書。不過，能聽她演講，能為她寫篇文章，也夠意思了。

　　吳淡如旋風颳過了，悉尼作家也算開了眼界。悉尼文壇想有這般盛況，大概沒有可能，本地作家恐怕也沒有誰能有如此條件如此福氣，唐人街作家的圈子話題、茶杯風波，又豈能掀起大眾心潮？不過我們並不氣餒，各人有各人的優勢，各人有各人的活法，各人有各人的精彩，只要溝通大眾，各師各法，大狗小狗一起咬，文壇同樣熱鬧。

感悟金庸

　　適逢文壇大俠金庸先生武俠小說創作六十周年，七月的香港國際書展也破天荒年度主題首設「武俠文學」，並闢有「文壇俠聖——金庸與查良鏞」展區，我想，既是為九十二歲高齡的金大俠賀壽，也是有意讓武俠小說登文學的大雅之堂吧。

　　我一直未見過金庸先生，本來有兩次機會，但都因我個人原因而錯失了。

　　第一次是1994年悉尼作家節，金庸和梁羽生兩位新派武俠小說大師應邀出席，並首次同台論劍，研討武俠小說創作，為作家節一大熱點。

　　說實話，我是從純文學出道的，那個年代，歐美批判現實主義和中國「紅色經典」就是閱讀範本。我第一次對新派武俠小說有所聽聞，是在1984年北京舉行的第四次全國作家代表大會上，當時有人抨擊武俠小說「不登大雅之堂」。我是作家代表團工作人員，親眼看到梁羽生先生在會上為武俠小說辯解，於是引發了對武俠小說的好奇。先是讀了梁羽生的《萍蹤俠影錄》，接著又找來金庸的《書劍恩仇錄》、《射雕英雄傳》，覺得這武俠小說倒也新鮮有趣，無論題材、人物、意蘊、甚至表現手法，都與「革命文學」大異其趣，確實展示了一片新視野。

　　我雖不是武俠小說迷，但確實也喜歡金庸、梁羽生的小說，一捧上手，也會通宵追讀。我並非讓他們筆下的刀光劍影所迷

惑，也知那只是一種文字遊戲、藝術誇張；我是為書中的俠骨丹心、人情文韻所醉心，那是一種強烈的人文精神。金庸和梁羽生都有很深的古典文學功力，也有紮實的文史根基，以史傳奇，以奇補史，詩劍並舉，抑邪揚正，將傳統的武俠文學提升到文化審美的層次，所以其書通俗也很文藝。

我有幸與晚年定居悉尼的梁羽生交往，為其學識淵博而折服。金庸家人也定居墨爾本，但他長居香港，我緣慳一面，不過，從其書中報上觀其言談，也深感其如一座中華文化的知識寶庫。比起書生型的梁羽生，金庸有更寬廣的生活面，更豐富的社會經歷，作品也更詭譎多變，若能見其面聽其言，感受其談吐風采，一定受益匪淺。

可惜的是，我因工作困身，未能親往省立圖書館一睹金人俠風采。而兩位大師聯手獻藝，縱論武俠，則留下一段文壇佳話。

另一次機會是2001年，香港作家聯誼會等五家文化機構主辦世界華文報告文學徵文評獎，我也是籌委會海外委員，本應赴香港出席頒獎典禮，但仍因工作不能分身而缺席盛會。金庸先生作為特邀嘉賓，親自為獲獎者傳授創作箴言，我只能歎息坐失良機。

雖未見著金庸，但金大俠的作品不斷被翻拍成影視劇集，且常拍常新，人氣不減。金庸的行蹤，也常見諸於報端。特別是，金庸及其作品，已被專家學者爭相論說，成為當代中國文學的類型典範之一。從這意義上說，金庸與我們的文化生活，也有點形影相隨。

我有位朋友，大病愈後練武健身，對我說：「你應該採訪我師傅孫大法，此人真不簡單，是金庸大俠的氣功教頭呢！」哦？

我興致油然而生。

　　孫大法絕對是赳赳武夫，一握手，那筋骨的硬朗，分明是練拳耍武的印記；一開腔，那氣浪逼人，也如運氣發功。或許是其蘊藏著驚人能量，與金庸的性情有異曲同工之妙，才能成為其武功教頭吧？

　　孫大法拿出幾張彩色照片給我看，其中一張是他與金庸西裝革履，正襟危坐，一張是他指導金庸做太極氣功，這都是很私人的照片。當年他是上海公派到香港傳授武術氣功的。他在無線、亞視節目現場表演硬氣功，當地十多家報紙包括《明報》也作了報導，相信《明報》老闆金庸先生也看在眼裡，還惦著分量呢！因為之後，主辦機構代表鄭重其事地交給孫師傅一個務必完成的任務：上金庸家教授氣功。

　　我好奇的是，金庸是如何拜師的？他笑笑說，頭一次見面，是六十開外的金庸和太太親自到酒店來拜訪。他是晚輩，趕緊快步上前握住金庸雙手：「查先生，久仰久仰！」「孫大師，歡迎歡迎！」譽滿華人世界的武俠小說泰斗，名震上海灘的武術氣功大師，握手於香江；文武高手，相會結緣。

　　我也順著這道「緣」去「走近」金大俠，感悟大師其人。

　　金庸筆下的人物雖然飛簷走壁，刀光劍影，但他自己卻是一臉儒雅，方額廣頤，寬大的茶色金邊眼鏡後面，透出精明而又熱情的眼神。這是孫大法見金庸的第一眼印象。

　　「我從電視上看了你的氣功表演，欽佩之至。今天我這個氣功業餘愛好者，特來拜你為師。」「哪裡哪裡，先生小說裡的俠士，個個功夫了得，您一定是深諳氣功的行家啦！」首次見面，兩人一見如故。

練功第一天，金庸自己開了一輛黑色的奔馳轎車來接孫師傅到家中，之後每天他都親自開車來接，有時還和太太一起來接。其後的兩個多月裡，只有寥寥幾次，實在太忙，才讓司機來接。

金庸的《天龍八部》、《笑傲江湖》等小說，融合了武術、氣功、歷史、懸疑、言情、風情、天文、地理，以其波瀾跌宕、詭譎莫測的情節場面而風靡千百萬讀者。書中各種神奇氣功的描寫出神入化，金庸告訴孫大法，他對氣功十分喜愛，總覺得這是一種很有靈性的力量，所以喜歡結交氣功界好手，仔細觀察他們在斂氣釋氣時的體態、神態，從中獲得創作靈感。「不過，對氣功我只會說，不會做，動口不動手。」金庸開懷而笑。

當時雖是初秋，但香港仍如盛夏。孫大法穿著西裝看似很精神，但身子老捂著悶著，臉上滲出了汗珠。金庸見狀便說，孫師傅，把西裝脫了吧，不要穿得那麼正規，隨便一點，穿襯衫就好！下次來就不用西裝了，不要領帶，就像我一樣，自然些嘛。

孫大法搖搖頭：不行呀，主辦方要求我這樣的。這衣服，還是他們特意帶我到尖沙咀量身訂做的，要我兩三天換一套衣服，包括領帶，都不要一樣。金庸說：哪來這麼多規矩，不要聽他們的，不必搞得很緊張，隨便點好了。

我想知道，孫師傅教金庸什麼功夫。孫大法說，金庸當時有一百七十磅了，頸椎也犯病，他是想修身養性，延年益壽，當然，能減肥更好。我推薦了三套不同的太極氣功，功法有別，各有長短。他挑了「內丹金剛功」，是一種練精化氣，練氣化神，練神還虛的剛柔結合的功，可以較好達到修身養性的效果。

練功夫與寫功夫，當然是兩回事。孫師傅說，金庸是個聰明人，頭腦靈得很。他曾告訴孫師傅，他是邊打麻將邊寫小說的，

搓著麻將靈感一來，就抓筆寫起來。所以練起功夫，金庸也很容易上手，一點撥就能領會，且心到手到，出手自然。見金庸斂氣吐納，開弓運掌，練得很投入，他女兒也心動了，加入了練功行列，太太見狀，也來陪練。呵，一家三口成了「氣功之家」。

孫大法上午到金庸家傳授，下午晚上還要開班授徒。學員中有位印尼華商陳先生，是個金庸迷，聽說孫師傅也教金庸練功，就說，金庸真了不起，拿起他的書，就是放不下手，江湖恩怨，世俗冷暖，兒女情長，英雄俠氣，全都有了。金庸的小說，他幾乎都看了，還能把十五部書名逐一數出，還背出對聯：「飛雪連天射白鹿，笑書神俠倚碧怨。」他告訴孫大法，這是金庸把自己所寫的書名之第一個字串起來的。說起金大俠，他越說越興奮，跟孫師傅說，很想跟金庸先生見個面，拍張照。

孫大法見他這麼迷金庸，也沒想那麼多，一口就答應了：「沒問題，金庸開車來接我時，你就過來，我給你介紹。」他以為此事很簡單，誰知主辦方知道後，不同意，並對孫大法直言：你不能這樣搞，隨便帶人見金庸，出了事情要負責的。孫大法有點不解，不就是見個面，拍張照嗎，不會有什麼事情吧！但他們很堅決：不行！

怎麼辦？孫師傅很為難，都已經答應陳先生了。於是，他試著打電話給金庸：「查先生，有位雅加達的陳先生，是你的讀者，對你很敬佩，很想跟你留個影。」金庸聽了後說：「好哇，叫他來吧！」孫大法說：「不行呀，他們不讓我帶他來見你。」金庸回話：「沒關係，你跟他們講，就說我邀請他來的。」主辦方只好鬆了口，陳先生那股高興勁就甭提了。

孫大法認為，金庸聰明過人，事業有成了，經濟也滿足了，

卻知道要修煉身體。他非常清楚，有事業有經濟是財富，但身體健康也是財富，有錢而沒有健康，財富只有一半，不完整。若有病痛，健康財富就沒有了。那時金庸已經六十一歲了，百忙當中，還能堅持鍛鍊，很有決心，很有毅力，這是一般人做不到的。金庸學完那套功法，將近三個月，自覺精神好多了。

我看到，孫大發捧出了上下兩冊精裝本《俠客行》，這是金庸臨別贈送給他的。我問：看過嗎？他笑笑搖頭：我是個粗人，基本上不讀書少看報，但看過電視劇《倚天屠龍記》、《鹿鼎記》。我說，其實你應該讀讀這書，書中的主人公石破天，草根階層，浪跡天涯，受益於武林大佬，練就神奇武功，但不爭功，最後淡出江湖過平凡生活，跟你的人生經歷和性情有相通之處。是嗎？他有點驚喜：看來查先生真有心。

我翻開書的扉頁，上面有金庸簽名，還寫上：大法氣功大師惠存，一九八五、十。字跡清爽剛毅，很有點硬筆書法的味道。

見字如見人，連寫個字都有板有眼，可見其做人做事一絲不苟。生活中寫作中的金庸，一定是位有心人吧。

讀金庸，說金庸，悟金庸，大俠精神令人咀嚼！

好一個四川轎夫

　　悉尼有不少四川人，因而也有一些川渝的社團。一個偶然的場合，我相遇了台灣川人楊義富老先生，由此也拜讀了他的回憶錄《四川轎夫》。

　　四川出轎夫，那崎嶇的鄉村古道，出沒著祖祖輩輩抬滑竿的農人。台灣股商楊義富先生並沒抬過轎子，卻被兩岸媒體稱為「四川轎夫」，皆因他有著川人「抬轎子」的品格，為家鄉、為川人，為中華文化教育舉臂抬轎。

　　我認識這位「四川轎夫」，還是在一次社團活動上。當時楊義富先生以高雄四川同鄉會名譽理事長的身分訪問悉尼，宴請了悉尼文化新聞界及四川同鄉會的朋友。甫一見面，我就被他的豪爽、熱情所感染，同時又覺得，其言行舉止，與其說是商人，毋寧說更像位軍人。果然，席間交談中得知，他曾身披戎裝二十三載，曾是中國遠征軍一員，赴緬甸與日軍作戰，也曾轉戰東北戰場。國軍退守台灣後，也曾任軍校教官，並以少校軍階退役從商，大展宏圖。後來更得知，他不僅從軍經商，也從文行善。

　　有一天，我接到他託人寄來的一大疊郵包，拆開一看，原來是他寫的幾本書及同鄉會會刊。

　　最厚的一本，是楊老先生的回憶錄《四川轎夫》。該書在台灣中國文化大學出版後，一時「洛陽紙貴」，後由四川人民出版社出簡體字本，也反響熱烈。一位國民黨前軍人的傳記在大陸

出版，當然很敏感，出版社幾經請示，幾經爭取，多番刪節，才勉強得以出書。該書能出籠，除了因其以真摯的情感，客觀的態度，說出了個人所理解的歷史真相，更主要的是大陸確實被楊先生的愛國熱情和義行善舉所感動。

楊先生是台灣解禁後第一個組團回鄉探親，以身問路者，驚動兩岸媒體。當大陸官員恭稱他為台胞時，他竟毫不客氣嚴詞重申自己是中國四川人。楊先生也是第一個投資四川，資助四川教育事業的台商。辦學、編書、設獎學金，乃至保送有潛質的青年川人出國深造等等。那次造訪悉尼，便是應邀出席由他資助來澳大利亞的新南威爾士大學就讀的四川青年王勁松的畢業典禮。

楊先生在中國大陸已成了傳奇人物。他的《養鳥莫如種樹》獲中央人民廣播電台「海峽情」徵文特別獎，成為頒獎大會的座上嘉賓。

對於時下台海兩岸多不勝數的個人傳記、回憶錄，一般都不大會引起我的注意。但捧讀《四川轎夫》，卻被楊先生筆下濃郁的人情味、深邃的哲理性及唏噓的滄桑感所吸引。從故園、從軍、經商、還鄉的記載中，那種「血濃於水」的親情，「月是故鄉明」的鄉情，「少小離家老大回」的心境，都是一種人生磨礪的真情流露。難能可貴的是，經歷了蹉跎歲月的楊先生，沒有遁世避俗，而是感悟出許多人生真諦，以自己的智力、毅力及財力投入社會，好善樂施，資助公益活動。最為人稱道的是，楊先生投軍仍偷閒讀書，經商而不忘教育。他深知教育是振興中華之根本，慷慨解囊，發動同鄉，資助兩岸川人子弟讀書，為中華民族栽培人才。

楊先生有著軍人的果敢忠勇，有著商家的靈活刻苦，更有著

慈善家的仁愛義舉，其事跡委實可歌可傳。但他並非聖賢偉人，只是一介平民，盡著人的本分而已。他寫書並非為自己樹碑立傳，只是重溫歷史，感悟人生，向社會作有益的建言。讀罷《四川轎夫》，我深感楊先生真是名如其人，文武全才，富義兼備，不愧為一個「願天下寒士盡歡顏」的好「轎夫」。

其實，要為他人抬轎子亦不容易，莫說自己要站得穩，走得正，使得力，更要有一種服務於大眾的精神。楊先生助人為樂，也扯不斷鄉情國事，因此抬轎子越抬越來勁。

可惜楊先生那次悉尼之行來去匆匆，未能與華人社區更廣泛交流，我惟有以此文字在當地報章上推介楊先生及其《四川轎夫》，以表達我對這位致富不忘他人，心繫故鄉、魂繫中華的殷商之敬意。對於來自兩岸的長期只接受一面宣傳教育的華人，書中的前塵往事可借鑒，而楊先生的人格情操更可作己楷模。

我和楊義富先生雖然只是一面之交，但後來我到台北開文學會議，老先生一聽說，便立馬從高雄專程飛至台北一敘，其為人之熱情，為眾之熱心，可想而知。

他在一家名為「國軍英雄館」的餐廳為我洗塵。這家餐廳外看很堂皇，內裡也寬敞。當他領我進入一間預定的包廂時，有點受寵若驚。座中七、八位他特意請來的嘉賓，紛紛起身作介紹，並遞來名片。我一看更是傻了眼，大都是老前輩，是當年政壇、文壇的名流。最老的是前立委陳鐵夫先生，八十多歲，最年輕的是現任立委錢達先生，約三十多歲。從文的有作家協會監事會主席郭嗣汾，座中的人稱他為文壇「龍頭大哥」。還有社會教育學會理事長劉昌博先生、著作權人協會秘書長牟少玉先生、政經評論家沈聯嵩先生、攝影記者楊宗燕先生、川康渝文物館長朱翔先

生等等。朱館長把剛出版的《川康渝文物館年刊》贈與我，書中便收有座中各位的大作，皆是詩文了得之人。楊義富先生當年的軍中同袍熊之山先生，更是將其撰寫的抗日內戰紀實《四川轎夫與我》奉送與我。

座中各位皆是川人，吃著麻辣的川菜，說著一輩子也難以改變的川音，而最多的話題便是回四川老家省親的感受，對大陸的變化、對台灣社會現實，都有彈有讚。我忽然明白了楊義富先生的用心良苦，他是讓我這位耍筆的晚輩，實地感受一下台灣外省人的真實心態。即老家在大陸，甚至許多親人仍在大陸的這些上了年紀的「台胞」，揮之不去的中華情結。

好一個四川轎夫，對我而言，這也許是另類的「抬轎子」吧！

獻身華文文學研究的「白癡」

　　近年電影《芳華》一上映，就成了熱門話題，也是意料之中。打自嚴歌苓的幾部作品連番搬上熒屏銀幕並反響熱烈之後，加之海外華文作家在中國書刊市場頻頻亮相，海外華文作家作為一個整體，就逐漸進入中國讀者的法眼。當然，我指的主要是海外中國大陸新移民的寫作。至於香港台灣的作家作品，較早就被中國大陸接受，不僅常被刊登出版，而且還有學術研究機構，好些地方掛出了「台港澳暨海外華文文學xxx」之類的牌子。顯然，那時港台之外的海外華文文學，還是微不足道的。

　　記得上世紀九十年代中期，香港詩人犁青受另一位香港作家曾敏之先生之託，曾來悉尼與我交談。他們有個想法，希望能把海外眾多的華文作家，包括來自大陸、香港、台灣及東南亞華裔等不同背景的移民作家籠絡一起，推動海外華文寫作。當時因國情、體制、環境等條件因素，中國尚力所不及，只能由香港作家牽個頭。其實當時許多國家都有一些華文作家團體，主要是由台灣移民擔綱，與大陸的文學界、學術界來往不多。如能整合起來，對推動兩岸的文學交流及研究，都有好處。

　　多年以後，眼見海外華文文學開枝散葉，逐漸茂盛，中國學術機構的牌子「台港澳暨海外華文文學xxx」，也與時俱進，更改為「世界華文文學xxx」之類。2014年，終於在廣州增城召開了「首屆世界華文文學大會」，成立了「世界華文文學聯盟」，

各國華文作家與兩岸三地作家相抱相擁，空前熱鬧。而兩年後，更是在北京釣魚台舉行了第二屆大會，海外華文作家與中國作家學者互動更為廣泛更為密切了。可惜，曾敏之先生、犁青先生已看不到他們一直期待而夢想成真的這一文學盛況有增無減了。

海外華文文學的興盛，與中國學者的推手不無關係。出國前，我也曾在中國文學圈中混過，知道文學研究這一塊，當代文學尤其新時期文學批評這塊蛋糕最吃香，而在高校和社科院，則古典文學和現代文學最重頭。至於港台和海外華文文學，則未入流。但港台文學的存在，海外華文文學的興起，卻讓一些有眼光的學者不計較資源匱乏，影響力弱，義無反顧地開拓這個研究領域。他們與世界華文文學共生共存，相輔相成，和港台作家學者一道打造了今天的大中華文學版圖。可以說，在華文文學界，他們是一支舉足輕重的學術隊伍。

每每回中國參加有關文學活動，看到這些學者們對世界華文文學不遺餘力的推波助瀾，一股敬佩之情油然而生。我也不期然浮現出去國多年第一次回國出席文學研討會，與他們相識相交的情景。

那一年，已將近十年沒有參加中國的學術會議了，是2000年底應邀到汕頭開了一次會，重溫了學術會議的滋味。

開學術會議一般都比較枯燥，除非碰到熱點，找到興奮點。早前曾赴美國洛杉磯出席世界華文作家大會，作家詩人聚會歷來都較鬆鬆垮垮，但剛好諾貝爾文學獎揭曉，法國華人作家高行健獲獎觸動了大家的神經，所以，會也開得沸沸揚揚。緊接著，我飛回中國在趕去汕頭開會的火車上，剛好鄰近座位有幾個教授、講師模樣的男女，在交頭接耳低聲交談，偶爾聽到飄來幾句「高

行健……諾貝爾」之類的話語，一副神祕兮兮的樣子，也好像有點怨氣衝衝。當時我猜想，這些人也是赴汕頭開會的吧！這次汕頭會議，上面打了招呼，不談高行健。文人學者開文學會議不談新鮮出爐的文學評獎，自然就沒什麼刺激了。

但該次會議也有某些開拓性的新鮮事。對了，這個會議全稱是「第十一屆世界華文文學國際研討會暨第二屆海內外潮人作家作品國際研討會」。這次大會由汕頭市政府和汕頭大學主辦。其時大學都是「清水衙門」，開會自然多在校內解決，但這次有汕頭市政府撐腰，加上海內外學者作家報名踴躍，便改在五星級大酒店舉行。這是該會十多年來首次浩浩蕩蕩開進五星級酒店，著實也讓那些埋頭著書做學問的窮學者興奮了一下。那些慣常在招待所開會的學者，在金碧輝煌、美味佳餚中談文學讀論文，果真喜氣洋洋。

當然，這個金海灣酒店的房間是分檔次的，樓層越高收費越高，所以主辦方也有考量，與會者「內外有別」。國內的教授、研究員分配在下層，可能是考慮到他們回學校、研究所報銷時不那麼方便吧。而海外作家則住高層，應是主辦方表示尊重，禮儀之舉，費用自理也無財務限制之虞吧。我和來自美國的少君同房，都是年輕人，「居高臨下」看著那些鞠躬盡瘁的年長學者，心裡實在也難以坦然。

地方政府與海外華文文學本來沒什麼瓜葛，但因有潮人作家，汕頭市政府就不能等閒視之了。要知道，精明的潮汕人遍佈海內外，尤其在東南亞出了許多儒商，既是商人，又是作家，一手抓錢，一手抓筆，氣勢如虹。漂亮別緻、校園環境堪稱全國一流的汕頭大學，就是當時的亞洲首富李嘉誠投資興辦的。今次與

會的新加坡潮籍女作家蓉子，在汕頭也有投資也有大生意。而這次會議論文集的贊助者，就是一些新馬泰菲印尼的的潮籍作家。以往中國學術會議的論文，都是先在會上宣讀，一年半載後才刊印成書。而今次代表一踏入富麗堂皇的酒店，便拿到正式出版的還散發著墨香的論文集，又是一次興奮。

會議還有一項開創，特意安排一些中青年學者擔任講評人，一改以往由前輩權威主持包辦的慣例，也屬首開先例。到會上我才知道，自己也有幸獲邀擔任講評人，也是會中唯一的海外講評人。其實挑我作講評是個「美麗的誤會」，我已九年不摸文學評論了，武功已廢。如今讓一個外行去評說專家，即席對每位發言者「評頭品足」，總有點本末倒置。幸而經過倉促上陣招架一番之後，文友評曰：功底還在。

會上當然有很多思維深化、視野拓展、宏觀微觀的好文章，但我也潑了點冷水，直言中國不少學者對海外華文文學仍一知半解，特別是資料不足，信息不暢，難免抓到什麼說什麼。如由陳賢茂教授主編的鴻篇巨製、具開拓性的《海外華文文學史》，光澳大利亞部分就有不少遺珠之憾，甚至鄰國新西蘭更是付諸闕如。

但我也明白，以當時的條件，在國內研究海外談何容易，光是經費缺乏就足以致命，可以使你信息不靈。先不說搜羅購買海外書刊，也不說到海外實地考察，光是發信聯繫的郵資，就足以令學者頭痛。那個時候，電腦都沒普及，更不用說手機了。山東大學的黃萬華教授感慨地說，為一個選題，我一次就發了幾百封信，每封信至少五元多，幾個月的薪水全貼進去了，而回應者卻零零落落，叫我怎麼辦?!說的也是，這種苦衷，今天遍佈天下的

微信、電郵使用者，恐怕難以體會。

　　世界華文文學會議其時已辦十一屆，初期稱「台港澳文學」，自第六屆起改稱「世界華文文學」，可見海外各國的華文文學已漸成一格，並構成一道風景線進入中國學者的視野。過去在中國學界流傳著一句話：搞不了「古典」的搞「現代」，搞不了「現代」的搞「當代」，搞不了「當代」的搞「海外」。甚至有戲稱搞「海外」的是「白癡」。這固然反映出海外華文文學研究起步慢、隊伍弱的某種事實，但這樣的評價卻有失公允。無怪乎福建社科院的劉登翰研究員越說越激動：儘管我們有這個不足，那個不全，尤其是對海外華文文學仍缺乏整體把握，但作為一個新興學科，它從無到有，做的是大量的開拓性工作。八十年代第一批踏入這個領域的學者中，已有好幾位名人倒在寫字台旁，倒在書稿中，倒在研討會上，執著地走完其人生的最後一程。聽他這番感性的話，想起那些獻身於這個領域的學者，不禁令人唏噓。

　　就是那次與會的曾敏之先生、潘亞暾教授、許翼心研究員、林承璜編審，都與我相熟，如今都已作古了。粉碎「四人幫」不久，我曾受編輯部之託，到暨南大學去向曾敏之教授約稿。後來他調往香港出任報社老總，在文壇上更是活躍。那次會上，他又與我私下談起了團結海外華文作家的事，我知道，致力於推動海外華文文學發展，一直是他的情意結。

　　早年我常去暨南大學約稿的還有饒芃子教授，這次也相逢了，並聆聽了她的學術引言。還新認識了張炯、陳公仲、陸士清、王烈耀、古遠清、江少川、楊際嵐、趙晞方、錢虹等學者，享受了他們注滿心血的研究成果，可惜的是，與多次發我拙稿的

《世界華文文學》主編白舒榮女士未能謀面。

　　一晃又過去了這些年，新一批年輕學者又加入了這個隊伍，使這個領域益發朝氣蓬勃起來。如果說，那些具獻身精神的海外華文文學研究者是「白癡」，那我們這些海外華文寫手更應不斷以自己的筆、自己的作品，去支持那些心水清明的「白癡」們——癡心海外華文文學研究的專家學者，去證明世界華文文學的存在價值。

悉尼港畔看丁毅

周六晚悉尼達令港有音樂會，原想全家湊趣，不料太太感冒躺下，我猶豫了一陣，還是攜女兒前往觀賞。因為音樂會有華裔男高音丁毅演唱。

丁毅先生的大名早已聽聞，澳大利亞中英文報章沒少介紹，我也曾親手編發過他的專訪文章。但我一直只是耳聞而未有機會目睹，實在是一種遺憾。

我知道，「不是猛龍不過江」，丁毅能從陝西、北京一路唱到悉尼歌劇院，自然不是等閒之輩。能與雲集一流藝術家的悉尼歌劇院簽約，丁毅確是很有音樂天賦。聽說他在澳洲一炮而紅，還真有點傳奇色彩呢！

那次《茶花女》的男主角突然病倒，他是美國的大牌明星，誰能頂替？劇院急得一鍋粥。當時在澳洲還名不見經傳的丁毅，恰巧在中國演過《茶花女》，而且也很出色。他臨危受命，二話不說，帶著曲譜倉促上陣。觀眾一見臨陣易將，小小騷動。劇院上下都為他捏出一把汗：別把戲演砸了！

好一個丁毅，一上場，一亮相，一開腔，意想不到，全場鎮住。那音色的高昂激越，那聲氣的爆發力，那演繹的豐富細膩，不由你不傾倒。幕前幕後都鬆了一口氣。而當時則有人預言：美國男高音將會繼續「病」下去。果然，他再也沒在劇中露面了。丁毅理所當然地占據了主角位置。

從此澳洲歌劇界迴響著一個響亮的名字：「中國人，丁毅！」

　　這是行內人的傳聞，準確性如何，我還沒有機會向丁先生請教求證。不過肯定十不離八、九。因為自此丁毅經常擔任各場歌劇的主角，也經常在各種節慶、慈善音樂會領銜主演，並被悉尼歌劇院封為「首席男高音」。如今他向公眾免費獻唱，我又怎能錯過機會?!

　　那晚達令港畔科克灣的水上舞台前，坐三層、站三層、裡三層、外三層，前前後後擠滿了人。我牽著女兒的手，見縫插針好不容易才擠進一個空位。一對西人夫婦主動挪了挪屁股，騰出了寬鬆的空間。前面一位西人背囊客見有一家中國人男女老幼在尋位，也起來讓座，而自己卻另找位置。

　　西人夫婦看來是歌劇迷，他們兩小時前就來占座了。他們友好地遞給我一張節目單並介紹說，這是達令港一年一度的冬季藝術節的音樂會。我一看該晚上演的都是膾炙人口的經典作品選段，有《卡門》、《圖蘭朵》、《茶花女》等。我指著節目單上「丁毅」的大名說，我是特意奔他來的。

　　西人夫婦同聲說：「Good Singer」（好歌手）。

　　水上舞台在彩燈的照射下晶瑩通透，隨波起伏，甚為壯觀。兩男兩女四位悉尼歌劇院的一流獨唱演員輪番獻藝，妙不可言。每當丁毅的高音衝上夜空響徹雲霄時，說實在，我也有些熱血沸騰了。儘管當晚有點風涼水冷，但人氣熱浪卻完全把它覆蓋了，我沒感到一絲寒意。

　　丁毅的演唱風格極其鮮明，音色飽滿，很有力度。每當他歌聲一起，全場屏息；歌聲一落，掌聲雷動，旁邊那對西人夫婦就

情不自禁地說：「Good Singer」。

俗話說，行外看熱鬧，行內看門道。我對歌劇是外行，覺得那晚氣氛熱熱鬧鬧，達令港的觀眾遊客也都興味盎然，確實是一種享受。

那晚演唱的是古典音樂，觀眾興致勃勃卻也彬彬有禮，可見澳洲人的音樂觀賞素質很高。西人夫婦很讚賞我那四歲多的女兒，說這麼小就能安坐一個多小時，以後準是個歌劇迷。其實女兒根本啥也不懂，除了跟著拍手有興趣外，心都不知放在哪兒。如果是聽流行音樂，她早就扭臀搖肩全身像篩子似的全情投入了。

從水中噴射騰空的焰火，伴著瘋狂吹奏的樂章，把音樂會推向了高潮。曲終人散之後，我知道不管是西人華人，許多人心中一定還在喊著「丁毅」的名字。

酣意正濃思緒未平的我，忽然走火入魔滑到時下「融入」主流社會的話題。如果有條件、有機遇、有意識，華人「融入」也並非不可能的事。像丁毅的歌藝，顯然已「融入」主流藝術中，嵌入澳洲人的心中。只不過像我這等天性未夠光吃中文飯的人，只能在主流社會的邊緣遊來蕩去。好在澳大利亞是個多元文化社會，還容得下我們在唐人街文化圈廝混。但打心眼裡，還是希望更多的華人走出唐人街，進入「主流」圈，也希望能多出幾個丁毅。

不過，人才和機緣有時是可遇不可求的。

舞台人生

　　我隨著人流，走進了維多利亞女皇大廈。這幢位於悉尼市中心有一百二十多年歷史的建築，其實就是一個古典豪華購物中心。平日早已人滿為患，今天更是熙熙攘攘。此時，大廈迴響著一曲清麗悅耳的女高音，哦，是俞淑琴女士親臨此處獻唱呢！

　　今天是中國農曆新年，悉尼市政府特意安排了這個雞年慶賀節目，讓南半球也感受一下中國新春的歡樂。近些年，悉尼市中心的中國新年活動，已成「例牌」節目，新年巡遊、新年展銷、新年演出，一年一度少不了。過去是華人社區自辦，如今是悉尼市官辦，連這座歐式古典的華麗大廈也首次沉浸在中國節慶中。大廈彩色玻璃的裝潢，在陽光折射下五彩繽紛，加上歌聲繞樑，平添了一種熱鬧。

　　人到中年的俞淑琴，仍然顯得那麼嬌小玲瓏，那歡樂的歌聲滲透在每一個駐足觀賞的遊人臉上。對於一個澳大利亞著名歌唱家來說，這雖然只是個臨時舞台，但她一樣唱得投入，唱得陶醉，唱得面生桃花。

　　我並不是第一次聽俞淑琴的歌聲了，我曾採訪過她，知道她登過各式各樣的舞台，也知道她人生舞台的坎坷與輝煌。今天的小舞台，其實也是她人生大舞台的一個小小投影罷了。

　　舞台，是藝術家生命力的一種展示。成千上萬次的登台，也許俞淑琴已無法記住每一次的情形，但人生中有幾次舞台經歷，

相信她是無法忘懷的。

1991年末，也就是來澳四年多之後，她第一次登上了悉尼歌劇院大舞台，那是紀念莫札特二百周年音樂會，她作為悉尼重唱團第一女高音參與六人無伴奏重唱。耀眼的聚光燈，黑壓壓的觀眾，熱烈的掌聲，艷麗的鮮花，讓她一下子找到了重返舞台的感覺。她的歌聲帶著淚花，再一次找到了人生的座標。

在中國，俞淑琴曾是東方歌舞團的歌唱演員，出版過個人唱片，登台早已不計其數。但來到澳大利亞後，她忙於打工、讀書，奔波忙碌，舞台與她漸行漸遠，她以為真的是轉行了，這輩子要告別舞台了。有次下課後，她上門給一位老太太清潔房子，完了寫下收款的字據。沒想到老太太笑說：小姑娘，這張字條我保留著，等你以後出了名，就值錢了。那時，她英語還不靈，一些字還不會寫呢。她唯有苦笑：可能嗎?!汗水與心血的付出，能否有回報確實要看天意，但實力加運氣，還是讓她在眾多競爭者中考進了澳洲最棒的重唱團。從歌唱演員到打工妹再重返舞台，連她自己都沒想到。悉尼歌劇院這個舞台，重燃了她的藝術生命之火。

火是一種熱力，催生夢想。帶著夢想，她一次又一次地參加歌唱大賽，也一次又一次地拿了許多大獎。「哇，又是中國人！」媒體和評委都有點驚訝了。一個華人摘取西洋歌劇比賽的冠軍，無異於一名洋人拿了京劇比賽頭名一樣具震撼力。人們笑說，你怎麼老贏，都成了獲獎專業戶了。其實，她參賽有贏有輸，贏只是幸運。她得意的是，獎品是到倫敦、紐約的歌劇院進修交流，到維也納多明戈大師班培訓並巡迴演出。悉尼歌劇院也一直在關注著這位頻頻奪獎的新人，1996年終於聘請她為悉尼歌

劇院終身藝術家。歌劇院舞台，讓她走向更廣闊的藝術人生。

　　登台，只是一個表演空間，畢竟不是她夢想的全部，她更看重的，是要在更廣闊的藝術空間走自己的路，探索中西文化結合之道。就像當初她出道於京劇，卻轉身於民歌演唱一樣，如今歌劇、音樂劇漸入佳境的她，卻要借西方舞台再來一次華麗轉身，探尋中國民歌與西洋音樂交融的奧秘。在一些音樂大賽中，她作為嘉賓助興，當許多人唱了很多詠歎調之後，她忽然來一段中國經典名曲，不一樣的音樂，不一樣的效果，往往引來滿堂喝彩。這給她帶來了新的藝術靈感。

　　當偶然與必然相遇，當努力與實力交疊，命運之神就會降臨。在紐約飛往悉尼的航班上，有位美國教授在飛機上閉目養神，忽然，他聽到播放俞淑琴的《花月頌》，悠揚的東方音樂頓時令他興奮起來。從未有過的體驗，他喜歡得不得了，一下飛機就叫出租車直奔悉尼歌劇院，要買俞淑琴的這張CD。這是由澳洲國家廣播公司為俞淑琴錄製的個人演唱專輯，因其把中國民歌與西洋音樂結合起來，予人一種全新的享受，所以引起國家廣播公司的興趣，這也是國家廣播公司首次為華人出版個人音樂唱片，而且還接連為她出了幾張融合東西方音樂的CD。美國教授並不熟悉俞淑琴，但確實認為她很棒，用西洋唱法演繹中國民歌，加之以中西音樂伴奏，很有特色。他一下子就買了好幾張《花月頌》帶回美國，並穿針引線，為她在美國安排了幾場個人音樂會。

　　2002年5月，俞淑琴登上了華盛頓肯尼迪藝術中心千年大舞台。她已不是第一次站上美國的舞台，幾年前她在百老匯的大都會歌劇院進修時，曾驚動了中澳官方，中澳兩國駐紐約總領事館

聯手讓俞淑琴走進聯合國總部舉行個人音樂會。聯合國大樓有來自世界各地五千多職員，在大樓的大螢幕上赫然打著俞淑琴音樂會的大海報：「來自南半球的奇跡」。如今走進肯尼迪藝術中心，音樂會規模更大，觀眾更廣泛，英文報章再次用「來自南半球的奇跡」去讚譽俞淑琴。

俞淑琴深知東西方人藝術審美趣味有所不同，她巧妙地把東西方的藝術元素融為一體，你中有我，我中有你，產生一種既陌生又熟悉的效果。這回，她唱的既有她拿手的詠歎調，又有她創新的中國民歌，甜美的歌聲，夢幻的意境，美國人折服了，演出完畢全場起立鼓掌，經久不息。肯尼迪藝術中心每年都有眾多的藝術名家登台獻唱，任憑你大紅大紫，《華盛頓郵報》藝術版的主編都不為所動，從不輕易動筆。令許多美國人驚訝的是，俞淑琴的登台，郵報的前後兩任主編竟雙雙出席觀賞並親自撰寫藝評。怎麼一個澳洲華裔藝術家登台他們就捧場呢？這當然不是慕名，而是對她的聲音，她的技巧，她的風格的賞識，當然還有某些新鮮感，獨特感。而這也正是俞淑琴創意出彩的地方。

當年我採訪俞淑琴時，已活躍於國際舞台的她，對於在哪裡登台並不在意，但我知道，她心裡其實還有一塊舞台聖地。因為有美國朋友曾跟她開玩笑說：中國把你培養到二十歲，你卻沒有很好給祖國效勞。俞淑琴當即很肯定的回答：放心，我會效勞的。其實，舞台是開放性的，俞淑琴走出國門，走上世界，當然也想把獨特的經驗帶回母國。2010年，報效的機會終於到了。這回，她是站在星光燦爛、觀眾踴躍的北京國家大劇院舞台。

登上闊別二十多年的中國舞台，俞淑琴身分變了，角色變了，她以中澳合作的新編京劇《情怨》中女主角潘金蓮的扮演

者，嘗試著一種從未有過的文化交流方式。從未有過，是因為《情怨》具開創性，在中國和澳洲的舞台上從未有過的作品。這是一部由澳洲漢學家和中國京劇院院長指導下用中英雙語編寫的原創歌劇，融合了傳統京劇與西洋歌劇的藝術元素，講述中國四大名著之一《水滸傳》中最具爭議的中國女性潘金蓮的故事。具有中英雙語和跨國文化背景的俞淑琴，以完美細膩的表演，獨特驚艷的風采，與兩國藝術家緊密合作，成功地演繹了一個充滿情愛、謀殺、復仇的愛情故事。從當年北京舞台的歌唱演員，到今天國際舞台的劇中主角，俞淑琴的舞台人生，本身也有著說不完的故事。

我想，俞淑琴最難忘的一次登台，應該是2014年。那一年，她雖然在經典名劇《國王與我》中扮演王后一角而被澳洲藝術界的兩個最高獎項雙雙提名為音樂劇最佳女配角，她也只是以平常心看待。但中國國家主席習近平攜夫人彭麗媛出訪澳大利亞，俞淑琴卻兩次被澳洲官方邀請專程前往為中國官方訪問團一行獻唱助興，其激動之情可想而知。十一月的澳大利亞，是鮮花盛開的夏日，俞淑琴也多次領受了鮮花。先是澳洲總督特邀俞淑琴在堪培拉的迎賓宴上演唱，再是紐省省長請她到悉尼歡迎會上獻歌。在習近平夫婦及其滿場的掌聲中，她知道自己的歌聲裡，也許透出中華民族振興的音符，也迴響著人類命運普世價值的旋律。而在我看來，在中澳交流的宏偉橋樑上，俞淑琴無疑是一顆閃閃發亮的螺絲釘。

雞年春節，悉尼正值盛夏，大廈裡的炫目色彩，大廈裡的悅耳歌聲，大廈裡閃耀的中國元素，使維多利亞女王大廈的氣氛更為熱烈。我躋身在興奮的人潮中，望著站在臨時舞台上放聲高歌

的俞淑琴，有如金雞報曉的感覺。我忽然領悟到：俞淑琴能放下身段，與華洋遊客面對面以歌聲交流，不也是一種中澳情結的表露嗎？也許，這也是她舞台人生的一個難捨難棄的情意結。

再來瀟灑走一回

　　歌星沈小岑在澳婚後一段時間之後，便隨洋人丈夫到英國生活了。但她旅澳初期的身影我仍未能忘懷，因我當年採訪她時，對於中國人初來乍到異域生存深有感觸。有時我還會回想到當年採訪她的情景……

　　一接過電話，我就聽出了是她的聲音。那是一種圓潤甜美而又帶有磁性的聲音。

　　就是這副富有魅力的嗓音，為她披上了耀眼的「星」光，為她的藝術生涯鋪開了走不完的路。

　　電話中我們相約在悉尼市中心的文華社見面。我要採訪她，是作為報社記者去採寫這位旅澳中國歌星沈小岑。

這回，她真的被「請到天涯海角來」

　　沈小岑的名字不用我說，相信當年的中國大陸人都非常熟悉，不管你是歌迷或不是歌迷。

　　來自中國大陸的留學生，當然對這位中國當代十大歌星之一的沈小岑了如指掌。記得1984年在北京中央電視台「春節聯歡晚會」上，沈小岑演唱了一曲《請到天涯海角來》，結果一曲走紅，成為全國家喻戶曉的紅歌星。她的個人演唱磁帶，當年在中國發行達一百一十多萬盒哩。

　　而來自於香港、台灣的新移民，和土生土長的華裔，大概也

已從悉尼華人社區的各種文化、公益活動中對沈小姐的活躍身影留下深刻的印象了吧。

雖然在中國時我也是她的忠實聽眾，曾多次當面領略過其出色的歌藝，但在澳大利亞我還未與她謀面。並不是我已聽厭了她的歌，而實在是為打工所累，擠掉了文化生活的時間。不過，沈小姐的行蹤我也略聞一二。她畢竟是一位頗有知名度的公眾人物嘛。

最初我是從華文報紙的廣告上得知沈小岑來澳的。澳洲華人社會就這麼一點大，飛來一名中國大歌星，自然會擲地有聲。那是1992年5月30日，她受悉尼「絲綢之路」酒家東主蔡太之邀，飛出國門，踏上了南半球這塊新大陸。這回，她真的被「請到天涯海角來」了。隨後，她就在北悉尼「絲綢之路」酒家登台亮相，開始了她人生的新階段。

我的好些朋友，曾專門驅車穿橋過海到北岸吃頓並不便宜的晚餐，為的是給心中的偶像沈小姐捧場喝彩。當時我正給中國的一家報紙寫專欄，也把這一段寫了進去。只是，我對沈小姐的切身感受知之不多，對一位頗有造詣的中國藝術家在另一種文化背景下如何生存發展也無從可知。

而這，也許是讀者所要探知的，也正是我這次採訪所要了解的。

在文華社這個華人俱樂部三樓的歌廳見到沈小姐，她已是一副出台的扮相了。她還是那副模樣，青春活力。濃密細長的眉毛下藏著一雙笑意常在的眼睛。黑沉沉的緊身超短裝束，仍然顯示其流行歌手的形象。

她是文華社的駐唱歌星之一。如果說文華社是澳洲華人娛樂

界的一顆璀璨的夜明珠，那麼沈小岑的加盟更令其光彩奪目。她那繞樑三日的歌聲，確實令人流連忘返。

因要作登台準備，她把我請到了化妝間。她時而描描眼線，時而勾勾嘴唇，時而撩撩鬢髮，時而與我扯上幾句。這倒好，把我原想一本正經的採訪，化為朋友間輕鬆隨意而又率真的攀談。

她那種源於心靈的語言，便不加修飾坦然直白汩汩而流。

從大舞台到小舞台，心理落差不言而喻

我不問她的榮耀與追求。她不說，我們都已知道也可以想像得到。我只想讓她說出，來澳後生存體驗的酸甜苦辣。這正是每個華裔新移民都飽嘗的，且各有滋味不同。

「說實在，剛來那陣子我真不想唱。站在那樣的地方心裡怎能平衡?!」她放下鏡子拉開了話閘。

是的，完全可以想像，一個唱慣了大場面，常有上萬觀眾歌迷歡呼擁著的中國有名望的專業歌星，站在這餐館的咫尺舞台上，面對那些杯盤相碰、低頭猛嚼的食客，能唱出什麼興致、什麼感覺、什麼味道來?!這種心理反差不言而喻。

況且，餐館唱的又是卡拉OK。過去在中國，她只是把卡拉OK作為一種娛樂、消遣。如今卻要作為一種職業，的確很不適應。唱的曲目也很有限，常常沒伴奏只好清唱。

既來之，則安之。面對新的國度新的環境，唯有自我調整，平衡心態。沈小岑不怨天不怨地，只想再踏出一條路。

剛開始，來自中國的食客兼觀眾比較多，他們是慕名而來的。他們顯得很興奮，說「我們離開中國時，你正當紅，想不到四五年後能在這裡聽到你的歌聲。」沈小岑聽在耳裡，熱在心

裡。她的聲望在中國，中國人來捧場理所當然。

　　儘管咫尺歌台令她難以施展，但她的歌聲確實打動甚至征服了許多人。當地華人、澳洲人來聽歌的逐漸多起來了，而且他們都較喜歡點唱中國的懷舊歌曲，很可惜，餐廳的空間太小了，坐滿了也才百來人。

　　時間一長，她就越來越感到不滿足。不滿足於這個小歌台，更不滿足於作陪唱的角色。

　　我知道，沈小岑自小就是一個不安分的人，用她的話說，是愛說、愛唱、愛跳、愛出風頭、愛自我表現。從幼稚園到學校、到工作，她一直都在蹦蹦跳跳的表演活兒上挑大樑，當台柱。正是這種「表現」慾，才使她百折不撓，終於走進藝術界，成了上海芭蕾舞蹈團的伴唱員。

　　不妨回放當年的一個經典片段：

　　伴唱於舞台一側，沈小岑心有不甘，時時尋找表現自己的機會。1980年初，中國輕音樂剛剛流行，芭蕾舞蹈團也搞起了輕音樂會，並讓沈小岑試獨唱一首。機會來了。當輪到她上台時，舞蹈團的人沒想到，她竟摘下麥克風，拿在手中唱了一曲《潔白的羽毛寄深情》，並手之舞之足之蹈之。這是中國第一個手拿麥克風演唱的歌手。頓時場上掌聲雷動，喊聲如潮：「再來一個！」久經不息。她下不了台，再獻上了一首。自此，她出盡風頭，在觀眾心目中形成了流行歌手的形象。她也成為上海輕音樂團的獨唱歌手。

　　如今，她的「表現」慾又來了。她心裡在琢磨：開台個人演唱會怎麼樣？旅澳的中國藝術家還沒有一個在澳大利亞開過個人演唱會呢！怕什麼，我有這個優勢，才剛從中國開過個人演唱會

哩！對，我就要做第一個。

個人演唱會，驚動了華人社區

　　一直著意發掘明星的文華社，此時也盯上了沈小岑。慧眼識英雄，董事長黃中明和執行經理倪多般都非常欣賞沈小岑的演唱，力邀她到文華社獻藝，為她籌辦個人演唱會。

　　文華社是悉尼十大俱樂部之一，更是最大最老的華人俱樂部。它的歌廳雖然也有局限，但它卻希望來自中國的藝術家的個人演唱會首先在這裡呈現給觀眾。

　　沈小岑與「絲綢之路」酒家蔡太研究之後，接受了這個邀請。

　　演唱會的廣告做得很大，很多，很醒目，驚動了華人社區。那天晚上，只有三百來座位的歌廳，卻擠滿了四百多人，可謂爆滿。不僅很多中國人陸來的人到場，連悉尼副市長曾筱龍、僑領何健剛等名流巨賈都出席了演唱會。看著這麼多新老朋友，她激動得掉下了眼淚。

　　一曲《故鄉的雲》衝口而出，獻給所有在澳拼搏奮發的中國人。沈小岑深知，這麼多的中國人來澳，在不同文化背景的環境下，其生存極其艱難，並不如國內的人所想像那樣遍地黃金遍地撿。她自己何嘗沒體會到這個艱辛。但她也的的確確感到中國人的偉大，不論在世界什麼地方，他們都能立足生根。《燭光裡的媽媽》、《最後掌聲響起》……首首歌發自於肺腑，對她來說，既是藝術的升華，又是人生體驗的升華。

　　演唱會相當成功，其演唱效果之好超出沈小岑的預想。她的影響已不再限於餐館酒樓，而逐漸在整個華人社會獲得較高的知名度。大凡有什麼文化和公益活動，華人社團都不忘邀請她前

往客串助興，她更是中國留學生文化團體的特邀嘉賓。她參加了
「同在藍天下」的載歌載舞，走進了英國古典風格的新南威爾
士州立劇院，以其成名曲《請到天涯海角來》為春節晚會增添
色彩。

她很喜歡到處去唱，不單是愉悅觀眾，也是有助於社會公
益。無論是營業性的演唱，抑或是公益性的義演，她都很認真對
待。「觀眾對我的要求不一樣，更加嚴格。我絕不能馬虎。」她
很清醒。

她真真實實的站在悉尼歌劇院舞台上

世間事物總是有得有失。小小的餐館雖然限制了沈小岑的施
展，卻也為她展開了另一條路，一條非得有魄力和勇氣去嘗試的
路。文華社更是為她提供了機會，讓她一步步通往嚮往已久的藝
術殿堂——悉尼歌劇院。

還在中國的時候，沈小岑就非常仰慕這舉世聞名的悉尼歌劇
院。但只能在電視上、圖片上欣賞它。來到澳大利亞後，她多次
徘徊在歌劇院廣場前，打量著它，撫摸著它，為它拍照留念。沒
想到，來澳不到一年，她就和其他旅澳中國藝術家一道浩浩蕩
蕩昂首闊步開進這座神聖的藝術殿堂，登上那令人矚目的舞台
盡情表演。

那是1993年3月28日，是一場叫「中華魂」的演唱會。晚會
上，就數沈小岑的演唱效果最好。她一出場，會場就颳起一遍蓋
耳的掌聲。哦，陌生的舞台，堂皇的舞台，神祕的舞台。置身於
其中，她飄飄欲仙，彷彿進入一種從未有過的境界。她參加過多
少次演唱會，拿過多少次中國的大獎，她記不清了。也許這些對

她來說已不重要，重要的是她現在能真真實實的站在這個至高的舞台上一展歌喉。

她以《故鄉的雲》、《瀟灑走一回》和一首英文歌曲答謝了熱情的觀眾，感謝所有關心她支持她的中國人。這歌聲，這掌聲，當然還有其他藝術家的獻藝，一同記載在悉尼歌劇院的演出史冊上——這是中國藝術家首次在此集體亮相。

令她難忘的還有澳華藝術節。她參加了多媒體歌舞劇《弦歌樂舞》的演出，那是中西結合的藝術嘗試，演員五分之四是洋人，五分之一是華人。這個藝術節的重點節目在歌劇院音樂廳上演了兩場，場場爆滿。絕大多數的觀眾是洋人，連澳洲的高層人士、藝術名流也來觀賞。沈小岑雖然是用中文演唱，但觀眾卻能從其聲韻音律中領悟到藝術的意味。給她伴奏的還是位澳洲爵士樂手。

這也給了她一個啟示：華人藝術家要在澳大利亞開拓藝術市場，必需要有所創新和追求。

她又想自我表現一番了

「澳洲的藝術與美國相比當然有差距，但它也有自己的面貌和一定的特點，我是搞流行音樂的，而流行音樂起源於西方，我當然要吸收西方的東西以豐富自身。」她說得有板有眼。

我看出，她確實是有自己的思考和追求。作為一個流行歌手，她時時處處注意吸收西方流行音樂的精華，使之與東方古典藝術相結合，她買了不少鐳射影碟、藝術音樂書籍，經常聽，經常看，特別是細心咀嚼，捕捉感覺。她還結交了不少澳洲藝人，共同切磋藝術。

沈小岑的英文歌也唱得很棒，深受澳洲人賞識。他們沒想到她的音樂基礎如此深厚。事實上，沈小岑並不是那種缺乏根基的青春歌手、偶像歌手之類的流行歌手。她是有較高藝術修養的實力派流行歌手。

她說：「藝術是包羅萬象的，藝術的成功包含著許多東西，在很多方面你達到一定的程度你就豐滿了。」難怪她總喜歡與各類藝術人士接觸交往，這是吸納他人之長的機會呢。

沈小岑是從傳統音樂起步的，基本功紮實。可以說，她是傳統的基礎，流行的形象。很多澳人就欣賞她這一點。在她開班授徒時，有些洋人還慕名前來拜她為師，想從中了解中國的音樂、文化。而她的洋人男友，也是在聽歌中擦出愛的火花的。

生活在澳大利亞，她感到非常放鬆自如，喜歡幹自己愛幹的事。我想，對於沈小岑，各種自我表現也許就是自我實現的一種契機。

她說，她又想自我表現一番了。她想開辦大型的聲樂講座，特別是，還想再搞一次大型的個人演唱會。這一回，她是要與澳洲演員、樂隊合作，要進入澳洲主流藝術的天地。

我深知，在西方文化背景下，中國藝術家要闖入澳洲人的天地，施展自己的才華，弘揚中華藝術，談何容易。沈小岑當然也明白，這需要時間，需要機會，更需要自己的努力。

藝術之路無止境。她既然選擇了這條路，唯有百折不撓地走下去。要瀟瀟灑灑而又實實在在地走下去。

作為從中國出道的藝術家，她仍然懷念中國的舞台，中國的歌迷。「我不會放棄的，」她說，「我要把澳洲的東西帶回去。」說得那麼堅定、那麼自信。

「再來瀟灑走一回，再給中國流行歌壇一次衝擊波？」我說。

她笑了。笑得有點不可捉摸。

後來，她終於瀟灑地帶走了一片雲彩。許多年後，我知道她已活躍於倫敦的音樂劇舞台，還是想起了她的這個詭異的笑容。

悉尼歌劇院的中國人

　　你知道嗎？充滿著西方文明象徵的悉尼歌劇院，活躍著一批才華橫溢的華裔藝術家：男高音丁毅、女高音俞淑琴、女中音馬柯露、男低音藍小明、作曲於京君、小提琴手孫毅、黃抒提……他們如何躋身於世界藝術殿堂？當然靠的是才華，靠的是努力，靠的是機遇，每個人都有一個精彩的故事。

俞淑琴：飛向中西合璧的藝術人生

　　俞淑琴是1987年赴澳的中國留學生，雖然出國前是東方歌舞團的專業歌手，出版過五張個人唱片，但和所有中國留學生一樣，都經歷過打工的艱辛。那時候的留學生，原中國各專業團體的藝術家，街上隨便一抓都有一大把。中國經驗、中國經歷全派不上用場，絕大多數人只好改行打工謀生，至多到酒吧、俱樂部客串。英語不靈的俞淑琴，卻一邊打工一邊跟老師學聲樂，硬是考上了悉尼音樂學院歌劇表演系。

　　她不僅要用英文上十一門課，還要學法文、德文、拉丁文、意大利文，而且每周還要到朋友家做清潔工掙生活費。幹完活拿了錢她就寫個收條，那時一些英文字還不會寫呢，朋友卻把那些條子留著，說：「你看著，等你成名以後我就拿它來拍賣。」

　　俞淑琴果然在西方舞台成名。她畢業後考上了著名的無伴奏重唱團，也參加了澳洲皇家歌劇團的演出，還拿了十多個音樂比

賽獎。其中三個國際性大獎使她終生受益。一是奪得美國大都會歌劇院大獎賽澳洲區冠軍，讓她在世界上最棒的大都會歌劇院排演。二是獲得多明戈世界詠歎調大獎賽澳洲區女聲第一名，有機會到奧地利得到歌劇大師多明戈的指導。三是摘取英國皇家歌劇院聲樂大獎賽澳洲頭名，到倫敦攻讀歌劇碩士生，與西方一流藝術家打交道。她的出色表現有目共睹，悉尼歌劇院於1996年正式聘她為全職的「終身藝術家」。

在悉尼歌劇院，她出任了不少主要角色，站在西方的舞台上用西洋唱法演繹著西方文化。但作為一位華人，她一直不忘推廣中國音樂。在一次音樂大賽頒獎場合，她作為嘉賓上台獻唱，在別人唱了許多詠歎調之後，她突然爆冷來個中國經典名曲，結果獲得的掌聲是最多最熱烈的。

2001年聖誕節，俞淑琴被澳洲媒體選為當年度澳洲最佳藝術家。正當她的事業蒸蒸日上之時，誰也沒料到，她卻出人意料地辭掉歌劇院全職，選擇了自由藝術家這條路。為什麼？她不想被限定在某個位置上，而想用更多的精力去做中西結合的研究，開拓自己的獨唱領域。

走出歌劇院，她有了一個更大的空間，更大的舞台。澳洲廣播公司ABC為她錄製發行了兩張中國民歌CD唱片《花月頌》、《花月魂》。這還是ABC第一次為華人歌唱家錄製個人唱片。這兩張中西結合唱法的唱片，甫上市就爬上澳洲經典音樂暢銷榜，震撼主流樂壇。

《花月頌》在澳航飛機上播出，乘客中有位華盛頓喬治城大學的教授，閉目養神中忽然被悠揚的東方音樂所喚醒，喜歡得不得了，一下飛機就叫了輛的士趕往悉尼歌劇院，與俞淑琴聯繫

上，並為她穿針引線在美國華盛頓肯尼迪藝術中心、喬治城大學、國防部等舉辦了六場個人演唱會。俞淑琴中西結合的演唱，被美國人譽為「南方來的奇跡」。

中西生活，中西歌唱，使俞淑琴飛向了中西合璧的藝術人生。

丁毅：一躍成為歌劇院首席男高音

丁毅，也是一位澳大利亞人從總理到百姓都知道的人物，在主流社會頗有影響的華人藝術家。

丁毅原是西安出道的北京中央歌劇院演員，2000年與悉尼歌劇院簽約，成為歌劇院的合約男高音。從西安、北京一直唱到雲集一流藝術家的悉尼歌劇院，丁毅當然不是等閒之輩。但初期語言不通，加上一副亞裔面孔，要在西洋歌劇中立足，自然要比常人付出更多。有時排戲，導演會向他大喊：「嘿，丁毅，此刻忘掉你是中國人！」有位藝術指導，更是訓斥他，別提多尷尬了。所以初期丁毅只是Cover（替補），但是他的天賦他的努力，使他很快脫穎而出，一炮而紅。

2001年排演《茶花女》，原先的男主角突然病倒，他是美國的大牌明星，誰能頂替？劇院急得一鍋粥。當時在澳洲還名不經傳的丁毅，臨危受命，僅排練一天，便帶著曲譜倉促上陣。觀眾一見臨陣易將，小小騷動。劇院上下都為他捏出一把汗：別把戲演砸了。

好一個丁毅，一上場，一亮相，一開腔，意想不到，全場震住。那音色的高昂激越，那氣聲的爆發力，那演繹的豐富細膩，不由你不傾倒。幕前幕後都鬆了一口氣，當時有人預言：美國男高音將會繼續「病」下去。果然，他再也沒有在劇中露面了，丁

毅理所當然占據了主角位置。從此，澳洲歌劇界迴響著一個響亮的名字：「中國人，丁毅！」

丁毅被確認為悉尼歌劇院首席男主角，是在2002年擔綱主演經典浪漫歌劇《托斯卡》之時。那次原演主角的男高音狀態下滑，距演出五天之前劇院決定換人，由丁毅試試頂上。離綵排只有三天，如果丁毅實在不行，只好從國外重金請人了，這是丟面又丟錢的下策。結果綵排之時，歌劇院副院長親自到場驗收，指著丁毅拍板：「就是他！」

精彩成功的演出，也令那個不客氣的藝術指導一口一個「親愛的」叫喚他。藝術總監在謝幕後的慶功酒會上告訴丁毅：「明年起你不再是替補了，而是歌劇院第一男高音。」

2004年9月，丁毅在上海大劇院舉辦了他闊別祖國三年的首場個人獨唱會。澳大利亞總理何華德特意為丁毅獨唱會致辭：在澳洲的觀眾已經非常幸運地欣賞到丁毅先生在悉尼歌劇院所進行的一系列西方歌劇的演出，希望這次上海的演出也圓滿成功，值得懷念。中國駐澳大使也致辭祝賀：心至誠，聲至美，友誼使者頌。澳洲著名女高音Nicole Youle更是專程趕到上海友情出演，為丁毅助陣。兩人合唱的《我愛你，中國》，默契高雅，天衣無縫，簡直讓觀眾、專家驚訝得難以置信。

馬柯露：中國式的微笑征服西方觀眾

2004年新春，中國駐悉尼總領事館舉行了隆重的新館開館典禮，五星紅旗徐徐升起，兩位悉尼歌劇院的男女華裔歌唱家唱起了雄壯的中國國歌，及奔放的澳大利亞國歌，嘹亮的歌聲，激情的演唱，令在場的中澳嘉賓無不為之動容。

站在男高音丁毅旁邊的女中音，就是悉尼歌劇院終身藝術家馬柯露。

　　1993年移民澳洲的馬柯露，曾就讀於上海音樂學院，後從事聲樂教學工作。但從踏上澳洲的那一刻起，她就重蹈了所有中國早期移民共同的艱辛經歷，即一切從頭做起。學習英語之餘，她也學會了並從事踏衣車、熨衣服的勞累工作。但她並沒有放棄歌唱的興趣，拜澳洲老師學習聲樂，並報名參加了威樂比市合唱團。後來還報讀了悉尼音樂學院研究生課程，在這所音樂藝術家的聖殿中，她重新接受西方正統音樂藝術的洗禮。

　　她四次報考悉尼歌劇院，最終獲得成功，1997年受聘為悉尼歌劇院終身藝術家。

　　悉尼歌劇院是世界歌劇行業中的佼佼者，每年有近二十部不同劇目上演，演出場次近二百場，還有幾十場音樂會，演出任務繁重。上演的劇目中有英、法、德、意等不同國家的經典作品，這對於生長在華語國度的馬柯露來說，難度該有多大呀！

　　馬柯露的家居離市中心的歌劇院有一小時車程。她上午排練後，為了休息保護嗓音，以便保證晚上演出的順利進行，下午要返回家中，一天路上兩個來回就是四、五小時。她把這些時間當作背記樂譜的時間，困了就在火車上打個盹，有時睜開眼發覺過了站，還得換車折返。事業和家庭，就像人生旅途奔波的兩個終點站，她一年一年就這樣堅持了下來。

　　馬柯露渾厚寬鬆的音質，沉穩真摯的表演風格，給觀眾留下了深刻印象，人們開始逐漸留意到悉尼歌劇院上演的每一部歌劇中馬柯露的身影。除了職業演出，她還經常參加華人音樂社團的活動。1999年，江澤民主席訪問澳洲時，馬柯露應邀獻上了優美

的歌聲，其藝術才華再一次得到認可。

2003年，馬柯露首次舉辦了個人獨唱音樂會。這個名為《秋葉音樂會》的個唱，是她演唱藝術趨於完美的一次更高境界的追求。她把音樂會選在威樂比市政廳舉行，因為這是她在澳洲參加第一個音樂團體重拾信心的地方。這裡有她當年的威樂比市合唱團的指揮及團員朋友們，這裡也有許多華人觀眾。站在這個舞台上，她有一種難言的激情。

澳洲廣播公司ABC的著名音樂評論員親自為馬柯露音樂會作主持。馬柯露選唱了十一首不同風格的曲目，有意大利羅西尼的詠歎調，法國歌劇《卡門》的詠歎調，亨德爾的巴洛克風格的作品，古典派莫札特的《費加羅的婚禮》選段，浪漫派梅耶貝爾的歌曲，以及中國歌曲趙元任的《教我如何不想她》等，充分顯示了她出類拔萃的演唱技巧。

在熱烈的掌聲中，澳洲觀眾對她的評價是：「自然含蓄，謙虛友善，一位潛力無限的歌唱家，還有那令人無法抗拒的中國式的微笑。」

帶著中國式的微笑，馬柯露活躍在西方歌劇舞台上。

孫毅：心靈色彩的演繹

提起悉尼歌劇院的華裔藝術家，人們首先想起的也許是幾位男女歌唱家，他們的歌聲響徹西方舞台，他們的身影也常常活躍在華人社區中。其實，悉尼歌劇院的音樂演奏家中也不乏華裔，其中同樣來自中國的兩把小提琴，也為人津津樂道。一位是悉尼歌劇院的澳洲國家歌劇院首席小提琴手孫毅，另一位是悉尼歌劇院的悉尼交響樂團首席小提琴手黃抒提。

不久前，澳洲國家芭蕾舞團赴上海演出《天鵝湖》，中國觀眾觀賞了美妙的舞姿，也享受到醉人的音樂。而整個《天鵝湖》音樂精華中的六段小提琴獨奏，卻是由華裔小提琴家孫毅所演奏，充滿了心靈的色彩。

孫毅是悉尼歌劇院的國家歌劇院首席小提琴手。能應邀在自己成名之地——上海參加《天鵝湖》演出，他非常高興；能在西方一流劇院擔綱，他更非等閒之輩。

孫毅與澳大利亞很有緣分。當年他第一次出國就是到澳洲。那時作為上海音樂學院四重奏第一小提琴手，他參加了在墨爾本舉行的國際室內樂比賽，對澳洲留下很好印象。1997年底，他毅然選擇到澳洲音樂學院進修音樂藝術研究生課程，師從艾利斯‧沃騰和卡爾‧皮尼教授。

一位小提琴家要在澳大利亞立足很不容易，尤其是外來人，必需要有出色的技藝和表現。孫毅憑藉自己的實力，征服了考官，在澳洲找到了發揮自己技藝的天地。他成為悉尼交響樂團和澳洲國家歌劇院及芭蕾交響樂團的二提首席，之後又考上該團的樂團副首席並擔任首席工作直到現在。他領演了許多名劇如《浮士德》、《卡門》、《蝴蝶夫人》、《茶花女》、《天鵝湖》、《奧涅金》、《風流寡婦》、《米卡多》、《諾瑪》、《塞爾維亞理髮師》等。

孫毅說，是音樂改變、塑造了他，所以他對音樂有著執著的愛與追求。孫毅出生在湖南一個教師家庭，孫父對他學琴要求非常嚴厲。為此小孫毅不知挨了父親多少責打。如果不是他對音樂執著的愛，也許早就放棄了，今天澳洲就少了一名優秀的華裔小提琴家了。

音樂是孫毅精神和心靈的崇高殿堂，不論練習或演奏，他都用心去領悟音樂的真諦，去表達出音樂的內涵。所以，他能以第一名的成績考入上海音樂學院附小，又以第一名的成績升入上海音樂學院附中。1988年，他成為上海音樂學院學生，擔任青年管弦樂團和室內樂團的首席小提琴。在1996年上海藝術節上，他擔任上海交響樂團獨奏，演出了由美國指揮家傑佛萊・西蒙指揮的門德爾松的C小調小提琴協奏曲，之後被提升為上海交響樂團的首席小提琴，並被譽為中國最年輕、最有希望的室內交響樂團首席。

孫毅不僅追求高超的小提琴技藝，更追求透過旋律讓觀眾聆聽到作曲家在樂曲中想要表達的感情，表達音樂的本色。他的小提琴奏演是有色彩的，能走入聽眾靈魂，與聽眾進行心靈交流，表現他對音樂最高境界的不懈追求。

黃抒提：浪漫風格的演奏

無獨有偶，同樣來自上海音樂學院小提琴專業的黃抒提，也是悉尼交響樂團的首席小提琴手。不過，他闖蕩澳洲比較早，與澳洲許多著名的交響樂團都有合作關係，在洋人音樂圈中頗有名氣，只是與華人社區聯繫比較少，所以華人對他比較陌生。

我對他的名聲略有所聞，但第一次見到他，還是前些時候在北悉尼的一場音樂會上。那天我是應朋友邀請去聽交響樂團的音樂會，觀眾幾乎都是洋人。在交響樂團歡快的演奏拉開序幕後，台上走出一位中年的華裔音樂家。他手捧小提琴，風度翩翩地向觀眾致意。一打聽，原來就是悉尼交響樂團的首席小提琴手黃抒提。

只見他琴弓一舉，一連串的雙音旋律就在弦線上飄蕩出來。他獨奏的是貝多芬的G大調浪漫曲。在樂隊的協奏下，黃抒提的琴弦抑揚頓挫起伏有致地傳送出歐洲大自然的浪漫情懷，一如他的演奏風格，浪漫多彩，豐滿飽和。真是藝如其名。

　　聽朋友介紹，上世紀七十年代末，他在上海音樂學院就讀小提琴本科時，碰上澳洲大師班在滬舉辦，他幸運地獲得澳洲昆士蘭音樂學院的獎學金。1980年，他負笈南半球的昆士蘭，既是學生，又是樂團團員，忙得不亦樂乎。學無止境，兩年後，他又轉到澳洲的塔斯曼尼亞音樂學院攻讀研究生學位。在他拿到畢業證書不久，就收到南澳的阿德雷特交響樂團發來的聘書，正式受聘為該團團員。後來，他成為了悉尼交響樂團的首席小提琴。

　　黃抒提常常在一些電台的音樂節目裡擔任獨奏表演，而且，他在新南威爾士大學兼職教授小提琴，所以，桃李滿天下。澳大利亞許多樂團的小提琴手，都是他的學生，他經常與他的學生同台演出，傳為一時佳話。

　　不久前，悉尼交響樂團在悉尼歌劇院舉辦一場小提琴演奏技術講座，主講者就是黃抒提。

　　面對眾多的音樂愛好者，他把自己多年的演奏經驗悉心傳授給大家。他希望更多的青少年走進藝術殿堂，也希望藝術的浪漫色彩給人們帶來更多的人生享受。

　　悉尼歌劇院的中國人，總以一種不服輸的勁頭改變著西方藝術界對中國藝術家的看法，他們也以自己的藝術實踐感悟著一種文化滲透和文化跨越。

激情，還是悲情？

　　朋友蘇煒隨美國合唱團來悉尼，他們要在悉尼歌劇院上演《歲月甘泉──中國知青組歌》。蘇煒邀我們去觀賞，因為他是該組歌的歌詞作者，更因為我倆都有海南軍墾農場的知青經歷，曾是農友，也是文友，更是好友，同移居海外。

　　隨著歲月流逝，新的社會、新的生活之改變，知青身分於我是漸行漸遠了，只埋藏於心底。「知青組歌」，卻首次將我這個深層記憶再次翻抖出來。

　　客觀地說，演出是精彩成功的，美澳同台，華洋共唱，效果當然很好。而且蘇煒是頗有成就的作家、學者，文筆生輝；而作曲家霍東齡也是行家。據說，這個知青組歌，曾在廣東獲獎。

　　激昂而帶點溫馨的旋律，響徹音樂殿堂，也迴蕩在南十字星空下，讓我回到了當年背朝青天，淚灑黃土，屯墾戍邊，穿梭膠林的難忘歲月。應該說，這個知青組歌是頗有藝術感染力的。藝術感染力源自於對一種情懷的捕捉和表達。無論是當年開山劈地的豪情，思念家人的親情，貼心工農的溫情，重返鄉土的歡情，都演繹得很到位。

　　如果從純藝術欣賞的角度來看，可以令我陶醉，但我畢竟是個過來人，對知青所處的年代有切膚之痛，所以儘管組歌情感飽滿，但我仍感到欠缺一種情，而且是極其重要的情，那就是國情，是知青所處的文革時期的那種民族災難、國家瀕危的社會

悲情。

是的，在那銘心刻骨的知青歲月，我們有過追求，也陷入迷惘，有過歡樂，也飽受苦難，有過夢想，也趨於幻滅，有過汗水凝結的碩果，也有過鮮活生命的付出。無論你怎樣理解知青時代，感受知青生活，當年所發生的一切，都基於「十年浩劫」這一國情。如果有意無意忽略這個時代基調的國情，那麼，哪怕你唱得風情萬種，都會與時代真實有種疏離感。

我問蘇煒兄，知青題材很敏感，最近有部電視劇《知青》在中國熱播，但也招來質疑聲。你這組歌又如何？他說，我們在世界各地巡演，反響不錯，罵聲當然也有，但還不多。知青是個特殊產物，但唱歌總不能弄得悲悲切切呀。

說的也是，聽音樂，是一種欣賞，一種陶醉，而不是一場控訴，一場教育。藝術表達一種情感，也不能所有情感面面俱到。當晚演出中，一對洋人青年男女，牽手輕唱月夜膠林情歌，特別逗，招來了暴風般的掌聲。我也和全場觀眾一道尖叫喝彩。不過，此時的我，並沒有把這一刻與知青聯想，純粹是一種娛樂。他們唱得再過癮，畢竟與我當年所經歷的月夜下的橡膠林大異其趣。

我的意思是說，知青組歌是一種有意味的藝術情調、藝術角度，但不能看作是知青生活深刻而準確的映照。它確實調動了當年場面的記憶，但卻把當年複雜難言的情感表面化、單一化，甚至虛擬化了。

當晚的觀眾，應該有不少老知青，大家都會在藝術欣賞中尋找難忘的記憶。對於當年的生活場面，大家的記憶應該是差不多的，但對於那段時光的評價，也許會各有不同。悉尼的一位知青

朋友，就在互聯網上與中國的知青農友為知青歲月的是非功過、價值評判爭論不休。我想，恐怕也是這代人揮之不去的心結吧！

知青生活，到底是頌歌，還是悲歌？知青年代，究竟是激情，還是悲情？的確是一個頗值深思的問題。

知識青年，可以說是社會毀掉的一代，但同時也是時代造就的一代。在他們該好好讀書，汲取知識的時候，被領袖巨手一揮，趕到了農村、邊疆。他們被毀掉了中國千年的文化傳統，毀掉了炫目真誠的理想追求；但他們呼吸了大地的氣息，延續了工農的血脈，在逆境生存中，熔鑄了腳踏實地、不屈不撓的精神品格。對大多數知青及其家長來說，文革期間的上山下鄉運動，是一場噩夢，只不過，在這場噩夢中，被激情燃燒的知青們，並沒有沉淪，而是在掙扎中奮進，在磨難中走向成熟。

在回首知青歲月，張揚知青精神的同時，我們決不能忘掉特殊年代的社會悲劇、時代悲情。如果一味放歌一時無知的激情，而忽略深藏根絡的悲情，那麼，這種激情與悲情還有可能發生在下一代身上。難道老知青還願意自己的孩子重走「上山下鄉」之路嗎？

當年在海南島，我也受命寫過點宣傳小品，當時筆下的基調當然是激情。哪怕心裡陰沉，也只會歌頌朝陽。今天我若執筆，還會有那樣懵懂的激情嗎？當年身在其中，社會只有一種聲音，一道光芒，愚忠遮目，有激情，也是虛無、扭曲和變態的。那是一種崇拜領袖的盲目激情，實質上，是一種迷失自我的無奈悲情。我們曾有過真誠，有過激情，但在荒誕的年代，這種真情也變得有點荒誕。所以，激情是表層的，是與世隔絕、封閉愚昧所產生的虛無情感；而悲情卻是深層的，是歷史倒退、人性毀滅，

而你又身陷其中卻無力自拔的悲哀情感。

　　不管是當年告別知青生涯，還是今天回首青春歲月，我們都有某種抑制不住的感傷，為什麼？因為我們明明白白意識到，我們並不希望那個特殊的年代，特殊的群體，特殊的際遇重現。雖然當年的青春歲月和人間真情，包括對年輕人的磨練，與工農的友情，永遠記懷，但那個浩劫的年代不值得歌頌，那場毀掉一代人求學追求的運動不值得唱讚歌，那種培養年輕人喊口號、表忠心的愚昧不值得自豪。如果還要說「青春無悔」，無悔的不是當年的付出，當年的愚忠，而應該是付出之後、淬打之後的浴火重生。

　　我並無意去評說知青組歌，只是因聽歌而引發對「知青」的記憶，對歷史的思考。對於知青的頌歌，也許不必太多指責，那是一代人的歷史印痕；對於知青的奮取精神，我們也要延續，還要張揚，那是血淚的凝聚；但對於那個時代的人生悲劇、社會悲情，我們更要正視，決不容許下一代重蹈我們當年「上山下鄉」之覆轍。那是人類歷史的一場大災難！

　　當我把這個觀點寫成文章發表，並有朋友貼上知青網站上時，有人點讚，有人沉默，也有人批駁。這種不同「反響」，恰恰說明這段關乎一代人青春的歷史，關乎國家命運的歷史，很值得研究，很需要有正確而又具體的評價。上山下鄉運動，只是文革「遺產」的一部分，而巴金提出建立「文革紀念館」的構想，至死未能實現，至今也無太多人關注，正正說明文革後遺症仍然深重。

　　雖然「知青組歌」也很有觀賞性，但它不是抽象藝術，可以自由想像、任意解讀。它是有明確指向，有明白的歌詞，有具象

當黑髮黑眼遇上金髮碧眼

的台景，有打著富於歷史含義的「知青」旗號，有鮮明的時代烙印。藝術的本質是表現美，你可以表現知青的人性、人情美，知青的奮進、抗爭、覺醒美，但你不能以艷陽歡歌美化荒誕年代，以皎月柔情美化時代悲情，把當年那種欺騙性的假大空政治口號，也作為知青的進取精神來美化，來歌頌。

誰說悲劇就不能用藝術美來表現？莎士比亞最偉大的作品，就是四大悲劇，揭示了人性中善與惡、正與邪較量的美，這是永恆的藝術美。難道表現二戰中受難的猶太人，也要用浪漫激昂的美調子，美化時代悲情？

正因為「知青組歌」具有一定的藝術感染力，而其所散發出來的情緒與現實有點變味，如果我們的後代，或若干年後來聽知青組歌，就有可能被誤導：噢，知青生活還是挺浪漫的，雖說辛苦點，也是一種活法，傳說中的文革，其情景也不過如此而已，也能找樂。

那些激情演唱知青頌歌者，那些盲目的所謂的「青春無悔」者，請捫心自問：今天你果真能勇敢面對自己的子女棄讀中學，棄考大學，再度將他們投入荒山野嶺嗎？

偏偏那些當年從「上山下鄉」中爭相蜂擁「回城」的知青，今天一方面忙於將自己的兒孫趕進名校，輸送出國深造，另一方面，又熱衷於大唱知青頌歌，懷舊當年。前不久，我回中國時，剛好有一台晚會，知青朋友送票邀我觀賞。當得知晚會的下半場又是「知青組歌」時，我便放棄了。

無獨有偶，近期又有知青朋友用微信向我推薦了兩個知青音樂會，一個是北方的，一個是南方的。我打開一看，還是我們幾十年前的朗誦詞、演唱詞，還是那種虛無的激情，那種假大空的

豪言壯語，我第一感覺是，怎麼還沒長大呢？恍如時光倒流，起雞皮疙瘩。要說當年無知，那麼現在呢？

南北兩台演出，台詞唱詞都少不了「迎朝陽」這一句。我們這代人當年都常激情滿懷地大喊這一句。但真的是「迎朝陽」嗎？學業荒廢，生產荒廢，人性荒廢，人道荒廢，只有口號漫天飛，「朝陽」下，大地瘡痍，人心麻木。如今聽到這一句，說不出的萬般滋味湧上心頭。還有一句更值得玩味。無論哪場音樂會，一拉開帷幕就會聲情並茂來這麼一段：特殊的年代，特殊的一群，特殊的經歷，特殊的歡樂。好像這個「特殊」，挺有味道，挺理直氣壯似的。但仔細想想，什麼「特殊」？為什麼「特殊」？這正是知青情感中的一種兩難尷尬。

一方面，國家的動亂浩劫不堪回首，另一方面，個人的青春年華，有血有肉有情感終身難忘。這是事實，但你總不能這樣說：浩劫的年代，革命的一群，磨難的經歷，理想的歡樂——這是悖反。更不能說：偉大的年代，偉大的一群，偉大的經歷，偉大的歡樂——這是歪曲。所以我們就自以為是，得意洋洋用「特殊」去修飾。

特殊，其實是我們在政治與情感衝突中的一種選擇性的自我安慰。特殊，用官方在政治敏感問題上的標準用語就是「非正常」。如果說白了就是：非正常的年代，非正常的一群，非正常的經歷，非正常的歡樂。但這樣一來，那種崇高感、使命感就全沒了。「無悔」者當然不幹了。於是，就用「特殊」定位，該含糊的含糊，該突出的突出。這就是中文所具有的「模糊」特性的魅力。不過我還是心虛，瞞天過海呀！

老知青尚且對自身經歷都混淆不清，是非難分，那新一代就

更不用說了，常常對知青問題一頭霧水，甚至張冠李戴。

近日讀報，偶爾翻到廣東某報一篇關於英德茶場的報導，因用「知青情濃」作標題，故而引起我的興趣。作為當年的知青，對那段磨難的經歷，那種無奈的記憶，確實有種「情結」。但是什麼情結呢？是懷念、自豪？抑或自省、慨歎？肯定會因人而異，不盡相同。

我要說的是，這篇出自年輕記者之手筆的報導，把「上山下鄉」與「五七幹校」的歷史背景混為一談，顯然是一種誤讀和誤導。如果有人說，散文大家秦牧、粵劇泰斗紅線女是知青，你會相信嗎？但這篇報導確實如此稱謂，不啻令人悲哀。

報導中說，當年五千知青到廣東英德種茶製茶，這沒錯；但又說，這批知青還包括秦牧、紅線女等省市報社、省文化單位的「八百秀才」，這就有點張冠李戴了。要知道，知青，是指當時還未參加工作的中學生、大學生，被領袖一揮手，捲入「上山下鄉」的浪潮，他們大都是十來二十歲的年輕人。而那「八百秀才」，卻是在職的記者、編輯、作家、畫家、藝術家等文化人士，他們大多是有社會閱歷的中年人，也有參加工作不久的年輕人，更有1949年前就在解放區和國統區工作的老前輩。他們到英德茶場，並非「上山下鄉」，而是在「最高指示」下，被軍宣隊、工宣隊驅趕到「五七幹校」。

上山下鄉與五七幹校有同也有異。同者，都是強制性驅趕，都是以革命的名義，是被教育對象，被勞動鍛鍊，被思想改造。異者，知青只是被遺棄、被放養的一群；而五七幹校則還有政治審查、身分甄別、清理隊伍、重新分配的性質。具有諷刺意味的是，英德茶場原本就是勞改農場，後來則成為思想改造的監管場

所。那些年，許多家庭，父母去幹校，子女上山下鄉，家裡空巢，有的甚至被逼遷。這是現代社會反文明的奇特現象。

報導中提及的秦牧、紅線女等那批文化名人，我曾與他們中的一些人共事，也聽他們談及過到英德種茶、勞動、受審查的往事，但從沒看出一種高興的心情，或欣賞的態度，只是深深地舒了口氣，每個人都慶幸自己終於走出幹校，重返工作崗位。順境者，只當作人生的一段荒誕插曲；逆境者，則是一段不堪回首萬劫不復的生活教訓。這一輩人，已有相當一部分人陸續離世，健在者，肯定對這段奇特而野蠻的歷史有深切的體會、深刻的認識。

我無意責怪報導者，因為他們都是生活在當下的年輕人，對歷史可能不知情，下筆或有誤解。但我悲哀的是，上山下鄉和五七幹校都是所謂「文化大革命」的產物，而文革距今才四十多年，上山下鄉和五七幹校的親歷者仍大有人在，而我們的媒體，我們的社會就出現健忘症，對非正常年代的史實混淆不清。倘若這輩人都走了，這段歷史留下的又會是什麼樣子呢？我們的後人又會怎樣去書寫呢？

我驚訝的是，報導以欣賞的態度來談及「八百秀才」往事，無疑是以歷史的傷痛作商機。我不反對以「八百秀才」作英德紅茶的品牌，這些人、這段歷史應該銘記。但把「八百秀才」與歷史作錯誤嫁接，作為「感恩知青、紀念知青、延續知青精神的品牌符號」，委實是對歷史的無知與曲解吧。

再回到「知青組歌」，這些年仍不斷高唱，仍不斷獲掌聲。我們放聲高歌，是懷舊呢？還是健忘呢？我有點不解。知青確實應該有頌歌，問題是頌的什麼？看來，要拒絕歷史的選擇性失

憶，何其艱難！

　　我知道，蘇煒兄也寫出過幾部有份量的知青小說，故事中有人性的自省、歷史的反思。而這首知青組歌，也許是受邀命題作文，不是出於創作原力，他未必會沉迷於組歌的掌聲中吧！

昆士蘭的冷和熱

　　冬天從悉尼到昆士蘭度假，好像穿越了季節的時空。一路走一路脫衣服，到了陽光海岸，再也脫不成了。海灘上，商場裡，人們的穿著都是一副短打，而我們只有冬秋之裝，沒想到還要帶T恤短褲呢。

　　冬天裡的熱氣騰騰，是我對昆士蘭的第一印象。

　　不過，我在這裡想寫的還不是氣候的冷暖，而是想談談地緣人情的冷熱。

　　先說冷。在悉尼我們都知道，凡有英文報刊出售的地方，幾乎都可以買到中文報章。不管你住哪兒，都可以在附近的報攤找到你所要的那份中文報紙。所以每天買份中文日報瞄瞄，是輕而易舉的事兒，從來不會成為問題。

　　可在昆省，買中文報紙卻是個問題。在陽光海岸住了那麼多天，我沒見過一份中文報紙。除了偶爾的中餐館之外，連一個中文字也尋不著。到布里斯本，也只有老僑出入的唐人街和台灣移民聚居的Sunnybank有中文報，而且常常是隔日或過期的。所以布里斯本的華人一般不習慣每天讀中文報紙，都是周末專程去唐人街買份報或撿些免費報刊看看。

　　和昆士蘭中文報刊的冷冷清清相比，昆士蘭的中文寫作卻是熱乎乎的。一般說來，澳大利亞各地的華人比例是一半一半，時下悉尼華人有二十四萬，墨爾本約十二萬，那麼布里斯本才六

萬，珀斯只有三萬，阿得雷德僅一萬五千。昆士蘭華人雖少，華人寫手卻不算少，那時作家協會已有三、四十之眾。他們曾有公開發行了三年多的會刊《澳華月刊》，也在政府資助下出版過三期《中華文化專刊》和會員作品集《新世紀澳華選集》，還有昆省華人社區傑出人物選英义版《南十字星下》。這都是號稱文學重鎮的悉尼、墨爾本所沒有的。昆士蘭作家的作品不僅發表在本地報刊，也在悉尼、墨爾本的報刊上占一席之地。不到實地考察，真不知並非每天讀中文報章的他們，會有這種無名無利的寫作雅興呢！

昆士蘭文人不僅有寫作熱情，接人待物也同樣熱情。俗話說，「义人相輕」，這回順道到布里斯本，我領受的卻是「文人相親」的熱情。

聽說我想會會布市文友，一翔女士便忙著張羅。一翔女士在中國曾是翱翔藍天的滑翔機運動健將，居澳後也閒不住，將舉筆寫寫劃劃作為一種練身健心玩票的活兒。我雖然編過她的稿子，也看過她在各報上發表的作品，但素未謀面，她對我卻如親人密友般熱情有加。她和先生不僅包餃子、做火鍋宴請我們一家子及文友，還想挽留我們小住幾天。若不是她夫婦開車引路，我還真找不到作家協會為我們安排的飲茶的餐館呢。她還給我一本昆省地圖隨身帶著，方便我拜訪文友。

更讓我感動的是作協會長蔣中元先生，他是布市著名的僑領耆宿。人們常說，「以文會友」，蔣先生卻是「以文結良緣」。他曾是海峽彼岸一身戎裝的軍人，曾參與赴英國接收「重慶號」軍艦，當年在軍刊投稿，結識了軍中播音員並寫小說的前妻；移民澳大利亞教書後，辦刊寫作，又認識了寫散文的太太。過去他

曾慷慨解囊購買我的拙書分贈文友及圖書館，這回也親自安排我這位從未見過面的晚輩與文友飲茶共聚。他還關心我的方方面面，幫我聯絡一些事宜，自然也免不了想讓我們借住他家，多玩幾天。蔣會長的夫人康嫺女士也是寫散文的好手，在我登門採訪蔣會長時，她也忙前忙後給予充分的支持，並安排了豐盛的海鮮宴。

另外幾位有一面之交的前任會長也爭盡地主之誼。洪丕柱先生百忙中攜女友前來一聚，介紹昆士蘭風土人情。李曉蒂教授和夫人專程帶我們遊覽布市，還備好軍用望遠鏡登高遠眺。而遠在黃金海岸的呂武吉教授夫婦也誠邀我們前往一聚，不光讓我們留宿他那莊園式的別墅，還領我們觀賞城市夜景，品嚐美食。

沒想到，「君子之交淡如水」的文人，交友卻如昆士蘭的天氣那麼熾熱。雖然是匆匆一行，卻已充分領略到昆省文友的好客熱情。這些文友來自中國大陸、台灣、香港及新加坡各地，他們之間，也不分背景，融洽相處，切磋交流，其「以文會友」精神，堪稱澳華文壇的典範。

中文報章之冷，以文會友之熱，不啻是昆士蘭華人社區的一道人文的風景線。

特別的母親節

　　母愛人人都享受，母親節也年年都會過。但對我來說，今年的母親節卻特別地難忘。

　　這些年，我和母親分居中澳兩地，難得見面，只能遙祝問候。今年母親剛好在悉尼小住，前些時候卻不幸中風住院，幸而治療後基本康復；適逢外母也在悉尼，所以這個母親節能開開心心一家團聚。

　　在母親節，我雖然沒有為母親寫點什麼，但卻有幸讀到一批寫給母親的作品，同樣傳遞出我心中的親情。在悉尼的一個「母親節徵文比賽」中，我獲邀擔任評判之一，有機會先睹為快，享受了一次人間的真愛。

　　這些「獻給母親的贊禮」，使我產生了兩個驚喜。

　　一是作者名不經傳，均沒在當地的中文報章上露過面，但他們的作品卻寫得相當感人，有些並不遜於現時當地報上發表的東西。對於閱讀廣泛的評判來說，文章要打動人也不是那麼容易的，但這些溫馨的散文所表現的母愛，卻常讓評判激動不已。

　　其實，這些作品的文筆技法談不上完美圓熟，但發乎於情，出自於心，其真情實感本身就具有某種穿透力。這些作者，老中青少皆有，基本上是中國大陸背景，很有寫作潛質。母愛，引發了他們寫作的衝動，表達的慾望，說不定還會激發起他們繼續寫作的勁頭。

另一個驚喜是，參賽的作品並不雷同，都有一個獨特的故事，有一份獨特的情感，有一種獨特的訴說，讓人從不同角度去感受拳拳母愛。

　　母愛，是人類的天性，人人都可以說，可以寫。正因為如此，「母親」這個題目也最容易大同小異。但如果你不是為寫文章而寫文章，而是為愛心而去傾訴，那麼你就有你自己的角度，不落俗套了。

　　譬如獲公開組冠軍的茹偉紅，自小失去母愛，沒法像一般人那樣面對自己的母親，然而她以愛心去感受愛心，寫出了人間處處有母愛。無論是家庭、學校、社會，甚至在澳大利亞，與西人相處，她都感到母愛無處不在。還有獲亞軍的孟凡，人漂亮，文字也漂亮，抒發母親與母愛兩者對應的情感也到位。

　　故事較為奇特曲折的是獲季軍的左文劭，她的父母因政治風雲時局關係而失散於兩岸幾十年，沒想到，於八十高齡卻意外重逢。這幾十年的人生經歷，母親所承受的苦與愛，是難以言傳的。左女士以平實的筆觸講述了一個兩岸分離的悲喜劇，令人唏噓不已。

　　有人說，寫母親，寫母愛，似乎女士比男士有優勢。也許是。母愛是女士的專利，女士的情感當然會細膩些。但這次獲優異獎的兩位男士梁子欣、何碧寶，其作品的一些細節同樣給我很深印象。梁先生的母親，竟然主動替已故丈夫的族人償還四十年前欠鄰居的舊賬，這種胸懷，不能不令人敬佩，在孩兒輩眼中，這也是深入心靈煥發光采的母愛。而何先生幾十年來都在懷念從未見過面的早逝的母親，在遷墳、婚娶、掃墓等細節中，滲透著他與母親的一種親情緣分。

寫母愛，一般人都是寫給母親的，而獲優異獎的鄭慧箴女士，則以媽媽的身分說母愛，寫出作為母親對兒女、對家庭的感受，別具一格。北大中文系畢業的鄭女士，幾十年來兼顧著工作、家庭、兒女，盡著一位母親的責任，當了一輩子的幕後英雄。這次參賽，卻是由退休工程師的老伴作幕後英雄，催她寫稿，幫她抄稿，陪她領獎。鄭女士是悉尼女作家蕭蔚的母親，老伴不久前剛奪得老人徵文比賽的首獎，可謂一門三傑。

　　人們常說「母親是偉大的」，這種偉大，不是驚天動地，而是平平凡凡，默默奉獻，滋潤著一代又一代的心靈。所以說起母親，人人都會真情流露；談起母愛，人人都願共同分享。

　　母親，一個永恆的話題。人間母愛，就在你身邊。

我是半個晚報人

轉眼間，《羊城晚報》五十歲了。我這個與晚報同時代的人，就是讀著晚報成長的。先是忠實讀者，後是癡心作者，現在旅居澳大利亞，又是晚報集團屬下海外媒體一兵，我這半生，也算是半個晚報人了。

記得出國前夜，對於將來一片惘然，但我仍一字一句繞有興味地讀著晚報。這是我自幼養成的習慣。上學之年，父親的案頭每天總有幾份報紙，但我愛讀的就是晚報。也許那個時候，我少不更事，對黨政大事沒感覺，而感興趣的只是市民俗事，生活趣事。一翻開報紙，先看第四版「體育」，追隨蘇少泉神采飛揚的球賽報導，領略中國健兒海內外風貌；再看頭版「五層樓下」，行走街頭巷尾，傾聽市民心聲；然後再讀第三版的「花地」、「晚會」，品味劉逸生的唐詩小札，也記住了歐陽山、陳殘雲、秦牧、蕭殷等一大批嶺南著名作家的大名。

到我出國前的九十年代初，晚報再不是傳統的四版了，已擴展為八大版。經過六十年代末文革的停刊和七十年代末粉碎「四人幫」後的復刊，晚報繼續擦亮自己的文化「招牌」——「花地」、「晚會」，而且還多了一道特色菜——微音專欄「街談巷議」。這也是我一直不離不棄晚報的原因。

由於從事文學工作，供職於省作家協會，我對「花地」特別「心儀」。過去從「花地」認識的那些名作家，許多都成為我的

領導和老師。主持晚報復刊的前輩作家，如吳有恆、楊家文等，因工作上的接觸，也對我產生影響。我不知不覺也蹚入「花地」筆耕，並與編輯、文化記者為友，與眾多的文友為「花地」添枝加葉，分享芳香。我曾在北京學習呆過幾年，感受到中國文壇對晚報「花地」的口碑。所以去國前夜，我讀著「花地」上文友的作品，真有點依依不捨，留戀著「花地」這塊芳草園。

在悉尼落腳不久，我就在唐人街的中文書店發現了《羊城晚報》，他鄉遇知音，那分驚喜就別說了。可能是方便空運的緣故，晚報是一周一捆地賣，三塊多澳元一捆。當時初來乍到，工作還沒著落，生活花銷錢只出不進，三元多可是幾頓飯錢了，真有點捨不得。但我還是買了一周的晚報，讀著讀著，才找回了一點現實的感覺。

居澳的最初日子，筆耕多年的我，沒寫一個字，我以為再也不會拿筆了。但異域生活，異國文化，日夜震盪著我的心靈，終於有一天半夜，我爬起來疾筆寫下了《初識悉尼》。這是我在海外寫的第一篇文字，沒有多想就投給了千里迢迢的《羊城晚報》。晚報不僅刊登了，而且還給我開了個欄目「悉尼寫真」，讓我重拾寫作，把在澳生活的所見所聞所歷所感系列地發表出來。這些文章後來結集成書《悉尼寫真》，由福建海峽文藝出版社出版。

正是晚報，讓我在海外的寫作一發不可收拾，出了一本又一本的書，還有機會重返報界工作。

有一天，有位來自福州的女士挾著一本《悉尼寫真》到報社找我，說出國前特意託人買到這本書，感謝我讓她對即將生活的澳大利亞有了一些感性認知，並請我對人生地不熟的她給予幫

助和指點。這種事情的發生並非一兩次。有位南海艦隊的退役老人來電話約請我，見面時，他拿出一本「悉尼寫真」的剪報，紙張有點發黃，但卻一篇一篇剪貼得整整齊齊。他說，移民前看到《羊城晚報》上的文章，如獲至寶，細細讀完還鉸下來保存。他原先對西方生活有點惶恐，看了文章後有了思想準備，來澳後比較快就能適應了。可見，晚報是讀者社會生活的指南，也是讀者與作者的橋樑。

在悉尼街頭上，晚報的一位女編輯舉著「悉尼寫真」的剪報，一臉驚訝對我說，你就是那位作者呀？晚報，成了我們的話題，後來她也成了我的太太。晚報竟充當了我們的「紅娘」。

在悉尼有不少羊城晚報人，時有聚會，他們來澳後雖然大多棄文從商，但說起晚報的昨天與今天，還是那麼投入，那麼難以忘懷。也許是性格使然，我比他們「幸運」一點，仍在媒體打滾，而且更靠近了晚報。

千禧之年元旦，我作為特約記者，在《羊城晚報》上撰寫了《悉尼不夜候千禧，嶺南焰火來添裝》的報導，介紹了南半球的澳大利亞千禧除夕狂歡夜的盛況。

2004年，羊城晚報集團屬下的廣州《新快報》，在悉尼創辦了《澳洲新快報》，成為中國媒體在海外開辦的第一家日報，我在旗下任職副總編輯，成了名副其實的半個晚報人。晚報的品牌，提升了我們報紙在讀者和商家中的形象。有位曾是晚報副刊「晚會」的老作者，因而找到我說，終於在澳洲有了自己的報紙，他可以繼續投稿了。果然，他繼續成為報紙的熱心讀者和作者。

晚報的品牌，在海外也顯示出凝聚力。

曾任羊城晚報總編輯的吳有恆，是位行伍出身的老革命。他晚年曾寫下一首詩，驕傲地宣稱：「我是羊城晚報人」，顯示其棄官從文，毫不言悔的骨氣。

　　而我在此自稱是半個晚報人，並無可驕傲之處，只是表達自己讀報，辦報，為報寫作的某種人生經驗而已。與己自勉，與你分享。

叩開文學之門

　　看到美國文心社徵集《曬曬我的處女／男作》，心裡沉澱了一下：是啊，究竟自己的文學之路，何時「破處」？

　　文心社是以北美為重鎮的海外華文文學沙龍。海外華人能堅持華文寫作的，大多是中華文化的發燒友。我算不上高燒，但當初的文學之夢還是有的。忽然興之所至，便翻箱倒櫃，終於找出了那份剪報。剪報的紙張已經發黃，因為是三十九年前從刊出的雜誌上鉸下來的，雜誌早就沒保留了。

　　說實在，這已不是我署名的第一篇鉛字，但應該是我正式發表的第一篇文學作品吧！它是一篇二千字的小說評論，發表於1978年6月號的《廣東文藝》上。

　　《廣東文藝》是一份文學月刊（後復名《作品》），是廣東省作家協會主辦的雜誌。當年我在省文藝中專畢業分配到編輯部當見習編輯。

　　這是我人生的轉機。我是文化大革命的初中學生，在紅色狂潮中停課「鬧革命」，荒廢學業。之後又被上山下鄉的的浪潮拋甩到天涯海角，在海南軍墾農場頭頂烈日，汗灑南疆「煉紅心」，幾乎不知文學為何物。1976年有機會入讀廣東省藝術學校文學講訓班，有幸得到歐陽山、陳殘雲、秦牧、蕭殷等老作家的指點，似乎激活了自己的文學夢想。

　　當初我的本意是想寫小說的，誰知偏偏把我安排到評論組，

每天處理評論來稿，或留用、或退稿，每篇都要寫上詳細的閱稿意見。此外，我還要為單位做會議記錄，為老作家作發言整理，還要給報紙寫些文藝簡訊之類，這些文字雜務，無疑也是一種文學眼光的考驗及文筆的磨練。畢竟看著別人的文稿經常從自己及同事的手中刊發，心裡老是癢癢的。

那時，剛好《廣東文藝》刊登了一篇叫《芙瑞達》的短篇小說，描述中國外交官眼中的一位非洲女孩的反抗形象。作為小妾，她受盡主人的欺凌，沒有能力作高人上的抗爭，而是耍盡孩童式惡作劇的把戲；而中國外交官礙於「友好國家」的關係，深表同情卻愛莫能助。讀完小說，我呆了半響，完全被那清新的內容所感染，久久不能平靜。這篇後來獲首屆全國優秀短篇小說獎的佳作，題材獨特，文筆清新，一掃當時文壇盛行的說教僵硬之風，引起了社會反響。作為評論編輯，我讀了一些讀者的來信，情不自禁也隨手塗鴉了一段評介文字，從典型環境與典型性格關係的角度，直抒心中之閱讀感受。

拙稿送到正病中住院的主編蕭殷手中，他親自執筆為它作了潤飾，並寫下詳細的審批意見，決定發表。那天我到醫院取稿，他興奮地跟我嘮叨著，差點連吃藥都忘了。聽著這位全國著名評論家聲音沙啞的指點，看著稿簽上那紅色的密密麻麻的蠅頭小字，我真不好意思放下自己手中的筆了。這篇處女作《真實感人的藝術形象——讀〈芙瑞達〉有感》很快便在《廣東文藝》1978年6月號上刊出了，還拿到了我的第一筆稿費，大約二、三十塊錢吧。當我捧著那帶著墨香的文章，看著自己那鉛印的署名時，忽然悟到了自己藝術感覺中的理性氣質，內心湧起了一股激情，一種慾望。

想不到，就是這篇二千字的處女作，令我由此進入了文學角色，惶惶然當真做起批評來。後經魯迅文學院進修及北大深造並在個人興趣的驅使下，我自此一發不可收拾，編輯之餘，在全國各地報刊源源不斷地發表文學評論。雖然這篇稚嫩的處女作，還殘留著當時社會的文風套路，後來都沒有收進我出版的幾本評論集子中，但冥冥中卻似乎劃定了我在寫作上理論批評的位置。

　　後來移民澳洲，因社會環境變了，文學氛圍變了，批評對象變了，我慢慢淡出了江湖。且一直忙於打工，未免筆墨疏懶，但文學之緣未盡，斷斷續續還在塗鴉，轉而寫些散文、小說、紀實文學之類的作品。評論與創作，是文學的兩條腿，相互作用而前行，其思維與表述方式，雖然是兩條路子，但藝術觸覺卻是共通的。回想起來，正是這篇處女作，一舉中的，為我青澀的人生叩開了文學之門。

閱讀的尷尬

　　哈佛大學燕京圖書館的張鳳女士，給了我幾個關於讀書的題目讓我回答。寫作人嘛，自然脫不了讀書的干係。在她誠懇催促之下，我本想用些許時間作答把它了結，可是，面對那幾個看似簡單的問題，卻一時不知如何作答。對我來說，那都是些朦朦朧朧的感覺，並非一句話就能說清楚的。

　　認真想來，無論在中國，還是在澳洲，我的閱讀都可以說是一種尷尬。

　　本身亦是作家、著有《哈佛心影錄》等書的張女士首先問我，走上文學之路，受哪些書的影響？

　　這個問題，我曾見過許多作家輕輕鬆鬆，哇啦哇啦地就說上了一大通。我卻有點語塞。因為我不知道，確實不知道。印象中，似乎沒有具體哪本書直接地深深地影響了我。但細細琢磨，古今中外的名著對我都有潛移默化的作用。

　　由於生長在中國那個特殊的政治環境裡，除了魯迅、楊朔這些教學範文外，首先進入我閱讀視野的無疑是那些「革命鬥爭」故事。就是上世紀五、六十年代中國的巨著「三紅一創」（《紅日》《紅巖》《紅旗譜》和《創業史》），以及風靡一時的《青春之歌》《林海雪原》《鐵道遊擊隊》《艷陽天》等。那是文化大革命中，學校停課鬧革命，紅衛兵出盡風頭的日子裡，我沒啥事幹，也不懂跟著上街造反，就整天躲在被砸爛的學校圖書館

裡，在那堆積如山的禁書中胡翻亂看，消磨時光。平常上圖書館，是要按字母翻卡片挑書，還要規規矩矩辦借還手續的。現在可好，十幾噸的書刊從地下往上堆，像個小山包，有兩三米高，我和幾個小同學，就踩著亂七八糟的書爬到書堆頂上，到處亂爬，隨手亂翻，很放肆。很多書名我不懂，聞所未聞，只管挑封面有「英雄氣概」的看。

那時在北京報社工作的父親受審查，我在廣州家中也乘機把他的藏書翻個遍。父親每次從北京回來，都帶回很多書，而且很多打包都沒拆封的。我卻不厭其煩從床底下把一包包書拖出來，撕開包裝翻找。當然，主要還是蘇俄小說如《毀滅》《鐵流》和高爾基的三部曲等。還有那本《青年近衛軍》，因為我的名字就取自於書中的主人翁，二次大戰中為國捐軀的蘇聯英雄奧列格。不過，因為年紀尚小，看書也只是囫圇吞棗。

後來上山下鄉，也沒機會看書了。那時在海南島軍墾農場，每日頭頂藍天，腳踏黃泥，鋤頭不離手，汗水不離身，除了「紅寶書」，就不知書為何物了。之後，為了千方百計回城，便選擇報考文藝中專這條路。當時在公社的書店裡，買了唯一的文藝刊物《朝霞》來參考，也就知道了「革命樣板戲」的創作原則「三突出」。這個突出英雄人物的「創作原則」也讓我矇混過關，入讀了省城的文學班，進而沾上文學界。幸而「三突出」的原創們很快進了牢房，加之本人天性愚笨，「三突出」始終不入腦，但也誤導不小。

我真正開始自覺地閱讀，是八十年代進了中國作家協會文學講習所（後改名魯迅文學院）編輯評論班之後。其時讀了俄國文藝理論家別林斯基、車爾尼雪夫斯基、杜勃留羅波夫的著作，

讀了英法俄美大文豪如狄更斯、莎士比亞、雨果、巴爾扎克、托爾斯泰、馬克‧吐溫等人的名著。可以說，我走上文學之路是從「別、車、杜」體系和十九世紀批評現實主義起步的。

這時期，當然少不了讀中國的古典文學理論《文心雕龍》、四大名著「三國、水滸、西遊、紅樓」，還有「三言二拍」（《喻世明言》《警世通言》《醒世恆言》《初刻拍案驚奇》《二刻拍案驚奇》），以及現代文學大師巴金、茅盾、老舍、曹禺等人的作品。這對我的文藝修養和文筆的磨練有明顯作用，但與當代文學思潮也有點脫節。

我開放性的閱讀，還是在北京大學中文系作家班深造時。在新潮的學術氣氛下，我補讀了个少歐美現代派作品，弗洛伊德的「意識流」、薩特的「存在主義」、卡夫卡的「荒誕派」，以及喬伊斯、米蘭‧昆德拉、還有海明威等許多諾貝爾獎得主的作品也粗讀一遍。這些貪婪的閱讀雖然有時也不求甚解，但確實也大開眼界。

同時，我也對中國現代文學中曾被遺忘被冷落的作家作品發生了興趣。如三十年代新感覺派穆時英、施蟄存，四十年代錢鍾書、沈從文、張愛玲、梁實秋、林語堂、周作人等，給我耳目一新。

八十年代末，隨著對港台文學的解禁，我也產生閱讀的願望。除香港的劉以鬯、台灣的三毛等外，我還特別喜歡閱讀海外作家作品，如白先勇《台北人》、於梨華《又見棕櫚，又見棕櫚》、聶華苓《青桑與桃紅》、趙淑俠《我們的歌》、龍應台的評論等。當然，在中國大陸、香港、台灣風行一時的梁羽生、金庸、古龍的武俠小說，也讀得津津有味，甚至瓊瑤的愛情悲劇我

也涉獵。這讓我知道彼岸也有一片明媚的文學天空。

因為從事編輯、評論工作，八十年代中國作家的主要作品也幾乎一網打盡，像王蒙、王安憶、賈平凹、莫言等人的作品常一睹為快。這有助於我把握中國的文學脈搏。

說起來羞愧，九十年代移居澳大利亞後，因環境的改變和興趣的轉移，我除了看看中文報章和部分文友的贈書以外，已很少閱讀中文書籍。像《一個人的聖經》《上海寶貝》《烏鴉》等也是因我在報上編發連載才過目。換句話說，離開了中華文化的國度，我的閱讀觸角遲鈍了，閱讀興趣減弱了。

回想起來，六、七十年代無意識的閱讀，是一種殘缺的文學啟蒙；八十年代廣泛的閱讀，雖形成多元的文藝觀念，也難免眼花撩亂陷入一種迷思；而九十年代的疏離閱讀，則反映了文學神經的疲勞。如果說，我究竟受哪些作家作品影響，只能說，廣納百家，潛移默化。

張鳳又問，哪幾位讀書人對我有影響？我同樣含糊不清。

不過，我比較欽佩的是那些學識豐富而又藝術靈動的學者型作家，像中國大陸的錢鍾書、台灣的白先勇、香港的梁羽生這類文人雅士。他們不僅能提供我的閱讀興趣，也能提升我的人格力量。他們閱讀廣泛，思考深刻，落筆有神，說的、做的、寫的都有一種人生價值。而對那些狷狂、作秀的大才子如李敖等，則文章可看，人品存疑。

要說我讀書寫書有何特別癖性習慣，我似無特別。

我閱讀雖多且雜，但多而不濫，雜而不亂，大抵是有計畫有系統去挑選著讀，不習慣隨手拿起什麼就讀什麼。因為時間有限，閱讀不是為了消磨時間，而是想吸納一些知識，了解一些人

生經驗，總希望看有價值有內涵的東西。所以我把閱讀作為一種文化積累，一種性情陶冶。如果為消遣娛樂，我倒是喜歡看看影視作品。所以，讀書，我是認真挑選的，看影視，我是隨性的。

過去我讀書喜歡做筆記，寫卡片，寫文章也喜歡引經據典，抄錄名言，現在卻不會了，只通過大腦的過濾把精華留下，再經過消化變成自己的東西，用自己的創意去表達。所以，我的寫作很少去長篇累贅地引述別人的資料，不厭其煩地去復述別人的觀點，而是比較直接表達自己的想法，所以文章都比較短小，成不了大氣候。

寫作時，有人喜歡喝杯濃茶，有人喜歡伴著音樂，有人能在喧鬧中走筆，我卻不煙不酒，需要安寧。構思時，視而不見，聽而不聞；下筆時，不思睡眠，不思茶飯，你就是端來龍蝦皇帝蟹，我也食之無味。

我的寫作不會事先設定要寫什麼，而是經歷過體驗過之後，覺得有話要說才發而為文。所以我不喜歡寫命題作文，不喜歡應酬稿約，不喜歡因應市場跟風行文。雖然我也不能脫俗，但寫這類文章時，很難激發我的藝術靈動。

我也不是那種一揮而就、一氣呵成的急才，總是醞釀成熟才慢慢下筆。我不是那種一稿寫出不再看一眼就寄出的人，總要反覆看幾遍，不僅要修改得自己讀來暢順，也要把標點符號寫清楚，因為標點符號是一種閱讀節奏，是文章效果的一部分。沒用電腦寫作之前，我爬格子總是規規矩矩，省得編輯老爺和打字小姐皺眉頭。我也是老編，最忌那種沒行沒段沒標點龍飛鳳舞的「書法家」。

我現在的寫作大體上是三部曲：睡夢中構思，上班在火車上

爬格子勾勒，晚上在電腦前敲打成文。家中干擾多多，而火車上我可「目空一切」，倒是最佳寫作狀態。

　　張鳳女士還要追問我最喜歡哪幾本書？我這個人比較中庸，從來不會過份激烈，所以也很少有「最」的狀態。讀來淋漓痛快，欣喜若狂，或味同嚼蠟，不忍卒讀的書卻多了，實在說不出哪些是「最」。也許是性格中缺少那種「激烈」「癲狂」，所以我塗鴉了幾百萬字，出了十餘本書，至今還沒有一篇「最」滿意的文字，都是溫吞水而已。

　　這就是我的一種閱讀的尷尬和寫作的遺憾。

穿行於歷史文化中

　　不管生活在國內還是海外，每個作家都有不同的生活經歷，不同的觀察視角，不同的人生感悟，不同的藝術氣質，所以，也總有不同的藝術表現角度。有些生活在海外的作家，仍然喜歡寫中國的故事，或「雙城記」，用跨國跨文化的眼光重新打量中國經驗，自有獨到之處。而我則較留意移居異域的人物和故事，喜歡用中國經驗比照異國經歷，中華文化比較西方文化，從華人的角度感知西方社會，從中捕捉海外中國人的生存體悟。

一

　　過去我是搞文學批評的，初到澳大利亞時，出於專業習慣，還是比較關注澳洲華文文學的狀況，寫些有關澳華文壇的評論文字，出版了《澳華文人百態》。因在華文媒體工作，也接觸了不少來自於中國大陸、香港、台灣及本地生長的華裔文化人，為其在西方國度前赴後繼進行艱難的中華文化之旅所感動，以禿筆記錄其蹤跡，出版了人物專訪《澳華名士風采》。但同時，新的社會環境、新的生活體驗，讓我有種創作衝動，所以寫作興趣逐漸轉向小說、散文、紀實文學的創作，寫澳洲華人的故事，寫中國人在海外五光十色、酸甜苦辣的生存體驗。

　　為什麼要寫海外華人的故事？雖然身在異鄉，文化與血緣使我與母國仍有一種難捨難分的精神維繫，但在新的人文環境下，

我的生活重心，我的精力所在，當然是此時此地，所以我的關注點離不開身處的環境，周遭的人與事。而且，我覺得這些人與事，都與我的生活息息相關，都與我的情感共鳴，與我的精神共振。我認為，自己既然生活在澳洲寫作於澳洲，就應更多去表現自己眼中的澳洲生活。所以我的著筆點，都是從澳洲華人的獨特視角去透視這個過去不為中國人所熟悉的西方社會。早期的《悉尼寫真》、《澳洲風流》，以及稍後的《家在悉尼》，就是我對這些華人生存狀況的一種散點透視。

不過，現在我則更多地穿行於歷史文化中，寫些與澳洲華人歷史有關的紀實性作品，既想為這些真實的、典範的人物作傳，同時也想為澳華歷史留下些文字印痕。

二

我首先比較留意的是上世紀八十年代後移居澳洲的中國人。這是中國首次打開國門，讓國人走向西方世界。而首次踏出國門的這一代人，經歷了中國社會的動蕩，走出國門看到了一片新天地。這片天地不僅與他們過去的人生經驗大不相同，而且與他們的文化背景也迥然不同。從經驗、文化、甚至經濟上來說，他們幾乎一無所有，一切要從頭開始，但他們有一種可貴的東西，就是中華民族的不屈不饒的奮鬥精神。所以他們經歷了重新適應，不斷追求的努力之後，不少人完成了文化的跨越，身分的轉換，在異域開花結果。我接觸過不少這些人，也採訪過一些人，從他們身上看到了中國人的生存能力，看到了中華文化在異域土壤扎根的生命力。

上世紀八十年代末出國留學、打工的俞淑琴，就是這群人

中的佼佼者。俞淑琴是悉尼歌劇院的「終身藝術家」。悉尼歌劇院，不僅是現代文明的標誌，也是音樂藝術的象徵。而在這個在西方享有盛譽的藝術殿堂裡，曾活躍著一批出道於中國大陸的華裔音樂家，如女高音俞淑琴、女中音馬柯露、男高音丁毅、男低音藍小明、首席小提琴手孫毅、黃抒提等。他們能夠站在歌劇院舞台，與西人藝術家比肩，實屬不易。而其中俞淑琴的經歷，更為曲折更為典型。

俞淑琴原是中國東方歌舞團的專業歌手，出過五張個人唱片，但和當年出國大潮的所有留學生一樣，都經歷過打工的艱辛。她當過清潔工、餐館工，攻讀了音樂學院十一門課程，掌握了英、法、德、意及拉丁語，最後在西方舞台成名，並拿過各類國際性獎項。在跟她幾次交談中，我覺得她對於自己生活和藝術道路上闖蕩的艱辛，成名的榮耀，都看得比較淡，她看重的是如何把中華文化融入西洋文化，推陳出新，蹚出一條中西合璧的藝術人生之路。在她獲聘悉尼歌劇院「終身藝術家」之後，卻毅然辭掉歌劇院全職，做一個自由藝術家，並探尋商品社會中的藝術生存之道。音樂大賽當別人唱了許多詠歎調之後，她卻來首中國經典名曲。她出版的個人演唱專輯CD，醉心於用洋腔唱中國民歌。從她身上我看到了她的美，美在創意，美在追求，美在人生，也看到了一個更廣義的「中國夢」。於是我以紀實文學《飛出悉尼歌劇院——澳洲著名華裔歌唱家的藝術人生》，寫下她笑看藝術人生的心路歷程。

當年，在悉尼和墨爾本，都有很多原中國的專業藝術家改行打工。拉琴的縫紉，唱歌的叫賣，吹號的吸塵，跳舞的搬運，作曲的洗碗……你若在唐人街或留學生聚居的地方找藝術家，喊一

聲保證一呼百應。每個新移民在澳洲都有一個美好的夢，有人成功了，有人幻滅了，更多的人仍在探尋之中。不管是得是失，或是在追求中，你都會在一種新的生活環境裡，對自己的人生觀、價值觀得以重新確認、選擇及定位，這絕對是銘心刻骨的，又是值得大書特書的。我就是從人物的經歷中著墨於生活對其人生觀、價值觀的深刻影響。

三

　　華人在海外拼搏，既是為了自身的生存發展，但無疑也同時在海外推廣了中華文化，用自己的行為抒寫了一個「開放式」的「中國故事」。

　　我認識了在悉尼開武館的孫大法。其人功力深厚，經歷神奇。當年中央新聞紀錄電影廠只拍攝了兩位武術氣功大師的個人專題片，一個是海燈法師，另一個就是《神功奇技》的孫大法。他也曾被上海派往香港，當了金庸的氣功教頭。作為武術氣功名師，尤其是在中國功夫走向世界的大環境下，他本應可以因此專長而致富，但他對富貴功名並不在乎，心中只有武術氣功，只顧埋頭傳功授徒。也許他一生打滾於草根階層，習慣於流徙遊走，在澳洲他有房子，但不講究享樂，只過著簡樸的生活，沒有它想、它求，惟有中國武術氣功。他為人豪爽，仗義助人，很有口碑，於才技於人品，都可大書一筆。這也是我這個功夫外行者，也要為他作傳的原因。

　　說起來，我是從純文學出道的，當初更是從俄羅斯的「別車杜」（別林斯基、車爾尼雪夫斯基、杜勃留羅波夫）文藝理論體系入門，在那個政治環境下，歐美的批判現實主義和中國的魯

迅、巴金、「三紅一創」（《紅日》《紅巖》《紅旗譜》和《創業史》）就是閱讀範本。所以到了八十年代末，一接觸到香港的武俠小說時，既覺得無所適從，也覺得新鮮好玩，確實展示了一片新視野。

我雖然不是武俠小說迷，但確實也喜歡金庸、梁羽生的武俠小說，一捧上手，也會通宵追讀。我並不是讓他們筆下的刀光劍影所迷惑，而是為書中的俠骨丹心、人情文韻所醉心。金庸和梁羽生這兩位新派武俠文學大師，都有很深的古典文學功力，也有很紮實的文史根基，所以其書通俗也很文藝。

我移民澳洲後，也有幸與晚年定居悉尼的梁羽生交往，為其學識淵博而折服。金庸家人也定居墨爾本，金庸往返於香港澳洲之間，可惜我緣慳一面，但從其書及報刊上其言談中，也深感其如一座中華文化的知識寶庫。後來得知孫大法是金庸的氣功、太極老師，產生了採寫興趣，其實是對孫大法神奇經歷的好奇，也是對金庸的敬慕，想藉著孫師傅的親歷感受走近金大俠，感悟大師其人。

我敬佩金庸和梁羽生這兩位前輩。至於武俠書中的武功打鬥，我倒是看作為一種文字遊戲。我對中國的武術氣功知之皮毛，什麼飛簷走壁、暗器點穴之類，我認為都是文學描寫，藝術誇張；對於上世紀八十年代曾風靡中國的氣功，也疑疑惑惑，認為是狂迷而產生的魔幻效果。接觸了孫大法之後，從其經歷，從其照片，從其影視，以及有關中國武術、氣功發展的資料中，對中國功夫增加了許多感性和理性的認知。

中華武術、氣功，確實源遠流長，豐富深邃，既是一個存在並發展的實體，也是一種幻化並漂游的意念。惟其如此，中國功

夫才根植民心，征服世界，成為令人歎服的傳統文化，引人探究的邊緣科學。至於如何理解，如何運用，如何看待，那就因人而異。但防身抗擊，養生健體、祛病療疾，肯定是中華武術、氣功的正面效應。

孫大法是個重武疏文的武師，用文藝的話說，就是個粗線條的人。隨著歲月的流逝，他的許多生涯細節，都在記憶中淡化，只留下人生的大輪廓。好在他保存有一些老照片，及一些報導他的相關文字，我順著他的思路，盡可能複製細節，印證其人生傳奇，以《我教金庸功夫──悉尼武術氣功名家孫大法傳奇》，與讀者一起分享孫大法名師的傳奇故事，也分享中華武術、氣功的精妙風采。

四

除了關注當下華人，我對中國人在澳洲的歷史也頗感興趣。關於澳洲華人歷史，澳大利亞官方資料有所記載，但較零星散碎。悉尼大學華裔教授劉渭平蒐集官方資料作研究，出版了《澳洲華僑史》和《大洋洲華人史事叢稿》，李承基先生也根據官方史料編譯了《澳洲華裔參軍史略》，還有張威翻譯的兩本澳洲學者所著的《紅帶子、金剪子──悉尼華人史》、《公民們──澳大利亞華人史》，以及中國學者黃昆章所著《澳大利亞華僑華人史》。這些書我都看過了，對於中國人開發澳洲的歷史留下深刻印象。但是這些專著對華人歷史還留有一些空白，特別是細節方面，所以我希望自己能用形象化的筆觸，表現某些具體的歷史和人物，去延伸這些歷史記載。

比如說，悉尼唐人街是如何形成的呢？唐人街的中國人生活

又是怎樣的？史書記載不多，也不甚明確。但唐人街有位老僑領方勁武先生，是唐人街的「活字典」。他是1946年就隨家人來到悉尼唐人街，長在唐人街，創業於唐人街，目睹了唐人街半個世紀的變遷，見證了唐人街腳步蹣跚的發展，因而也被尊稱為「唐人街之王」。與他交談，大凡說到唐人街，他總是滔滔不絕，如數家珍。於是我就從他的親身經歷並參考有關史料，拼湊起悉尼唐人街的歷史碎片，讓讀者從這幅歷史拼圖中，看到海外華裔異域生存的陽光與陰影。

第一個到悉尼定居的中國人，是1818年來自廣州的木匠麥世英，他的後裔現在仍在悉尼居住。雖有官方記載，但以上幾本史書都沒提及。而悉尼唐人街的起始也並非今天的街區及規模。悉尼開埠之初，華人及其店鋪首先立足於港口的巖石區。而唐人街的第一次出現，是1880年於坎布街，經過近百年的變遷，於1975年在德信街立起一座木牌坊「中澳友善」，才確認了新的唐人街。當年華人還組成美化唐人街委員會，拜訪悉尼市政府，商討合作開發唐人街，這是歷史上華人團體第一次有機會與市政府官員坐下來交談。過去市政府是不肯與華人直接打交道的，除了有中澳雙方官員身分、並有英裔妻子的梅光達之外，沒有一個華人能見官。1980年，唐人街建成新牌坊，市長親臨剪綵，唐人街才正式被官方認可，正式標註在悉尼市區版圖上。2000年悉尼奧運會，方勁武手執火炬，將聖火穿越唐人街，標誌著唐人街走出歷史陰影，突破自我局限，走向廣闊空間。我拂去塵封的歷史，觸摸到生命的體溫，以《悉尼唐人街的歷史拼圖》描述了這個世紀的變遷，留下了澳洲華人歷史的映像。

五

　　記得當年我要到澳洲，在廣州中山醫學院附屬醫院體檢時，看到有一批鄉下人也在體檢，也是出國到澳洲的，一問，都是來自粵西地區的高要農村。我好生奇怪，那年頭辦出國不容易，能辦的都是城裡人，大都是去留學的，而這些鄉下人怎麼就這麼容易出國呢？到了悉尼才知道，這些人是來種菜的。在悉尼，到處都有中餐館，都可以吃到家鄉菜。連雜貨店、超市都可以買到中國品種的各式蔬菜。而這些菜，幾乎都是澳洲的高要人種的。在悉尼一帶，大約80%的菜園是由高要人經營的。

　　於是，我開始關注高要菜農的情況。他們有自己的同鄉會「洪福堂」，有自己的高要廟「洪聖宮」，也有自己的貿易公司，都是上百年歷史的老字號了。雖然今天他們的子女在澳洲長大後都不再種菜，轉型為各類專業人士，但高要人仍一代一代從家鄉移居澳洲，接棒種菜。我翻閱了一些資料，知道旅居海外的高要人中，大多數定居於澳洲，約有六萬四千之眾。在澳洲當時六十五萬華人中，一個小小的縣市，人數比率已是相當高了。比起台山、開平、東莞、中山這些逾百年的老僑社群，高要人較為低調，但每當中國、澳洲及國際上發生地震、水災、海嘯、飢餓時，高要人都是唐人街慈善捐款的大戶。

　　當我捧著碗裡的飯菜時，經常會想到高要菜農。遺憾的是，即使史料上也略有提及高要人種菜，但沒有明確的標註，更沒有一幅完整的畫面，也沒有引起人們應有的關注。今天在悉尼，許多當地華人或中國遊客，吃著新鮮的中國蔬菜體味著鄉情的時候，卻渾然不知這些菜產自高要人手中，不知澳洲華人史上，除

了有個淘金熱外，還有一個種菜潮，這也是今天中國餐館遍地開花的一個淵源。所以我一直很想寫出這個許多人所不知的史實。幸而遇上退休菜農蔡裕權先生，他為我提供了他的家族資料，促成我為其家族作傳。

蔡家四代都在悉尼種菜，曾祖父是鴉片戰爭後抵澳的，祖父、父親都見證了澳洲蔬菜種植技術的發展，而他本人，也經歷了悉尼菜園的變遷。當年胡耀邦、趙紫陽等中國領導人來訪悉尼，他父親作為僑領，也是歡迎宴會的座上賓。從蔡氏身上，我看到了海外中國人奮發圖強的精神品格。

作傳寫史，既要描畫歷史發展的軌跡，也要探究人與事物背後的原因及其影響。我從時代背景，社會環境，華人處境來透視高要菜農的精神及其行為。他們既有吃苦耐勞的精神，也有傳統手工技藝，在白人當道，華人受歧視的生存夾縫中，他們選擇了條件艱苦的行業，擔當了自己所能承擔的社會角色，在與白人競爭中開拓出一片天地，並代代相傳。

我寫的是家史，但又不僅僅是蔡氏四代的家史。我參照澳洲華人的歷史，結合澳洲高要人史跡，把《菜園人生——澳洲蔡氏四代種菜傳奇》寫成澳洲高要人一百四十年的種菜史，這其實也是一個半世紀澳洲中國移民的奮鬥史。

六

寫海外華人的故事，也有各種寫法。我自己則比較喜歡從文化的層面落墨，從一種文化視野中去品味人情世態，在似輕似重的文化層面中透視社會人生。

我以為，社會的深層結構是文化，人的深層意識也是文化。

文化影響著社會，文化左右著人。尤其我生活在澳洲並切身領受著中西兩種文化之後，更感受到不同文化的無形巨力。當然，文化改造著社會改造著人，而社會和人也改造著文化。所以我比較關注各種文化形式，文化心態，文化行為，以及各種人在這種文化影響下的生存狀態。

文化，是世界文明的創造。在人類歷史長河中，經歷過時間的淘洗，能留下的精神和物質，仍然是文化。澳洲華人的生存之道，歸根到底也是某種意義上的中華文化之旅，從局外人到邊緣人，再到融入主流群體，華人被巨大的文化推力驅使，不斷尋覓、吸納、蛻變，最終改變其歷史地位，完成了角色轉換。俞淑琴藝術與生活的開放與兼容，是一種文化實踐；孫大法向華洋傳功授徒，是一種文化推廣；唐人街生存及發展，也是一種文化交融的痛苦過程；而澳洲華人種菜歷史，更是一種文化基因下的行為選擇。我總是有意無意用作品去表達我對歷史文化的認識，對民族形象的把握，及對社會風情的理解。

人在澳洲，家住悉尼，總要「入鄉隨俗」，用澳洲人的價值觀融入本地生活。但經受了中華文化薰陶，流淌著炎黃子孫血液，我也不能抹煞傳統文化的背景。我既有母國情結，也有居住國情懷，既有中華魂，也有澳洲心。正是這種雙重身分，雙重背景，造就了我生活與寫作的雙重視角。無論是小說、散文、紀實文學及評論，我都自然而然地穿行於歷史文化中，試圖在歷史與現實，東方與西方的交集中，揣摸一種新的語境，尋求一種新的話語。然而，自覺火候未到，仍需努力。

風物之行　心跡之旅

　　現在中國人旅遊的越來越多了，社會發展，生活改善，海內海外遊已成為許多國人消閒的常態。寫遊記的人也很多，發表遊記的報刊也多。旅遊文學在文學類型中，應該是數量較大的一類吧。可奇怪的是，旅遊文學書籍的出版市場並不是很大，出版社對旅遊文學興趣也是不太高，認為是小眾市場，出版種類雖多，但銷量有限。可能是寫的太濫、太雷同而失去了市場吧。即使出版有關旅遊的書，大都側重於旅遊指南之類的實用性工具書，如旅遊路線，景點介紹，交通食宿，名勝推薦，美食品嚐等，這類旅遊攻略雖然五花八門，大量出版，但與旅遊文學是兩回事。

　　旅遊文學，不僅是寫行走的觀景，更是寫行走體驗的一種心靈共振。旅遊文學是一種文化玩味，一種藝術賞讀，一種精神境界，一種融入個體心靈的生命體驗。經歷不同，興趣不同，視點不同，心態不同，每個人的旅遊感受也會有所不同，所以描寫表述也應有別。寫得好，寫得獨到，應該是有市場的。我個人就喜歡閱讀好的遊記，輕鬆智趣，擴展視野。當然，我自己也喜歡寫點旅遊文字。

　　我喜歡旅遊，因為可以增長見識，增長閱歷，增長情趣。在中國生活時，就常常利用出差、會議、學習的機會，忙裡偷閒去觀光攬勝。但當時只是出於好奇好玩，消閒消遣，眼前的風物景象往往曇花一現，時過境遷。所以我在中國寫了許多文學評論，

也有不少散文或小說，但好像沒有一篇旅遊文字。

移居澳大利亞後，我的旅遊興趣有增無減，工作之餘，驅車環澳遊，郵輪島國遊，還會飛歐美，返中國，遊得不亦樂乎，看得眼花繚亂。不過，意識中已不僅僅是好奇好玩而已，而是想藉此多點機會探知世界，認知社會，感知環境。於是，多了一點留心，多了一點咀嚼，多了一點文字記錄，旅遊散記寫作便成了我的愛好，成了我創作的一個重要環節。

其實，離別母國，移民海外，我就知道是一條離散漂移放逐之路。這並非僅指物質化的衣食住行的轉換，更是指精神家園的尋尋覓覓上下求索。因為它打破了一種固有的傳統的生活序列，而進入一種不穩定不確實卻又充滿期待的生活狀態。所以，生活在海外，也是遊走於世界，你便總在路上，四面顧盼，腳不停步。

我之所以選擇上路，就是想換個視角，從一種動態中去觀察、去體驗、去認知這個世界。而這個有得有失也有趣的過程，無疑可以豐富人生，深化認知。我很陶醉這個過程，也饒有興味用手中之筆，去描述這個過程，體認這個過程。而旅遊散記的抒寫，也是這種精神享受的過程。

對於旅遊散記，我無意去思考什麼社會人生之類的大課題，只是想真真正正、實實在在去感觸不同的自然生態、不同的社會環境、不同的生活領域。每當這種直觀實感與原先的經驗碰撞而擦出思想火花，生出萬般感觸時，可能就是我人生成長的一個節點。

我的前半生在中國成長，經歷了時代風雲，社會風雨，對中國有種刻心銘骨的認知，但對於世界，卻往往一知半解，甚至

很大程度上偏激無知。我的後半生在海外浸淫，觸摸著不同的世界，昔日與當下，時間與空間，都有很大的反差。我感受著世界溫熱的同時，也看到故國天翻地覆的變化。所以，無論重返中國行走，還是在海外遊歷，我都會用中國／世界，歷史／當下的雙重眼光去打量、去比照，從中修止自己的認知，充實自己的經驗，並咀嚼出一種生活意味。

　　囿於時代的局限，過去難免用單一的視角去看中國看世界，所以往往只看到一種平面的表層的映像。現在有了時空的參照系，可以看到立體的多維的映像，中國／世界，歷史／當下，構成了一個真實而豐富的存在。無論在中國遊山玩水，抑或在外國觀光探勝，眼前的映像總與我的生活經歷、社會認知疊合融和。可以說，我筆下流淌的，都是物景與心境，感性與理性的交集，並以此重構出一個跨時空跨文化跨地域的生活圖景。這種雙重視角，可以令我的思維穿越時空，也驅使筆墨努力向深度滲透，向維度延伸。

　　視角往往體現作者的眼界，作品的個性。作者在觀察事物，觀察生活時，往往會有一種執著的眼光，有一個慣常的視點。我們看一些旅遊風光的影視片，覺得鏡頭之下景物都很美。這是因為拍攝鏡頭是經過選擇的，是將許多局部凝聚在一起，去強化，去放大，所以美的效果很強烈。而你若親臨現場，身在其中，所看到的則是分散的，也是全景式的，美陋交錯，精蕪混雜，眼睛所見與鏡頭感覺，就會有落差。而寫遊記，如同拍片，也是有一種鏡頭的框定，筆墨的指向，也就是說，有種視角的選擇，有種記憶的過濾。那種流水賬式的記錄，順著時序，貼著腳步，走到哪兒寫到哪兒，看到什麼都依次錄下的遊記，其實也是一種選

擇。只不過，有些人不懂區分主次輕重，粗細濃淡，其焦點含混模糊，缺乏鮮明特色及個性氣質罷了。當然，那種側重於地理勘查，環境探秘，眼見為實的遊記，另當別論，它也有人文天文的資料價值。而那些只帶眼，不走心的遊記鋪天蓋地，也影響了人們閱讀的興趣。要避免遊記寫作的同質化，就必需要有作者個人的鮮明視角，有筆下景物的個性選擇。

一般說來，遊記有兩種基本寫法：一種是用美文抒發對自然美景的觀賞情愫，鏡頭聚焦於精緻的景物；另一種是透過人文景觀的描畫，傳導對社會形態的感知，筆墨浸淫於多彩的風俗民情上。兩種寫法，沒有高下之分，只是角度不同，風格各異而已。當然，許多時候，兩種寫法也是兼而有之的，只是側重有所不同罷了。就我個人口味而言，我較喜歡閱讀描畫人情世態的文筆，也許是我對歷史文化世態人情的關注，更大於對風花雪月自然景物的興趣吧。而我個人的寫作習慣，也喜歡透過山水風光的背後展示風俗民情，引入一種歷史文化的思考，讓自己讓讀者從中品味。

我沒有敘述的野心，只想心寧地觀察，安靜地表述。如果用諸如政治學、歷史學、文化學之類的概念去定義我的風物散記文字，那還是屬觀賞性的旅遊學範疇。如果說我的山水之旅，也有那麼一點歷史文化之旅的元素，是因為我對山水世界、花鳥景觀不是特別敏感的人，而對山水花鳥背後所發散的世俗人情卻有著特別的興致，所以我總是透過山水風光，去品味民風民俗民情，去感悟社會文化底蘊，從人與自然的對應關係中力圖去把握一種生命律動。所以，我的旅遊文字，也可看作是一種「文化散記」吧！

我的遊記散文大體可分兩類，一是遊玩神州山水，領略故國風貌；二是漫遊世界各地，感受異域風情。

　　神州之行，當然也不是一般的山水遊，而是我在海外定居九年之後，對西方風情有所領悟之後，開始往返中國，且次數逐漸增多，於十多年之間穿行於華夏大地的東南西北而產生的所見所聞所思所感。這些旅行，有的是探親自由行，有的是會議後散心遊，也有的是受邀採風，公的私的、個人的集體的、正式的隨意的都有，形式不同，感受各異，但視角都是用一種海外華人的眼光去觀察，用中西方文化去感受，所以也生發出不少感慨。

　　而遊走世界各地，雖然眼見的都是歐美亞澳多國風情，但其實也常常是用中國文化、中國經驗去比照，去揣摩，所以某種程度上，其筆下也是對中國風情的另一種映襯、折射。

　　也許我在中國當了多年的編輯，在澳洲也長期從事媒體工作，所以下筆時，腦海裡總會自然而然地浮現出一個大盤，也即全局，然後去俯視每個情景，每個細節，有如藍天下聽絲絲和風，碧海中看朵朵浪花。

　　譬如去歐美，我肯定會依據自己日常積累所掌握的信息，想到這些國家的歷史縱橫，時代風雲，再與眼前的某個小景，某件小物，某種風情聯繫起來，從中去捕捉某種感覺。當我看到美國西部沙漠的公路竟然會一塵不染時，不期然就想到它的國力；看到慕尼黑奧運村是在戰後廢墟上用全城瓦礫填平後再來建造的，就會聯想起德國的民族精神；看到倫敦古舊殘破的建築，也會對其殖民歷史浮想聯翩。

　　又比如看中國，我既熟悉又陌生，歷史映像和眼前實景必然會交織淘洗。在上海看到街頭標語的變化、廁所的改觀，就感受

到文明進程的步伐；在廈門看到霾遮霧罩，就感知社會轉型的兩難處境；在青島啤酒節看到男女登台比試豪飲，也會理解青島人與國際接軌的信心與決心。或許可以說，這是大處著眼，小處著筆吧！

我的遊記文字，無論寫國內域外，雖角度不同，情景有異，但其實都是在講一個中國故事，一個大中華的故事。我深知自己講不了大故事，那就用自己的眼自己的心去講一些有溫度有熱力的小故事吧。人生旅途，世事遊歷，即使只把風雲當風月，也可樂在其中了。

拙書《故鄉的雲、異域的風》這部二十多萬字的旅遊散記，或許可以說，在一定程度上展示了我的旅遊文學寫作的心跡。當然，這些書寫，都僅僅是個人的觀感，個人的理解，也不知能否撩起讀者的興趣，引起讀者的共鳴，但肯定是我這個生命個體的一種人生感悟。

風物之行，心跡之旅，也算是我對旅遊文學寫作的一種感悟吧！

當黑髮黑眼遇上金髮碧眼

和平書畫悉尼展丹青

　　「中國書畫作品包含著對中華民族五千年優秀傳統的繼承，包含著每位作者十年，數十年堅持不懈的苦苦追求。通過這些作品，能夠讓世界多一分溫馨與親情，讓人類多一分文明與進步，就是書畫家莫大的欣慰。」鄭州市中國書畫家協會主席禹化興站在展廳裡對我介紹著畫展。

　　那是2003年11月29日下午，一個平凡的周末，座落在悉尼北區車士活的中華文化中心，卻一片熱氣騰騰，熱鬧非凡。為期十天的「第八屆世界和平書畫展」在此隆重揭幕。

　　在來自中國的六十餘幅書畫精品，及來自歐、美、亞、澳四大洲的上百幅作品前，政要、僑領、文人握手道賀，少兒、家長、觀眾更是歡聲笑語。以世界各地青少年作品為主的書畫展，為人們帶來了和平及友誼。

　　書畫展開幕典禮上，除禹化興外，還有幾位專程從中國趕來的書畫家：中國書畫人才研修中心客座副教授朱海良、黃河文化藝術研究院畫師禹文等，一臉喜氣洋洋地張羅著，歡迎前來的嘉賓朋友。原來他們都是書畫展的組織者之一。在悉尼著名女畫家、本次書畫展組委會秘書長兼執行主任委員舒偉敏的引薦下，我特意採訪了他們，請他們介紹世界和平書畫展的來龍去脈……。

　　飄逸清瘦、一身風骨的禹化興先生，已是第二次來悉尼了。

他說：「五年前，第三屆世界和平書畫展曾在悉尼舉行，我也來了。當時的中國駐悉尼總領事吳克明先生曾給我們提過十二個字：『弘揚華夏丹青，傳播和平友誼』。這十二個字確實概括了書畫展的宗旨。中國人大副委員長費孝通還為我們親筆提寫了『世界和平書畫展』。這次再度在悉尼展出，向澳洲書畫界朋友、觀眾提供藝術鑒賞和心靈溝通的機會，也表示對悉尼人民的一個良好祝願吧！」

禹化興先生是世界和平書畫展組委會法人代表，書畫展活動就是由他帶頭在鄭州發起的，並得到韓國、澳大利亞、美國、法國、日本、馬來西亞以及香港、台灣等國際書畫界朋友的響應。書畫展是個國際書畫合作組織，由八國（地區）朋友共同負責、聯手舉辦。第一屆世界和平書畫展1994年在鄭州舉行，得到當地政府的重視和支持。以後各屆則輪流在各國舉行。禹化興先生親自參與了八屆活動的組織籌備及畫冊出版的工作。「十年來，我們已展出近千件書畫名家的藝術精品、數十萬件各國青少年兒童作品。書畫家通過自己的作品在各地展示，介紹華夏文化，也兼顧各國藝術。中國提供的書畫作品基本覆蓋了全國各地的知名書畫家，代表了中國的傳統藝術。書畫展是文化交流，可以溝通各地人民相互了解，促進和平，造福於社會。」禹化興先生興致勃勃地說。

書畫展既是書畫方面的國際文化交流，又是一項公益活動。書畫作品在那個國家展出，是代表了書畫家對這個國家的一種感情和願望。這很富於創意，得到了各方的好評。前七屆畫展所到之處，都受到當地官方和群眾的熱烈歡迎和支持。如第六屆在法國巴黎舉行時，聯合國科教文組織的幹事、法國文化領導人等都

出席了，巴黎十三區的區長也親自參加了剪綵活動，給予熱情鼓勵。

本屆書畫展，也獲得澳大利亞律政部長盧鐸的祝賀。他原定親自出席開幕剪綵，但因臨時公務在身難以抽空，便特意委託聯邦國會上議員Ross Lightfoot到會代讀賀信。Ross Lightfoot上議員除了讚揚書畫展給澳中兩國人民帶來的友誼之外，並特別對華人為澳洲所作的重大貢獻表示感謝！

對這種傳播中華文化，有益和平發展的做法，中國駐悉尼總領事館也一如既往地給予大力支持。廖志洪總領事和李金生文化領事、張敏領事百忙中親自到會剪綵。廖志洪總領事代表總領館對畫展的成功舉辦表示了祝賀。他說，這次畫展在悉尼舉辦有四大特點：一是促進中澳兩國文化交流和人民的友誼，推動澳洲的多元文化；二是以青少年兒童作品為主，讓孩子從小學習中國書畫，有助於將來弘揚中華文化；三是以「世界和平」為主題，讓孩子從小接受熱愛和平的思想；四是畫展在世界各國輪流展出，增進各國的文化交流和友誼。

顧名思義，「世界和平書畫展」就是以書畫宣揚世界和平。「和平是全世界的事情，著眼於未來的發展，我們也希望下一代人樹立和平觀念。通過書畫展這樣的活動，讓青少年幼小的心靈種下和平的種子。」禹化興先生介紹說，1995年聯合國成立五十周年，中國政府特意向聯合國贈送了一個象徵性的「世紀寶鼎」，如今它仍樹立在聯合國花園裡。當時的聯合國秘書長加利稱寶鼎是「和平穩定發展的象徵」，一百八十多個國家元首就在這個寶鼎前確定了二十一世紀是和平發展的主題。「根據這樣的原則，我們把青少年兒童作品列為書畫展重要的一部分，對他們

從小培養一種世界全局的觀念及和平友誼的思想。給他們評獎，對他們鼓勵，在他們幼小的心靈中通過藝術學習提高自己的素質。」

本次書畫展中，不光有九十歲的國家一級美術師，更有年僅四歲的小畫家。而舒偉敏老師執教的三十多位悉尼學生的獲獎作品，也引起家長及觀眾的極大興趣。悉尼著名僑領周光明先生在開幕致辭中，就特別讚揚了舒偉敏老師十多年來在海外堅持弘揚中華文化所作的努力！書畫展組委會還特別向舒偉敏女士頒發了兩獎項。一是因其八屆均積極參與畫展組委工作而獲「國際文化交流獎」，二是因其多年輔導學生作畫傳播中華文化貢獻突出而被授予「悉尼世界和平書畫展特別榮譽獎」。當舒偉敏女士從廖志洪總領事和Ross Lightfoot上議員手中接過大獎杯和獎牌時，她的三十多位獲作品獎學生也喜氣洋洋地捧上了光閃閃的小獎杯。

書畫展上除了舒偉敏學生的獲獎作品外，還有來自四大洲的少兒朋友的獲獎作品。這些作品很特別，組委會把這近千幅作品拍成照片，拼成一個「世界和平鐘」，形成了一幅整體的巨作，掛在畫展一角，特別惹人注目。

提起「世界和平鐘」，禹化興先生興致勃勃說：「今年9月21日，聯合國秘書長安南就在聯合國花園敲響了『世界和平鐘』。這個和平鐘是用世界五大洲兒童捐獻的輔幣製作的，是全球團結的象徵。我們這幅『世界和平鐘』作品，就代表了這些少年兒童對世界和平的一種願望。因為世界少兒作品很多，我們就用這種形式密集地高度濃縮地把這個主題表現出來。」

世界和平書畫展每屆在各國舉行都有各自的主題。而本屆的主題就是：紀念聯合國宣佈「世界和平日」。事緣去年9月20

日，聯合國大會決議：把每年9月21日定為「停火和非暴力」的世界和平日。這一天，世界各地絕對停止戰爭行動，讓人去反省暴力行為是否明智。安南秘書長希望各國政府以及非政府的各種組織要以多種形式紀念這個活動，所以今年悉尼的書畫展就響應聯合國的呼籲，以紀念「世界和平日」為主題。

禹化興先生說：「這就是悉尼書畫展不同以往的一個特點。你可以看到，除了那幅『世界和平鐘』少兒作品外，展廳中還懸掛著兩幅長條畫布，有十米長。這是由中國不同地區的少年兒童共同繪畫的。我們也希望澳洲的兒童也參與，在上面塗色、簽名，再把條幅寄去巴黎。明年1月14日巴黎舉行彩妝大遊行，當地華人將穿著盛裝拉著這一長條幅在香榭麗舍大街上展示。然後再把長條幅送到下一屆主辦國馬來西亞的書畫展上展出。這寄託一種國際性的願望，也是一種象徵性的表達。」

對於選送參展的作品，禹化興先生說：「我們的評選比較慎重、嚴格。目前的中國畫發展有多種風格，有傳統的、正宗的，也有現代的、前衛的。我們的評選立足於傳統的東西，著眼於向海外介紹中華民族根深蒂固的、經過考驗而大家認可的東西。個人探索性、嘗試性的東西我們暫時放一放。但我們評選作品的範圍覆蓋面很廣，中國的東南西北都有，通過各省文聯推薦藝術造詣較高的幾幅作品，再由我們評選參展。」

這次澳洲參展的作品也具多樣化，既有小朋友的國畫，也有著名漫畫家丁兆慶為澳大利亞總理何華德夫婦畫的漫畫肖像；既有舒偉敏的不同風格的山水畫，又有旅澳畫家王連元教授的油畫、水粉畫。

王連元教授是功力深厚、多次獲獎的中年畫家，是哈爾濱師

範大學藝術學院教授。其夫人王玨、兒子王子銘也是專業畫家，一家三口曾在哈爾濱舉辦過畫展，被稱為「三王藝術」。這次王連元教授繪畫的何華德夫婦、周光明夫婦、盧鐸的肖像畫惟妙惟肖，形神兼備，喜獲本屆書畫展金獎。

禹化興先生本人也是一位著名中國畫家，曾擔任全國美展評委，作品曾入選港、台和日、韓書畫展。他擅長於畫松，自青年時代起，數次遠遊名山大川，遍訪名松，對松之姿態神韻、生長規律，心領神會，了然於胸。中年以後，以其在科學美術、東西方繪畫多方面的藝術功力，創作了多姿多彩的松作。這次畫展，他就拿了兩幅盤曲蒼勁的松壽圖參展。他說：「松樹，大概是我個人的一種人生表達吧！」

世界和平書畫展藝術委員會主任委員朱海良教授則是位書法家，無錫人。他也有幾十年的書法經驗積累，悉心研習顏、歐、柳、隸、行草諸體，擅長行書。他的書法教育也卓有成效，曾在電視台主講書法講座，也獲國際青少年書法十大名師稱號，出版數本書法專著。這次書畫展，就專門有一個「朱海良中國書法班青少年作品」專題。他的學生，七、八歲字就寫得很瀟灑、很漂亮。

一臉和藹可親的朱教授，還是第一次來悉尼，但上次他和禹化興先生去了巴黎參加書畫展，還收了巴黎的學生函授書法呢！他認為，海外的小孩也可以學書法，可以通過函授教育，看錄像學習，把作業寄給老師批改。「學習書法，既要接受傳統藝術，又要結合實用。在巴黎我們就看到，有些洋人不僅有法文名字，還要以有中文名字為榮耀，特意花五歐元寫個中文名，大大的書法字，裝在鏡框裡，覺得很有趣。原來中文名字是這樣寫的呵，

他們對中國文字感到很神祕。這也是對書法的一種向往，使寫中文名字的生意非常好。」朱教授還說，如果澳洲有學生感興趣學書法，他可以採取函授執教。

文靜的禹文女士，專攻工筆畫，這次她拿了三幅工筆畫參展。這是三幅很特別的畫，是根據宋代宮廷畫家武宗元的《八十七神仙卷》設色重繪。該畫是描寫天上仙界南極天君和東華天君偕眾仙女出行，前去朝見元始天尊的行列。畫作用筆暢達、形象動人、氣勢恢弘，表現中國傳統文化對美的理想，備受歷代推崇，捧為國寶。但該畫當時沒有完成全作，只是個草稿。禹文女士現在重新繪畫，添上顏色，讓其更加燦爛。這次特約展出的《故國神韻》是原作的三段局部。禹文畫師為此畫竟花了半年時間哩！

禹文畫師一直配合禹化興先生作各屆畫展的組織工作。她第一次來悉尼，覺得這地方很美。談到畫展，她有一個強烈的願望：「十年來，我們的活動一直受到海外華人及各國的支持，全球覆蓋面有歐、亞、美、澳四大洲，獨缺非洲。我們希望非洲有對中國書畫感興趣並願意通過書畫傳播和平友誼的人士加入。和平是每一個人的願望。這個主題是不分國界的；書畫也是不分國界的，藝術是相通的。」

對此，禹化興先生也深有同感：「聯合國掛的『世界和平鐘』，是寫世界五大洲兒童，而我們現在的活動只寫四大洲，不能寫五大洲，是個遺憾。」

遺憾總是伴隨著希望，相信世界和平書畫展將會實現五大洲聯手的願望，成為世界和平友誼的天使！

當黑髮黑眼遇上金髮碧眼

卷四
人生情緣

隨性隨情，逐夢結緣，也是一種人生感悟。

有這麼一位父親

　　有這麼一位父親，為了照看傷殘的兒子，放棄了中國的教授工作，趕來悉尼，二十多年如一日，陪伴在兒子身邊，端水、餵飯。

　　這位父親，為了癱瘓的兒子，快六十歲了，還去學駕駛，考車牌，屢敗屢戰，終於能開車帶著兒子到海灘、上飯館，讓兒子尋求一點快樂。

　　深愛的父親，就是原河南大學藝術系繪畫教授王儒伯；不幸的兒子，就是在下班路上遭歹徒搶劫毆殘的旅澳上海留學生王沙城。

　　當我見到這位父親的時候，他已是白髮蒼蒼，而從他手上的照片看到，兒子也開始銀絲爬頭。真是歲月如梭，親情永在。

　　王教授教了大半生的書，卻很少跟兒子在一起。因為政治運動，他和太太朱馨欣從上海被貶到河南開封，同在大學授畫。幼小的兒子則留在上海爺爺奶奶家。夫婦倆每年假期才回一次上海看看兒子。兒子有父母的藝術基因，長大後在上海古籍出版社當美術編輯，設計的圖書《聊齋誌異》封面，還得了全國三等獎，這是當年獲獎者中唯一的年輕人。

　　1987年，這位躊躇滿志的年輕人赴澳留學，當地華文報社聘用了他。他給父母寫信說，澳洲太好了，好人太多了。父母給他回信，提醒道，你還是要注意，縱然好人一萬個，若有一個壞

人，你就得小心。經歷過風風雨雨的父母，總覺得兒子沙沙把事情都看得太簡單、太美好了。果真，剛給兒子回了信，就出事了。

王教授回憶說，現在想起來，真是命運！沙沙雖然有這麼美好的想法，還是出事了。

那是1988年，他才二十九歲。那天傍晚，他下班回家走出了火車站，突然從拐角裡竄出兩三個黑影，在他頭上猛地一敲，他當即暈倒。也許搶錢的歹徒覺得他身強力壯，怕他反抗，所以先打昏再掏錢。可是他並沒有什麼錢，只是穿得西裝革履。因為剛到澳洲，又在報社工作，比較注意儀表，結果喝了點酒的土著歹徒，就以為他大概是有錢人。但從他袋裡沒掏出錢，只有一個手錶，一張機票。機票是他準備飛去美國與太太相會的。歹徒拿走了手錶，仍下了機票。

在醫院裡，醫生把他頭顱打開，拉出一塊桔子大小的血瘀，手術順利，可他則昏迷不醒。

接到中國駐悉尼總領事館打來的電報，王教授夫婦還不大相信，怎麼可能呢？他們匆匆飛到悉尼，沙沙也終於從昏迷中醒了過來，可永遠癱瘓了。

沙沙腦子壞了以後，手都是往裡彎，腳卻往外拐的，需要用石膏糾正動作。用石膏、鐵板作固定，對手腳形成了壓力，等到解開時，肉已經爛了，就把爛肉挖掉，重新上藥，再打上石膏。幾次反覆，不光是兒子肉體痛，父母的心也在疼。

沙沙一直發高燒不退，每天要用十字架立起來站著，用冰袋敷，用電風扇吹，來降發燙的體溫。這個情形與中國很不一樣。在中國，發燒都是捂汗，用熱水敷，這裡恰恰相反。王教授問，

能否不用風扇，不用冰袋？醫生說不行，澳洲人也是如此做。沙沙至今一見風扇就怕，直嚷著要關掉。

王教授又問，能不能吃中藥？醫院說，如果要用中藥，你們要把藥的化學成分告訴我們。可中藥的化學成分哪能弄懂，也沒法翻譯。在澳洲用藥，必需要註冊醫生，而中醫卻不獲政府認可。後來有一位華裔西醫對王教授說，我也懂一點中醫，知道中藥能退燒。你去請高明的中醫來開藥，我來簽名。結果很簡單，開了兩三天的藥，吃了幾次，就退燒了。醫院也覺得奇怪，怎麼就會好了呢？

經醫生診斷，沙沙腦癱瘓95%，左邊手腳完全不能動，右邊能動一點，但不能伸展控制。拿個筆等於一把抓。眼睛也看不清楚，吃飯、上廁所，一定要有人護理。醫生護士很忙，王教授每天去幫忙兩三次，早上一次，晚上一次，中午有時也要去。沙沙躺在那裡能二十四小時不動，不會自己翻身，坐著如果身體歪了，就永遠那樣歪著，不會起來。所以王教授去幫忙翻翻身，喂喂飯，清潔衛生，讓兒子少受點罪。

兒媳婦也從美國趕來護理。後來王教授覺得這樣下去不行，會耽誤人家，就讓他們辦了離婚，自己來承擔照看兒子。

平時王教授坐巴士去護理院，但周末巴士少，得開車去。為了方便照看兒子，王教授只好學駕駛。一般人考車牌，一兩次就行了，可王教授卻考了十七、八次。

他說，我來澳時五十五歲，快六十歲了才學開車。每次路考，要一百多元。開始是請華人教，便宜點，考了幾次都通不過。人家說，可能是華人教的關係，考官不容易通過。我就找洋人教，還是考不出來。考不出來有幾個原因，一是年紀偏大，二

是英語差。考官說「向左」，我要反應一下才聽懂。後來家人都不讓我考了，一是怕我出危險，二是經濟壓力大，老考不過，要花銷多少?!只有兒子願意我考，因為他知道，我考不出來，他就永遠坐在護理院裡。他說，爸爸，去考吧去考吧！結果我還真的考出來了。

王教授買了輛八百五十元的舊車，帶著兒子到處兜風。那時他的身體還行，可以把兒子弄上車，拉著到海邊、公園、飯店轉轉，兒子那高興勁，別提了。馬季來悉尼表演相聲，王教授也把兒子拉去看了。

護理院也知道王教授的厲害。他們兩三個人還管不好沙沙，王教授一個人就能管他走路，帶他從三樓走下一樓。護士都說，你們中國人厲害。

王教授說，兒子七十五公斤，我才四十九公斤，比他矮一頭，我卻能幫他上樓下樓，幫他上車。兒子也很開心，讓我拉他走一走，到飯店吃飯，換換口味，蠻好的。沙沙的咀嚼功能差，但味覺很好，知道紅燒肉好吃，周末就拉他回家裡燒一點給他吃，調劑一下口味，否則他的生活就沒樂趣了。他唯一的樂趣就是吃嘛！後來，他越來越重，我年紀也越來越大，所以就買了一輛帶吊車的麵包車，繼續帶他到處走。另外，每周有兩三次，保險公司也會派人來帶他去走走，吃吃飯。幸虧報社給他買了保險，所有治療康復費用全由保險公司出。這也是不幸中的大幸。

辛苦的卻是家人，二十多年如一日去照看他。有些人不理解，不過王教授喜歡哄自己。他說，在電視上看到，有塊聖母像石頭會出汗流淚，大家都去拜，那石頭價值幾千萬。我兒子就像塊石頭，不但會出汗會流淚，還會叫我聲「爸爸」，我的這塊石

頭也值幾千萬吶，很寶貴。三五十歲的兒子，我還能親親、抱抱，別人能行嗎？這樣一想，我就很開心了，何必煩惱呢？既成事實，煩惱也沒用。

父親也常哄兒子，對他說，你現在是世界上最幸福的人了。飯來張口，我餵你，衣來也不用伸手，我幫你穿。世界上最好的地方是悉尼，陽光明媚，空氣新鮮，你就住在這兒，連爸媽都來這裡陪你了。

有個護士說，要帶沙沙去上海世博會，他高興死了，寫個條子給父親，說護士要帶他去看世博，明天就要坐大飛機去上海。父親告訴他，這個事情辦不到，因為這裡有吊車，我可以幫你上廁所。如果中國沒吊車，上旅店，上醫院，護士骨頭斷了也弄不好你。護士聽了說，哎呀，我想得太簡單了。

父親對兒子說，你病太重，不能出遠門，還是我在這裡想辦法讓你高興吧，可以帶你去坐飛機。悉尼就有小飛機觀光服務，在上空轉一圈半小時。他跟父親上了飛機，看到海闊天空，高興死了。他一放鬆、一開心，精神狀態就會好一些。要知道，他在床上躺了二十多年，好人也會躺傻。

正常人的眼光是錐狀的，可以看兩邊，而他的眼睛是管狀視線，只有直直一點，看你是直直的看，邊上的其他人他看不到。他畫畫也是這樣，光在一點上畫，你要是不移動紙張，他的筆墨就重複了。沙沙的畫也參加了殘疾人畫展，有賣的有展的，還蠻受歡迎，他也很高興。有時他會主動說，想畫畫。父親就為他鋪紙，幫他移動筆和紙。

王教授習慣隨身帶著速寫本，照顧兒子之餘，有時還畫點畫。一畫畫，腦子就清醒了，什麼麻煩都不想。

父母兒子三人原先都是專業畫家，於是三人一起出了個畫冊，叫《朱馨欣、王儒伯、王沙城畫集》，在悉尼開了個畫展，把一家三口的舊作和新作，王教授的油畫及國畫，朱老師的水彩畫，沙沙的印象派一起展出，各有風味，還賣出三、四十幅畫。

　　我翻開精美的畫冊，扉頁上印有王教授剛勁的筆墨：「幾支禿筆幾張紙，畫罷東西畫南北，樂在其中」。這絕對是王教授現在的心境。

　　他說，我這個人很相信命運，相信隨緣，能爭取就爭取，不能辦到的，將就就可以了。不要想十全十美。天堂也沒有十全十美，如果左右有區別的話，你坐在上帝的左邊，那右邊誰坐？我常對兒子說，你現在的生活是最好的，我們已經在天堂了。在澳洲，悉尼是最好的，在這裡生活就不錯了。我們這一生還是蠻有福氣的，要隨遇而安，知足常樂。

　　隨遇而安，父子情深，在悉尼晃過了二十多年！

也有這麼一位老人

　　我曾寫過一篇文章《有這麼一位父親》，講的是上海留學生來澳不久，晚上回家路上被土著擊頭搶劫，生命垂危，遠在中國的父母即辭去教授職務，趕來悉尼照護兒子。為了讓全身癱瘓的兒子能夠過得開心一點，年近六十歲的父親去學開車，屢敗屢戰，考了十八次路試，終於考出駕照，買了輛八百五十元的舊車，載著傷殘的兒子到海灘兜風，到餐館嚐美食，到劇場看馬季的相聲，還到機場讓兒子乘上小飛機俯瞰悉尼。也許是這位父親無怨無悔的拳拳之心，切切之情感人吧，文章在上海《文匯報》發表後，被多家報刊轉載。

　　其實，對這位悲戚的留學生奉上愛心的，何止父母?!當年許多不相識的人，都伸出了熱情之手。不僅有這麼一位父親，其中，也有這麼一位老人，只是因篇幅關係，我一時沒法寫進那篇文章裡。

　　記得這位父親，原河南大學藝術系繪畫教授王儒伯先生，在跟我談起兒子的不幸時，也由衷地感謝當年各方相助的人，尤其是一位老人，讓他們夫婦能留下來陪伴兒子。這位老人雖然已經去世了，但王教授的感恩之心，老人的大愛之情，我至今仍歷歷在目，不能忘懷，願在此記下一筆。

　　這位老人，就是大名鼎鼎的陳錫恩，當年的澳大利亞華人首富。

陳錫恩是民國期間來澳闖蕩的商人，王教授則是來自於紅色中國的文人，他們背景不同，也不相識。但陳先生是虔誠的基督徒，而王教授夫婦，就是在教堂裡與陳錫恩夫婦有緣相會的。

　　王教授夫婦是在紅旗飄飄那個年代教育出來的人，當然不信神，不信教。但兒子來澳後，就參加了華人長老會的活動。所以兒子出事後，王教授夫婦匆匆趕來悉尼，教會就幫他們在城裡租了個房子住下。這讓他們對教會有了一點心靈感應。

　　兒子經過醫院搶救後雖然甦醒了，但卻落下個全身癱瘓，需康復治療。這可是曠日持久的痛苦過程。而教授夫婦自身的生活也成了問題。有報社為教授夫婦組織個人畫展，以解決其生活費用。當時他們連畫筆畫架都沒帶，只好臨時買些筆、紙等工具。王教授白天去醫院看兒子，早上和晚上就畫些畫。王教授夫人朱馨欣，也是繪畫教授，就整天在家裡趕畫。畫展受到各方熱心人士捧場，紛紛掏錢買畫，總算幫補一下王家的生活。

　　教會裡有位山東人樓先生，看到王教授夫婦生活有困難，就把弟弟介紹給他們。弟弟也是位熱心人，愛好畫畫，不僅跟他們學畫，還租了個教室，為教授夫婦組織了十來個老頭老太每週開班學畫。這樣，王教授夫婦的生活可以維持下來。

　　教會給了王教授夫婦很多幫助，讓他們對教會刮目相看。雖然他們不是教徒，但為了表示感謝，也跟著去教堂做禮拜，也算湊湊熱鬧吧。他們感覺教堂氣氛很好，那裡的人很誠懇，問寒問暖，總會給他們以幫助。他們不僅去兒子去的長老會，也去北悉尼的華人基督教會。而陳錫恩夫婦，也每週必去那裡做禮拜。

　　有一次，陳先生太太在教堂門口，對正愁眉苦臉走來的王教授說：你們日子這麼困難，想不想定居呀？

王教授說：我們也想呀，就不知怎麼個弄法！

　　當初來澳，只是為了看兒子，沒想到兒子病情這麼嚴重，整天躺在床上，生活不能自理，需要長期陪伴照料。沒有居留身分，就不能留在兒子身邊。但他們也不懂如何辦理定居手續。

　　陳太太說：這樣吧，我在教堂幫你們籌集簽名，把簽名呈報給移民局，說您們面臨這麼多困難，教會這麼多人都希望你們留下。你看行不行？

　　王教授一聽，嚇壞了，忙擺擺手說：謝謝你們的好意，不必了。

　　當時王教授還是中國人慣有的那種觀念：這簽名運動不就是威脅政府嗎？他想，將來我的事辦不成，你們也被打成「反革命」，我受得了嗎？他說：算了算了。他實在怕連累他們，勸陳太太別搞了。

　　後來有一次，樓先生問王教授：你想不想辦定居啊？王教授說：想，可不知怎麼辦？也不想連累別人。樓先生說，我來幫你辦。

　　在悉尼，樓家也是一個有名的家族。樓先生是工黨黨員，當時工黨在台上，他可以跟上面反映情況。他說：我本來想退黨了，但先把你這樁事辦好了再說。

　　王教授很感激，忙說：行，就請你幫個忙！

　　樓先生又說：有兩個條件，第一，我辦成辦不成，你都不能向任何人說。我樓家有很多親戚朋友，都想找我辦事，我沒有辦，也沒法辦，但我就想幫你試試，所以你不能說，否則人家就埋怨我，怎麼幫外人不幫家人。第二，你不能申請澳洲政府的救濟金。

王教授沒有申請救濟金，他們也不懂申請。這兩件事王教授都答應了，然後樓先生就去進行疏通。

過了一些日子，樓先生來說：王老師，事情快成了，移民局理解你們的處境，基本同意了，可必需要有經濟擔保。這事還要麻煩你，找朋友看看，有沒有人肯擔保你的？

當時王教授夫婦就住在艾士菲，認識一位老闆，經常來往，有時還一起吃飯。王教授問他：我們打算定居，就差經濟擔保了，能不能幫個忙？他一聽是經濟擔保，口氣全變了，連說：不，不！

王教授心裡納悶：你平時蠻氣派的，為什麼一說經濟擔保就搖頭？他想起來了，以前媳婦從上海到美國去，也要找經濟擔保，她有親戚在香港做生意的，也不肯擔保。因為擔保時，要把個人所有財產和私人信息公佈給政府，不能有絲毫錯漏或隱瞞，很不方便。平時請你吃喝點沒啥，但要把財產和私人信息擺上台面，涉及隱私，就不好辦了。

王教授找了好些人，都碰了壁，才明白，這經濟擔保是這麼的難，不是有錢沒錢的問題。他懊喪地告訴樓先生：實在沒辦法了，要擔保的不僅是我一個，還有太太、兒子、媳婦、女兒一大幫子人，不好辦。

真是進退兩難。樓先生撓撓腦袋，問：你跟陳錫恩關係如何？王教授說：在教會認識，但沒深交。樓先生說：你可以去問問他。王教授很猶豫：他是富商，唐人街名流，行嗎？樓先生沉思片刻，說：問總比不問好。

禮拜天，王教授夫婦上教堂，又見到了陳錫恩先生。每次到教堂，這位老人都會在教堂門口微笑著分發聖經。王教授接過聖

經，躊躇了半天，還是對陳先生吞吞吐吐地說起來。

陳先生一聽，第一句話就是：你找對人了，沒問題，我來幫忙。

好爽快！王教授夫婦真是喜出望外。

很快，陳先生就拿來了厚厚一疊材料，是打字的，從他當初拿五塊美金來澳創業，從紡織業到製衣業到房地產業，怎麼起家怎麼發展怎麼致富，都清清楚楚寫上了，還列明所有財產；也把王教授一家的工作生活都作了安排，可以幹什麼工作，拿多少錢，都一一列出。王教授感動得都不知該怎麼說謝謝，一個不相識的富商，把自己整個家底都露出來了，在尊重隱私權的社會，就是不可思議的。

材料交上去幾個月，沒有下文。王教授有點著急了，陳先生卻安慰他：沒有信息就是好信息。過了一段時間，陳先生見還沒回音，便親自上堪培拉去追問：我上了這麼多稅，你們怎麼還不辦？過幾天，果然批下來了。

陳錫恩的公司，在悉尼市中心。他的辦公室在寫字樓第五層，一般人都只能到四層，不能再上去。他卻通知前台文員：王教授來，就直接讓他上五樓見我。王教授一去，他都會在電梯門口等候，讓王教授很不好意思。「你是教授嘛！」陳先生毫不介懷。

陳先生很誠懇地幫忙解決了大難題，王教授很高興，要請他吃飯。他說：「好呀，你請吃飯，我請喝酒。你掏飯錢，我掏酒錢。」其實，酒錢比飯錢還貴呢！鑒於王教授對當地還不熟悉，陳先生還告訴他，到哪個飯館，可以又好又便宜，還特別提醒王教授：「你就說，是陳先生訂的菜，出品質量可以有保障的。」

當黑髮黑眼遇上金髮碧眼

王教授雖然沒有篤信神主，但已領略博愛之情懷；雖不是教友，卻和陳錫恩成為好友。王教授女兒結婚，陳先生也去參加婚禮，甚至比教授夫婦還早到場哩。

二十多年如一日，鬢髮如霜的王教授，仍每天到護理院陪伴著兒子。他對兒子說，在澳洲，悉尼是最好的，你在這裡生活蠻有福氣，這麼多人幫助你，幫助我，我們已經在天堂了，要隨遇而安，知足常樂。

如今，陳錫恩老人已經走了，操勞過度的朱馨欣教授也走了。相信他們在天國，還會為凡塵祈禱，為不幸的人祝福，為人間真愛唱誦。

藝術激活生命

中午時分，接到蒙娜電話，約我到悉尼市中心的退伍軍人俱樂部共晉午餐。恰巧，報社離俱樂部不遠，我應邀前往。

一踏入酒吧，似乎未見到蒙娜，倒是被掛滿牆上的畫作吸引了。迎面的一幅很搶眼，一條粉紅色的大魚在深藍的海水中浮游，臉圓圓、眼大大，婀娜多姿，似乎在好奇地打量食客的到來。我趨前一看，畫下角簽有「Mona」的名字，我頓然明白，蒙娜此番約我午膳的用意。

「蒙娜」（Mona），是她移居澳洲之後取的英文名字。她姓張，本名「燕芬」，燕芬的名字雖然很普通，但卻透出一點文儒與浪漫，這很切合她的氣質。她為何取名「蒙娜」？也許是潛而默化受達芬奇名畫「蒙娜麗莎」的影響吧。

她的確很有繪畫天分。

此時，蒙娜已看到我，並招呼我坐下，說，這裡的飯菜可口，而環境也特別。我仔細看了餐牌，原來酒吧還有個別致的、很有藝術味的名稱：藝術小畫廊。環視一下酒吧，幾面牆上錯落有致地掛了一些畫作，都是蒙娜的。真是個好創意，如果再有三五知己，邊嚐美食，邊賞畫作，漫聊藝術，那絕對就是個文藝沙龍了。

蒙娜的畫都是油畫類，畫面不是大海、大地，就是陽光、沙灘，或是魚兒、鳥兒，全都取材於大自然。在酒吧射燈的照耀

下，充滿了盎然生機，很有層次質感。我對蒙娜說，你的這些畫，只適合放在酒吧和西餐廳，很和諧，很能融入高雅的環境氛圍。試想想，如果掛在中餐館……，她笑說，對呀！

原來，她在中國開畫展時，畫界同行、畫廊老闆都說，她的畫很適合掛在高檔的場合，如豪華公寓、高雅辦公室、畫廊、酒吧等。的確，她的畫不是那種熱鬧喜慶的高唱，也不是那種輕舟揚帆的抒懷，而是寧靜安閒的獨白，自省自問的低吟，是一種自言自語，一種人與人、人與自然內心層面的交流。

幾年前，她曾在家鄉廣東中山市舉辦過個人畫展。其中一幅畫《澳洲神石》很獨特，一塊赭紅色的大巖石是畫的主體，在藍天綠草的背景下呈現出一種令人燃燒、讓人融化的張力。那塊天然巨石就是澳洲鼎鼎大名的鐵礦石——烏魯魯（Ululu），被稱之為「澳洲精神」。它方圓9.4公里，384米高，是世界上最大一塊鐵礦石，匐伏在澳洲中部，儼如澳洲心臟。

為了觀賞、探索這塊傳說中的神石，蒙娜千里迢迢飛到那片乾旱的紅沙漠中，撫摸它，感受它。那塊寸草不生的赭紅巨石，隨著時間和太陽的移動變換著色彩，由紅而紫而藍而綠而黃……全神貫注的蒙娜，為神石的巨大無比和絢麗多姿的變化而震撼，感悟到它的溫熱和心跳。

她知道，這塊巨石，象徵著澳洲豐富的鐵礦資源。正是這塊石頭的存在，改變了澳洲和中國的經濟命運，在本世紀初金融風暴席捲全球時，只有中國和澳洲能抵禦住風暴的衝擊。中國經濟崛起，需要大量礦石，而澳洲正滿足了中國的需求，也獲取了中國的資金以提升自身。她豁然開朗：這塊鐵礦象神石般存在，代表了澳洲資源的豐富和經濟的獨特，這就是值得世人驕傲的「澳

洲精神」。

　　她內心湧出一股創作衝動。三天後回到悉尼，她馬上鋪開油彩，沉醉於創作之中，一塊赭色巨石躍然畫布上。這幅油畫《澳洲神石》也曾在廣州金沙展覽館展出過，並受到關注。

　　蒙娜喜歡用西方畫中的色塊光澤，融入中國畫裡的簡潔寫意，藉著自然意象和筆墨虛實的結合，去創造一種欲說還休的意境，表達某種人生哲理。看看她的畫，無論魚鳥，都肥頭大眼，一副活潑憨厚、悠然自得、享受大自然的模樣。而大海、大地，即濃筆重彩，有一種與你逼近、無可抗拒的衝擊力。

　　我問蒙娜，你怎麼會找到這麼個酒吧展示你的畫作？她說是澳洲朋友看了她的畫後，很驚訝很感動，便建議她在這裡展示。這是她在悉尼的第二次畫展，上一次是在北區的文化藝術中心。她曾考慮過，把畫展辦在酒吧，是否會降低自己的品味。但藝術需要接地氣，她也希望在這種環境裡檢測一下自己的作品是否受歡迎。畢竟，藝術創作是很個人的，而藝術鑑賞卻是很大眾的。個人與大眾之間，如能找到一個平衡點，你就成功了。

　　我記起了她上次的畫展，那是澳洲的冬季。那天還雨聲瀝瀝，寒意襲人，但澳洲著名作家、攝影家、探險家克里斯‧沃克卻興致勃勃趕赴悉尼北岸的蘭谷音樂文化中心，為蒙娜的「現代畫展」開幕剪綵。展廳門口，一組以印象派手法表現的海上日出圖，對每一位走進來的觀眾和賓客產生了視覺衝擊的效果：一輪金色的光芒從紫紅、深藍的海面噴薄而出，五彩繽紛的浪花飛濺出清澈的水珠。沃克先生說：「蒙娜的畫捕捉了自然界最美的感覺，當我看到她的畫，就想起當年登上喜馬拉雅山時被大自然的美所驚愕的情景。蒙娜的畫震撼了我的心靈。」現場觀眾很

明白，沃克先生是悉尼名人，他的話不是恭維，而是和大家一樣，對蒙娜的用色強烈、構圖特別、融合自然的畫風表達了一種共鳴。

蒙娜從小就喜歡文學藝術，喜歡大自然，喜歡畫山水，也喜歡寫作。在廣州暨南大學華僑醫院當護士時，還進修中國文學，在雜誌上發表過評論文章。她因寫作愛好而被調到大學統戰部當秘書，為著名經濟學家趙元浩教授、華僑醫院院長張大釗寫過人物專訪，發表在報上。

不過，她是一個想像力豐富、放射性思維的人，對生活充滿激情，對事業對愛情充滿幻想。她覺得，畫畫也許更能直接表達自己的情感，更易捕捉到各種無以名狀的思緒。所以到澳洲留學後，她就到北悉尼皇家藝術學校和威樂比手工藝術中心進修，提高自己的藝術素養。

當時，她還經營時裝，追隨中國首席設計師張肇達的時尚腳步，推崇他設計的歐式珠繡晚禮服。澳洲女士出席隆重晚宴，都喜愛穿戴這種晚禮服。每次到中國訂貨，她總問：「張總設計師是否從北京回來？」她虛心地向張肇達請教設計與藝術的關係。她深知，做時裝生意，必須有藝術品味，才有機會成功。

為了有更多機會展示她的藝術創作，她在北悉尼富人區開了一家時裝沙龍，除了晚禮服，還有自己精心設計的水晶珠寶首飾，吸引了很多顧客。她親手製作的一條玉石項鏈，原是為了裝點門面，豈料才展示三天，就被一對澳人老夫婦看中了。女的說，已揣摩了三天，心裡難捨。男的說，她喜歡，正好是她八十八歲生日，就買給她作生日禮物吧！

澳洲平民女子瑪麗在悉尼奧運會當義工結識了丹麥王儲弗雷

德里克，後成為丹麥王妃，轟動一時。瑪麗王妃喜孕龍胎時，蒙娜店裡的員工說：「你的水晶首飾很有創意，為何不送一副給瑪麗王妃表示祝福？」蒙娜猶豫了一下，還是大膽嘗試。

她精心設計，用十二K玫瑰金線把珍珠、水晶巧妙串連起來，親手製作了一對耳環、一串手鏈。她打電話給丹麥駐澳大使館，詢問到王妃的地址，便把珠寶首飾寄去。她沒怎麼多想，表示個敬意而已。沒想到不到兩周，她打開信箱，看到有封印有丹麥王室標記的郵件，馬上興奮起來。果然，瑪麗王妃收到了首飾，並讓王室總管親筆回函致謝，落款日期是2005年7月26日。

地區報紙記者得知，跟進採訪刊出，成為當地居民話題。有一次本地商家開會，當市議會主持人介紹蒙娜時，有位澳洲婦人笑說，蒙娜？我們都認識，都看了報導嘛。

蒙娜的藝術眼光贏得許多人共鳴，一位建築師兼畫家對她說：「大凡到悉尼的著名藝術學院學習，都有機會獲藝術獎。你是否有興趣？」這正中蒙娜下懷。於是她進了國立藝術學院，師從著名教授羅傑‧克勞福德學油畫。

每天下午，克勞福德教授都要講評每個學生的繪畫特點。當輪到蒙娜時，她心裡有點緊張。意想不到的是，克勞福德教授當著所有學生說：「我很喜歡蒙娜的創作風格，熱情洋溢，色彩燦爛。她是用心來畫，而不是用腦來畫，真正的藝術家就應該這樣。」蒙娜很受鼓舞，更堅定用心靈的感覺去調動筆墨，而不是靠理智去勾勒景物的信念。

蒙娜雖然自小從國畫習作起步，但也涉獵西方文化，崇拜藝術大師，喜愛十九世紀法國印象派畫家莫奈、梵高，西班牙超現實主義畫家達利。所以她能把「天人相應」的中醫基礎理論和

弗洛伊德「潛意識─意識─有意識」的精神學理論融和一體，透過顏色、用光和構圖，去領會人與自然的關係，發掘生命中的價值，把潛意識的願望上升到有意識的位置，把心中的情感盡情地抒發。澳洲現代派著名畫家肯東就很欣賞蒙娜對色彩的感覺。

蒙娜與肯東素不相識。一天，她在悉尼歌劇院前寫生，有位澳洲人駐足觀看了一會兒，就問：「你的畫風很像肯東的畫，為什麼不寄給他看看，得到指點？」

千里馬也要伯樂相中，澳人主動為她聯繫肯東。

不久，肯東的秘書給蒙娜電話，說：「肯東先生看了你的畫，同意安排個時間見你。」果然，大名鼎鼎的大畫家，在百忙中抽空接見了蒙娜。

「你畫得很好！」肯東見面就說。他翻著蒙娜奉上的畫冊，邊看邊評說。翻到一幅海上日出圖，他露出了驚訝，問道：「你是用什麼樣的手法來表現這景色的？效果很好嘛！」肯東當即收蒙娜為徒，並鼓勵她開個人畫展。

許多朋友看了她的畫都說，你的畫奔放、絢麗，很有質感，但畫家不能掙錢呀。在拜金社會，誰能理解畫家的追求？蒙娜不為所動，仍然喜歡畫畫。她也藉著藝術創造不斷提升內心的情感和意志，達至心與腦的統一。她認為這對平衡情感、調節心身是最好的方法。

蒙娜把畫畫看作最好的養生療法，讓心理保持年輕，讓生活五彩繽紛。她知道，愛美是人的天性，許多女孩為了打扮自己，不惜重金買靚衣服、去美容，但內心的美是打扮不出來的，是一種修養的體現。但繪畫，或者音樂等藝術，可以塑造心中的美，融合外在美和內在美，這就是「面從心養」，是最好的養

生療法。

「面從心養」，這是五千年的中醫辨症精華。長期的藝術修煉，使蒙娜的氣質形於表，溢於內。她曾在悉尼科技大學攻讀市場營銷策略研究生，經常被邀請出席一些學術、商業和慈善活動。她總能吸引到一些總裁主動與她交談。這並非因其艷美，也非因其服裝嘩眾取寵，而是她內心發出的一種美，一種表現出自信、堅定的眼神。要知道，現代醫學可以改變人的臉部滄桑，但改變不了眼神的惆悵、失落和無奈。只有藝術能陶冶你的內心不安，撫平你的內心創傷，表現出你的自信和堅定。

那次悉尼科技大學中國研究中心舉辦了「澳中國際金融風暴研討會」，蒙娜應邀出席。她趕到會場，發言已經開始。她悄悄坐在一個空位上，旁邊一位澳洲紳士彬彬有禮地點一下頭。會中休息吃茶點時，那位紳士主動與蒙娜交換名片，並自我介紹。

原來，他是這次會議的主持人，叫約翰・艾倫，還大有來頭呢，是澳洲政府指定的澳中工商業委員會主席，也是悉尼科技大學中國研究中心主席。中國總理朱鎔基訪澳時，艾倫先生負責接待代表團並深入討論有關能源問題和貿易合同。他和蒙娜談得很隨意，也很融洽，成為了朋友。

他告訴蒙娜，他是俄羅斯裔，出身於裁縫家庭，從小就沒見過父親，但憑自己的天資和努力，靠獎學金讀完了大學和研究生，而且是哈佛大學。他的專業是商業法，對發展與中國的經濟關係很有興趣。蒙娜被艾倫的經歷和興趣所打動，就作了一幅畫：風雨交加、烏雲密布，一艘棗紅色的巨輪，穿過悉尼大橋，乘風破浪迎著金色陽光駛去。

蒙娜把畫電郵給艾倫，他一收到即回覆「Yes」，高興得不

得了。按澳洲人的習慣，此時Yes是直截了當表示一種理解和認同。畫中所寓意的「暴風雨過去了，滿載著愛與成功，走向未來」，著實感染了艾倫。

澳洲有很多塘鵝，牠是一種棲息於水邊、有著巨大而富有彈性喉囊的高大水禽。塘鵝游弋如天鵝，搶食似獵鷹。牠的嘴巴大如米袋，爭食能力很強，一發現獵物，會群起而爭奪，攻擊性甚強。蒙娜也很喜歡畫塘鵝，但她對塘鵝另有一番見解。

她當過老闆，也在大公司工作過，還做過地產銷售。幾十年的人生中，她深深體會到當今時代充滿競爭，而人生活在群體社會中，無時不面對各種競爭。她覺得，地產行業是商界中競爭及壓力最大的行業，如果銷售人員沒有具備「塘鵝式」的爭吃特點，就難有出色的業績。她筆下的塘鵝，或靜或動，或閉嘴或張口，但都在虎視眈眈。常然，蒙娜也喜歡畫紅冠綠羽的鸚鵡。她認為生活中也有像鸚鵡般相親相愛的男女，也有許多人向往鳥兒般溫馨的夫妻關係。畫家有責任反映社會中的這種真、善、美，表現這種和諧、溫馨的人際關係。所以她選擇塘鵝和鸚鵡為題材，來釋放她的思想積澱。

蒙娜畫作的背景，喜歡用日出日落，她的用色，喜歡橙紅橘紅天藍，這種顏色能溶化她心中的塵埃，而再生新的能量。澳洲風景如畫，天然雕作，蒙娜的藝術創作動機是來自於內心對醜與美的強烈感受而產生的衝動。其藝術靈感來自於她的心理感覺與現實生活中的觀察。其藝術題材主要是船、橋、鳥禽、樹木、日出日落，以物抒情，以情寫意，滲透哲理。

在海外漂泊二十多年，為了追求藝術，她不得不「下海經商，以商養文」。幾十年過去了，她潛意識還是回到原點──童

年時期的影響。蒙娜的童年是幸福的,得家人呵護,能作畫作文,也受到鄰居國畫家的指教,對藝術充滿憧憬。但她又生不逢時,不能按自己的興趣和才能去選擇自己的事業。但她沒有放棄自己的愛好,幾十年如一日,堅持作畫,堅持用色彩塗抹人生。對她來說,繪畫能讓生命延續。她認為,一個人的生命是有時間限制的,而你的畫記錄了你的思想和情緒,它可以保存於幾代人。

藝術激活生命,繪畫爆發能量。但藝術道路是漫長而又艱苦的,然而蒙娜卻樂在其中,每天早上起來,就拿起筆在畫布上描繪自己的人生經歷與感受。她說:「如果我的畫能與眾分享,撞擊人們的心靈,能給人們的精神帶來愉快,我就滿足了,這就是藝術家的任務,也是我的期待!」

亦武亦商在於悟

第一次見江金波，是在悉尼的一個餐會上，他給我玩了個小把戲。他問，什麼是意念？我說，就是腦子裡的想法呀！對搞寫作的人來說，就是靈感，或叫感覺，是一種精神能量。

他又問，你的意念是精神層面的，別人能看得見嗎？

不用筆寫出來，或用什麼藝術形式表達出來，當然看不見，我回答。

他說，我是練功練氣的，可我的意念可以讓你看得見。

是嗎？我興趣來了。

他從手腕上褪下手錶，說，你看，手錶是不是在走？

的確，錶裡的指針在嘀嗒嘀嗒地走。

他說，我可以用意念叫它停止，相信嗎？

真的？我叫道。

只見他凝神盯住手上的錶，大概有看書般的距離吧。秒針在走著，大約過了十來秒鐘，他身體猛一抖動，滿臉漲紅，發出一陣氣聲。他問，還在走嗎？

我定睛一看，秒針有點發顫，果然打住。我不敢相信自己的眼睛，但座中還有其他人，不可能看走眼吧。

我搞不懂這是氣功還是魔術，抑或障眼法。但它確確實實在我眼皮下發生了。這個小把戲讓我對江金波產生了興趣。

江金波是西安商人，正在悉尼辦投資移民，想在澳洲發展商

業地產和旅遊業。他頭髮閃亮，衣著光鮮，一看就是經常出入筵席談生意簽合約的人。不過他一站起來走動，就顯得魁梧壯實，孔武有力，做中南海保鑣綽綽有餘。

事實上，他就是一位拳師，曾師從釋永信，在少林寺練過幾年。經商才是「半路出家」。

俗話說，不打不相識，可江金波卻是「不打不經商」，練拳，才練出經商的本事。

據他說，他是溫州郊區長大的，剛上小學，就喜歡上武術，經常和小孩們在草地上打空翻，七、八歲就拜師練南拳了。

他練武的勁頭大得很，聽說白龍山有個和尚功夫特別好，沒敢告訴父母，也沒和任何人說，就自己偷偷溜到四十公里外的山上。走了一天一夜，沒吃沒喝，到了半山就流鼻血，走不動了，倒在了路邊。這時天矇矇亮，有個和尚正好路過，一看，怎麼這裡躺著個小孩？就問：小兄弟，你怎麼會一個人在這裡？他揉揉眼睛說，這山上有個練功的和尚，我想拜師學功夫。和尚說，我們這山只有念經的和尚，沒有練功的和尚，你還是趕快回家吧！和尚把他送到山下，還給他買了一點饅頭和水，他只好走回去了。

金波練拳，從不用父母去督促，很自覺也很刻苦。每天半夜三點，就起來跑步、練功，直到天亮，然後背上書包上學。周末就到地裡跟父親幹農活，幹完了就和一幫師兄弟在後花園用拳打樹皮，劈沙袋，他總覺得自己力氣大得很，有使不完的勁。小時候他從來沒有去玩別的，就兩件事，打拳、幹活。

練拳，金波也和別人不一樣，有自己的練法。其他人都是正正規規地跟著老師學動作，老師在前面教師兄弟，他就在旁邊

當黑髮黑眼遇上金髮碧眼

看，不僅能看懂，而且就記住會打了。他靠的是感覺，靠的是悟性，靠的是經常與人交手，在實戰中去摸索招法。他就有這個悟性，所以越練越有興趣，越打越有力量，那手漂亮的南拳，許多人都不是他對手。每當老師都打不過他，他就要換老師了。所以他練拳一直都在找名師，練到一定程度，就找更好的老師。

為了找名師，也為了見見世面，他十七歲就有了出去「闖江湖」的念頭。他先跑到南昌、昆明等地，邊做生意邊練拳，但沒有找到很好的落腳點，只好折返溫州。二十歲時，他又跑到內蒙古，因為人家說那裡的功夫很好，摔跤很有名。他就到了烏拉特前旗，跟當地武師學摔跤。他還隨團隊到過海南島陵水教當地種優質水稻，為的是跟海南拳師學練地躺拳。那時，他每月吃一百二十斤大米，可見練功體力消耗有多大。

周遊各地，尋師練拳，首先要解決肚子問題，所以每到一地，他就擺擺地攤、做做成衣，用小生意掙的錢來學拳。可以說，他是為了打拳而做點生意。

在山東棗莊，他跟體委執教專業隊的薛雲樓師傅學拳。那時全國各地到處都在放映電影《少林寺》，他看了心裡癢癢的，很崇拜少林武術，也想尋找少林拳師。當時少林武僧團有位叫釋延生的和尚，在山東開武校，見金波精明好學，就把他帶到少林寺。少林主持釋永信，打禪功夫特厲害，因為打坐本身就是練氣練內力。金波就拜釋永信方丈為師，跟少林武僧團一起練功。他當然也要改吃素，起居飲食都跟少林武僧在一起，整整練了三年六個月。後來，他帶了幾個少林武僧到老家溫州及泰州等地開了三個武校，傳授少林拳。

兩年後的一個偶然機會，他就被師兄慫恿到西安從商了。

那是1991年，他為武校到少林寺買兵器，碰到很多師兄弟。他整天帶學生練武，身體靈活得像貓一樣，師兄弟都很喜歡他。師兄弟在西安，叫他去玩兩天。他一去，他們就說：「做生意吧，還搞武校幹啥！」就把他留在了西安。

　　在師兄弟幫助下，他承包了商場的一個櫃台，師兄弟給他進貨衣服，他就開始做起服裝生意。一年後，他就承包了百貨大樓的整個一層，分租給老鄉、廠家。原來，他經商也有悟性。第三年後，他就在西安東大街承包了五個商場，租給廠家經營服裝。

　　他自幼練武時，各種活兒都幹過，也做過小生意，但正式經商，是從西安開始。

　　1995年，他在西安郊區的李永村，建起了一個浙江村，把溫州商人匯聚於此，搞服裝零售、批發生意。村裡家家戶戶都是做服裝的，賣服裝的，來自西北五省的服裝商都來這裡批發採購。浙江村成了服裝加工、零售、批發的集散地，江金波也開始揚名於商界。

　　當時溫州人在西安有十五萬之眾，許多人就攏在浙江村。中央電視台來採訪，他還特意談到「溫州人的眼紅」：你做得好，我眼紅你，要做得比你更好，然後讓你也眼紅我。這就是溫州人做生意的勁頭，是一種進取精神。

　　生意要做，練功練氣他也從沒放鬆過，還帶著學生練拳。早上一起來，練練氣功、打打坐，工作之餘，和學生打打沙袋，練練拳腳。如果很忙，他出外辦事坐在車上，也會把腿一盤，半睡半醒地打坐。他也跟西安拳擊隊老師學拳擊。他什麼都練過，武術、摔跤、拳擊、散打，全都練過，邊做生意邊練拳。

　　浙江村開業後，他就經常有應酬活動。大凡宗教界、武術

界、商界的人物來西安，他都接待，陪他們走走看看，出席各種會議，旅遊觀光。活佛、僧侶來西安，他都會陪他們雲遊四海，參加法會。這也是給自己修心養性，練氣練功的機會。

進少林寺之前，他只是想練功夫。進少林寺後，就開始信佛。「佛是未來人，人是未來佛，人生在世，冥冥中都有老天爺在運作，做好今生，修煉來生。」這是他踏入佛門後產生的信念。

他家裡設有佛堂，愛好收藏佛像，其中有一尊新疆和田玉佛像，兩米高，無價寶。有一次在北京，他看見一尊兩米高的銅佛像，很喜歡，心想：家裡就缺了這麼一座。沒想到幾天後，半夜裡接到一個電話，是一個貨車司機打來的，問，聽說你喜歡收藏佛像，有人託我給你送佛像來，是嗎？他感到很突然，問，車在哪兒？回說，車已經過了潼關。他趕緊起來，準備好紅包，車就來了。他一看，果真是心想的那尊佛像。他並不認識司機，司機接過紅包就走了，來去無蹤影，只留下那尊佛像。

這就是佛緣。但對於佛教，金波心裡很清楚：可信不可迷。他知道，信佛沒錯，是一種精神修煉，但它不可能給你帶來錢物，還要靠自己去幹，所以不要迷信它。做什麼事情，都要靠自己的智慧，靠自己的勞動創造。

金波是商人，又是練武之人。練武要講武德，經商要講商譽，正邪善惡要分明。在生意場上碰到一些社會騷擾，他從來不怕，而且愛好打不平，舉拳相助。有黑社會騷擾商家，敲詐老鄉，他會出面擺平，保護商家和老鄉。

有一次，有個黑道頭兒不知好歹，金波就挺身與他過招，才沒兩下，他撒腿就跑，金波緊追不放，一直追到無路可走，把他

揪到公安局去。有時在路上，看到本地黑道刁難外地人，他看不過眼，就上前搭救，喝道；憑什麼欺負人！

凡有同鄉、商戶找他，他都出頭，黑道都不敢鬧了。當地公安為此聘請他為警風監督員。

他還是咸陽市人大代表呢！因為他在咸陽也有地產項目，建了好幾棟大樓。生意做大了，他也開始做慈善。哪個地方受災，哪個地方貧困缺錢，哪個地方要修橋補路，他都會捐錢，做善事。

連他太太也好施樂捨。他是在西安成的家，太太是西安人，音樂學院的老師。一些學生貧困，沒上學的學費，太太會資助他們。

打拳與經商，對金波來說，是相輔相成。做企業是消耗元氣，打拳練功，是鞏固元氣，對商人是一種很好的彌補。他在商業談判中從來都沒有迷糊過，經商十多年，精神狀態絕對是好的。他認為，有很好的身體，很好的心態，肯定會有很好的朋友，很好的積德。他有上千員工，還有很多經營戶。如果每天都發脾氣，亂七八糟的辦公環境，怎能有好的企業？

練拳的執著，使他經商也執著。現在就是不做生意，他吃呀喝呀也一輩子用不完，但為啥還要去做呢？他說，你睜開眼睛，有做不完的事，除非你做不動，吃不動，走不動，就沒辦法。這是人活著的規律，也就是老天爺給自己的任務吧！

他認為人活在世上，是大家一塊活，你把生意做起來，會受益於很多人，善事做多了，回報就多。

2007年釋永信帶少林武僧團來悉尼表演，他也跟著師傅來了。那是第一次來澳大利亞，一看，這地方不錯，氣候、環境沒

得說，是個養人的地方。他在悉尼試開了間百貨服裝店，來來去去三、四年，覺得澳洲有發展前途，就想乾脆來這裡開發商業地產，開發旅遊業，也想帶些朋友來澳合作發展，弄塊地建山莊。

他一直感覺澳洲很好，很多人叫他到美國、加拿大，但他還是喜歡澳洲，有信心來澳洲，把事業做大。這次來悉尼就是辦理「163」簽證，投資移民。他這個人，藝高膽大，來澳洲闖蕩也不怕。況且，他女兒也在悉尼大學就讀，將來也會是個好幫手。

他人生最大的兩大快樂，就是熱愛打拳，熱愛經商。能武能商，不亦樂乎。亦武亦商，全在於「悟」。

後記

　　大凡走上創作之路的人，初衷都是想成為小說家或詩人的，很少有人一開始就立志當個散文家。因為小說、詩歌的讀者最多，影響最大，也最容易落入評論家的法眼。小說若碰上運氣，還可以跨界影視，名利雙收。詩歌充盈於校園，唱響於文藝青年的心頭，鑄造了一代人成長的浪漫印記。

　　但其實，散文才是最為廣泛的文體，因形式靈便，寫作者最多，也幾乎覆蓋了所有媒體、出版平台。只是，進入高精尖的領域則微乎其微，稱之為「家」的也就鳳毛麟角了。

　　為何名「家」少卻隊伍眾？蓋因門檻低、種類雜，許多寫手沒什麼野心，只是想有機會公開表達和分享一下而已。只要真心、真誠、真實，就可隨意而走筆，隨情而抒發，便可為文為心聲。所以，很多寫不成小說、詩歌、評論的人，都可以玩玩散文，而幾乎所有小說家、評論家、詩人，也會以散文為副業，或為消閒潤筆，過過手癮。

　　我這個人的個性氣質，似乎欠缺點詩情畫意，不懂詩，也寫不好小說，雖然文學評論曾是我的專業，但換了個生活環境，評論對象改變了，況且也寫膩了，所以不經意間便闖入了散文的芳草園，舒舒筋絡，吸吸清香，也算是身心的一種調適。

　　記得旅澳初期，我忙於打工，都是些眼見功夫的力氣活，雖然身體蠻累，但腦瓜子卻很清閒。有時邊幹活兒邊思緒開小差，

各種生活滋味都在腦海裡不斷翻滾，信馬由韁。有一天終於按捺不住，晚上從床上爬起來，把各種雜念記錄下來，把那些紀實性的生活片斷書寫成文。而這，也是我出國輟筆一年半之後，重新拿筆塗鴉。

後來我出版了小書《悉尼寫真》，拿給當地圖書館。他們不懂中文，問我，屬於什麼類型的書？因為圖書館要分類管理的。我說紀實文學吧。他們說，文學只分虛構和非虛構兩類。於是，書被擺在非虛構類。再後來，我又出版了《澳洲風流》，圖書館又問是哪一類，我說是小說散文集。他們臉露難色，因為跨界虛構與非虛構，不知該往哪兒擱。我才注意到，虛構與非虛構，是西方文學界對文體劃分的概念，中國近年也開始接觸這說法。於是我觀察了各圖書館的書架，文學創作類的確只分虛構與非虛構，只有詩歌還可以獨立成類。也就是說，除了小說、戲劇屬於虛構性，其他創作就是非虛構性了，這就把我們在中國通常說的散文範疇擴大了許多，增加了文體的彈性。

原來我對散文的理解比較單一，無非就是抒情性（描述中直抒胸臆）、心靈性（敘說間議事論物）為主，是寫景狀物的美文，嬉笑怒罵的雜文，或談天說地的隨筆。但按照非虛構性的標準，即以事實為元素，以親歷或親聞為視點，所有見聞紀實、文化隨筆、生活散記、遊記傳記、人物特寫、知識趣談、時政雜說及小品文、回憶錄等等，都可歸入散文類，體現了更大的包容性、領悟性、開放性和流動性。

其實中國古代的散文也是比較寬泛的，包括《論語》、《莊子》、《史記》等等，浩如煙海。散文其實就是與韻文相對應的，除了詩歌，及後來的元曲、明清小說之外，許多古典文獻，

甚至一些辭賦駢文都可歸入散文。中國現代散文或許更強調文學性，範圍有所收窄，但吸收西方藝術養分而增加了語言的彈性和密度。

散文寫作，不需要套路，也沒有固定模式，是文學創作中最為靈便最為多樣的形式，文無定法，筆隨心走。散文怎麼寫，全在於作者的氣質、品位、趣味、心態、情緒與感悟。它可以有時空與心境的變化，也可以有性情與習慣的定格。但從學科研究的角度，散文形態還是有其基本定義及其屬性規範的，諸如什麼敘事性、抒情性、哲理性、真人真事、以小見大、泛而不散等等。我們的寫作，往往也會受其規範的影響。比如，中國現代散文最常見、最有代表性的幾種類型，就伴隨著我們幾代人的書寫。

一類是上世紀三、四十年代，經過「五四」新文化運動之後「白話文」的淘洗，以朱自清、周作人為代表的閒適散文脫穎而出。朱自清的散文，多閒聊家常瑣事，文筆質樸清麗，淡香疏影，沒有華麗的辭藻，卻於平淡中傳遞著真摯的情感。而周作人的散文，也注重個人的心靈觀照，平和沖淡，古雅悠閒，閒適中見性情。這一時期標桿性的文類，還有魯迅的雜文。他將文字當作「匕首與投槍」，毫無忌憚地對社會加以批評，將議論性散文書寫提到了前所未有的境界。

另兩類則出現在五、六十年代，以楊朔為代表的抒情式美文，以秦牧為代表的知識性隨筆。這兩種散文模式在中國大陸最為普遍，最為流行，因為是中國教科書一直所標榜的寫作典範，因而影響了一代人。楊朔的散文「當詩一樣寫」，追求散文詩化，重在於情意，見景抒情，託物寄情，以詩意之美而言社會之大志。秦牧的散文，則以講古論今，趣談博聞，哲理性強而見

長，他把寫景抒情與敘事議論融合起來，言近而旨遠，成為不可多得的知識性小品。而劉白羽大江大河的激情，孫犁、汪曾祺遊走於散文與小說的邊緣，也自成一格。

還有一類就是八、九十年代，以余秋雨為代表的大文化散文應運而生，他將中國文學從政治層面回歸文化層面，從文化深層透視社會萬象，足遊天下，博覽群書，顯示出一種大氣勢大境界，因而也風行一時。

若以西方的非虛構文學標準來看，散文除了上述的幾類典型的範本外，還可以更廣泛。當然，不管如何寬泛，必須體現審美性。雖然我的成長環境中難免受到中國現代散文範本及當代寫作套路的影響，但在澳大利亞自由自在的氛圍下，我的散文寫作路子也略顯飄忽駁雜，不過，定體則無，大體須有，仍可包容於非虛構性的文學範疇。

說到本書，收入的散文作品，既有生活散記，也有回憶紀實，還有文化隨筆、遊記特寫等。我旅居澳大利亞近三十載，由家鄉到異鄉，從東方到西方，經歷了生活的巨大變遷，感受到文化的無情撞擊。而這一切，由新鮮變平淡，由陌生變熟知，流淌出一道生命歷程的心跡，也催化了一種新的生活觀念。我筆下的作品，就是這種心跡的記錄。我以其內容特色將它編為四卷：

異鄉情狀——旅澳生活見聞，人情世態點滴，華人洋人趣異，仍是澳洲風情中國心。

家國情懷——父母經歷、個人成長、兒女教育，家事國事、東方西方，折射時代歷史印痕，透視社會文化變異。

藝文情愫——醉入花叢，筆耕感懷。攝入中國大陸及台灣作家藝術家訪澳居澳影像，見證文化人的風采，領略中華文化在

澳洲。

　　人生情緣——人物特寫，有父子情深，朋友情濃，有激奮勵志，逐夢結緣，處處留下人性的光彩。

　　散文寫作領域很寬闊，詩性語言、電影畫面、小說情節、哲學思考、戲劇性、報導現場感，都可以融入其中。其筆法可以簡約留白，可以豪華鋪張；可以工筆，可以寫意。不必拘泥於形而專注於神，神到點化時，形也就成章法了。就我個人而言，我不擅長於濃溢的抒情，也不精於細膩的描畫，倒是更喜歡平實淡然的記敘論說，靈感閃動的勾勒，雖然不一定是形式上的美文，但在記人記事感懷中，也會注重文字和內容的藝術審美意味，透過音韻、節奏、詞義，力求在質樸無華中散發出某種優美的意境。

　　我知道，「言之無文，行之不遠」。這文，就是文采（書寫形式），也是文心（表述內容），是兩者的融和。而融和的程度，就要看作者的悟性和力道了。至於我是否有悟性，是否夠力道，該由讀者去評判。我無意專精散文而成「家」，只是順其自然而書寫，將居澳生活的靈感點化為心靈文字，也以此維繫與母國的思緒情感，與讀者分享，與讀者交流。若還能找到知音，則是我書寫的最大安慰了。

　　最後，我特別要感謝廣西民族大學文學院陸卓寧教授為拙書寫序點撥。陸教授一直關注海外華文文學創作及研究，也是中國世界華文文學學會名譽副會長，能百忙中撥冗作序，既令我受益，也為小書增色。

┌───┐
│ 國家圖書館出版品預行編目 │
├───┤
│ 當黑髮黑眼遇上金髮碧眼 / 張奧列著. -- 臺北市 │
│ ：獵海人, 2021.07 │
│ 面； 公分 │
│ ISBN 978-986-06560-3-9 (平裝) │
│ │
│ 855 110010207 │
└───┘

當黑髮黑眼遇上金髮碧眼

作　　者／張奧列

出版策劃／獵海人

製作銷售／秀威資訊科技股份有限公司

　　　　　114 台北市內湖區瑞光路76巷69號2樓

　　　　　電話：+886-2-2796-3638

　　　　　傳真：+886-2-2796-1377

網路訂購／秀威書店：https://store.showwe.tw

　　　　　博客來網路書店：http://www.books.com.tw

　　　　　三民網路書店：http://www.m.sanmin.com.tw

　　　　　讀冊生活：http://www.taaze.tw

出版日期／2021年7月

定　　價／450元